THE MURDER ON THE LINKS

THE MURDER ON THE LINKS

골프장 살인 사건 애거서 크리스티 장편 소설 | 이은선 옮김

황금가지

THE MURDER ON THE LINKS

나는 한국에서 우리 할머니의 작품을 정식으로 출간한다는 소식을 듣고 무척 기뻤다. 할머니가 1920년부터 1970년 무렵까지 오랜 세월에 걸쳐 집필한 작품들은 21세기인 지금 읽어도 신선하고 재미있다. 등장 인물들이 워낙 자연스러워서 요즘 사람들과 다를 바 없고 이들이 등장하는 상황과 장소가 전 세계 사람들의 애정과 향수를 자극하기 때문이다. 한국 독자들은 이번에 새로 나온 정식 한국어 판을 통해 그동안 접하지 못했던 애거서 크리스티의 일부 작품들을 읽을 수 있을 것이다. 덕분에 한국에 새로운 세대의 애거서 크리스티 팬들이 탄생할지도 모르겠다는 생각을 하면 가슴이 벅차다.

애거서 크리스티는 대표적인 두 명의 주인공으로 기억되는 작가이다. 14권의 작품에 등장하는 마플 양은 영국의 작은 시골 마을에서 평온한 나날을 보내며 뜨개질과 수다로 소일하는 미혼의 할머니

이지만, 놀라운 기억력과 날카로운 두뇌 회전으로 주변에서 벌어진 살인 사건을 해결한다.

그리고 마플 양과 상반되는 성격을 지닌 에르퀼 푸아로는 자신만만하고 콧수염을 포함한 자신의 외모와 벨기에라는 국적에 대한 자부심이 상당하다. 그는 이집트와 이라크를 비롯한 세계 각지에서 수수께끼를 해결하며 『오리엔트 특급 살인 *Murder On The Orient Express*』, 『나일 강의 죽음 *Death On The Nile*』, 『애크로이드 살인 사건 *The Murder Of Roger Ackroyd*』 등 애거서 크리스티의 여러 대표작에 모습을 드러낸다.

황금가지의 대담하고 참신한 표지와 전반적인 디자인 덕분에 작품의 성격이 잘 살아난 것 같아 기쁘다. 또한 한국 독자들이 할머니의 원작이 지닌 참된 묘미를 느낄 수 있도록 충실한 번역을 위해 애써 준 점도 높이 사고 싶다.

할머니의 작품이 20세기의 그 어떤 작가들보다 많이 팔리고 있는 이유는 나이와 국적에 상관없이 읽을 수 있는 재미와 감동을 갖추었기 때문이다. 모쪼록 한국 독자들도 황금가지에서 선보이는 애거서 크리스티 작품들을 즐겁게 감상하기를 바란다.

매튜 프리처드

애거서 크리스티의 손자

ACL 이사장

나와 같은 추리소설 애호가이자

유익한 충고와 비평을 아끼지 않는

남편에게 바친다

차례

여행 친구

일에 염증이 난 편집자의 주의를 확 끌어당길 수 있을 만큼 강력하고 독창적인 방식으로 이야기를 시작하겠다고 결심한 젊은 작가가 이런 문장을 썼다는 유명한 일화가 있다.

"'염병할!' 하고 공작 부인이 내뱉었다."

참으로 이상한 일이지만 내가 지금부터 소개하려는 이야기도 이와 비슷한 분위기로 시작된다. 이렇게 외친 여자가 공작 부인은 아니었지만 말이다.

때는 6월 초. 나는 파리에서 일을 마친 뒤 아침 기차를 타고 벨기에 출신의 전직 형사이자 오랜 친구인 에르퀼 푸아로와 함께 살고 있는 런던으로 돌아가는 중이었다.

칼레행 특급 열차는 평소와 다르게 한산했다. 내가 탄 객실 칸에 승객이 나 말고 한 명밖에 없을 정도였다. 나는 호텔을 조금 허둥지

등 나섰기 때문에 기차가 움직이기 시작했을 때는 짐이나 제대로
챙겼는지 확인하느라 정신이 없었다. 그때까지만 해도 함께 타고
있는 동행인은 안중에도 없었건만, 이제는 그녀의 존재를 퍼뜩 깨
달을 수밖에 없었다. 그녀가 자리에서 벌떡 일어나 창문을 내리고
밖으로 고개를 쑥 내밀더니 잠시 후 짧고 강력한 외침을 내뱉고는
고개를 안으로 들여놓았던 것이다.

"염병할!"

나는 옛날 사람이다. 무릇 여자는 여자다워야 한다고 생각한다.
아침부터 밤까지 재즈를 듣느라 싸돌아다니고, 굴뚝처럼 담배 연
기를 뿜어 대며, 빌링스게이트(런던의 수산물 시장 — 옮긴이)의 생선
장수마저 얼굴이 벌게질 정도로 상소리를 마구 지껄여 대는 요즘의
신경질적인 여자는 못 봐주겠다.

나는 살짝 눈살을 찌푸린 채 고개를 들고선 앙증맞게 생긴 빨간
색 모자를 쓴, 예쁘장하지만 되바라져 보이는 얼굴을 쳐다보았다.
양쪽 귀는 검은 곱슬머리 뭉치에 가려져 있었다. 열일곱 살을 조금
넘겼을까 싶은데 얼굴은 분칠을 해 허옇고 입술은 어처구니없을 만
큼 붉었다.

그녀는 당황한 기색도 없이 나를 마주보며 얼굴을 잔뜩 찡그렸다.

"어머, 우리 때문에 마음씨 고운 신사분이 충격을 받았나 봐!"

그녀가 있지도 않은 관객을 향해 말했다.

"죄송해요. 숙녀답지 못한 말이었죠? 하지만 그게 다 이유가 있었
다고요. 하나뿐인 동생을 잃어버렸거든요."

"그래요? 참 딱하게 됐군요."

내가 정중하게 대답했다.

"못마땅하신 모양이야! 우리 자매가 정말 못마땅하신 모양이야. 하지만 본 적도 없는 우리 동생을 그렇게 생각하다니 너무해!"

내가 입을 열었지만, 그녀가 가로막고 나섰다.

"아무 말씀 마세요! 날 사랑하는 사람은 아무도 없어요. 전 흙 밭에서 벌레나 먹게 될 거예요! 흑흑. 이제 끝장이에요!"

그녀는 큼지막한 프랑스 만화 신문지에 얼굴을 묻었다. 잠시 후에 보았더니 신문 너머로 나를 훔쳐보고 있었다. 나도 모르게 미소가 지어졌다. 그녀는 금세 신문을 치우더니 깔깔 웃음을 터트렸다.

"생긴 것처럼 어벙하지 않을 줄 알고 있었어요."

'어벙하다'는 단어가 전혀 마음에 들지 않았지만 웃음소리가 어찌나 전염성이 강한지 나도 모르게 덩달아 웃게 되었다.

"자, 이제 우린 친구예요! 동생 일은 안됐다고 말해 주세요."

왈가닥 아가씨가 선언했다.

"아, 쓸쓸해라!"

"아유, 말도 참 잘 들으시네."

"대사가 아직 남았습니다. 쓸쓸하긴 하지만 동생 없이도 잘 견딜 수 있을 거라고 덧붙일 생각이었거든요."

나는 살짝 고개를 숙여 인사했다.

하지만 도무지 종잡을 수 없는 이 아가씨는 눈살을 찌푸리며 고개를 저었다.

"그만하세요. '위엄 있는 얼굴로 못마땅해하는' 쪽이 훨씬 나으니까. 어머, 저 표정 좀 봐! 우리 둘 나 그런 부류는 아니라는 표정이네요? 맞는 말씀이에요. 하지만 요즘은 알아차리기 어렵잖아요. 누구나 작부와 공작 부인을 구분할 수 있는 건 아니라고요. 나 때문에 또 놀라신 모양이네! 지금까지 두메산골에서 갇혀만 살았나? 괜찮아요. 당신 같은 부류의 사람들하고는 잘 어울릴 수 있으니까. 뻔뻔한 인간은 딱 질색이에요. 그런 사람을 보면 화가 나요."

그녀는 세차게 고개를 흔들었다.

"화나면 어떻게 되는데요?"

내가 웃으면서 물었다.

"진짜 마귀 할멈이 되죠. 입에서 나오는 대로 말하고, 하고 싶은 대로 하고. 손찌검을 할 뻔한 적도 있어요. 정말이에요. 그런 대접을 받아도 싼 인간이었거든요."

"저한테는 화를 내지 말아 주세요."

내가 애원조로 말했다.

"안 그럴 거예요. 당신은 마음에 들거든요. 처음 봤을 때부터 그랬어요. 하지만 워낙 못마땅해하는 얼굴이라 친구가 될 수 없을 거라고 생각했어요."

"그렇지만 이제 친구가 됐잖아요? 아가씨가 어떤 사람인지 알고 싶군요."

"전 배우예요. 아니, 당신이 생각하는 그런 배우는 아니에요. 전 여섯 살 때부터 무대에 섰어요. 공중제비를 하면서요."

"네?"

내가 어리둥절한 표정으로 물었다.

"꼬마 곡예사를 한 번도 본 적 없으세요?"

"아, 알겠습니다!"

"전 미국에서 태어났지만, 거의 대부분을 영국에서 살았어요. 우리가 이제 새로운 쇼를 하게 돼서……."

"우리라고요?"

"동생하고 저 말이에요. 노래하고 춤추고 폴짝폴짝 뛰어다니고, 뭐 그렇게 옛날 것을 조금씩 섞어 놓은 쇼예요. 제법 참신한 구상이라 매번 인기 만점이죠. 돈도 꽤 될 거예요."

새로 사귄 친구는 몸을 앞으로 숙이고 수다스럽게 이야기를 쏟아 냈지만, 나로서는 대부분 알아듣기 힘든 말들이었다. 그런데도 그녀에 대한 관심이 점점 더 커져 가는 것을 어쩔 수 없었다. 그녀는 어린아이와 성숙한 여인이 묘하게 뒤섞여 있었다. 스스로 이야기했다시피 제 몸 하나는 챙길 수 있을 만큼 세상 물정에 밝은 여자였지만, 인생을 대하는 한결같은 태도나 '성공하겠다'는 굳은 의지는 묘하게도 천진난만한 데가 있었다.

기차가 아미앵을 지나갔다. 아미앵이라는 지명이 많은 기억을 불러일으켰다. 그녀는 내가 무슨 생각을 하는지 직감적으로 아는 눈치였다.

"전쟁을 떠올리세요?"

나는 고개를 끄덕였다.

“직접 겪으셨나 봐요?”

“뼈저리게 겪었죠. 부상을 당했어서 솜 전투가 끝난 뒤 의병 제대 했거든요. 지금은 어느 하원 의원의 개인 비서 비슷한 일을 하고 있습니다.”

“어머나! 멋지다.”

“그렇지도 않아요. 할 일도 거의 없는걸요. 보통 하루에 두세 시간 이면 끝이 난답니다. 하는 일도 지루하고요. 만일 달리 할 일이 없었더라면 어찌할 바를 몰랐을 겁니다.”

“설마 곤충 채집을 하는 건 아니겠죠?”

“아뇨. 아주 재미있는 사람과 한집에서 살고 있답니다. 벨기에 출신의 전직 형사예요. 런던에서 사립 탐정으로 맹활약 중이죠. 정말 대단한 사람이랍니다. 경찰도 두 손 든 사건을 해결한 게 몇 번인지 모릅니다.”

여행 친구는 눈을 동그랗게 뜨고 내 이야기를 들었다.

“재미있겠다! 난 범죄 사건을 너무 좋아하거든요. 미스터리 영화가 극장에 걸리면 빠짐없이 보고, 살인 사건이 터지면 신문을 샅샅이 뒤져 읽는답니다.”

“스타일스 사건 기억하세요?”

“음, 노부인이 독살당한 사건 아니에요? 에섹스 근처에서.”

나는 고개를 끄덕였다.

“푸아로가 처음으로 해결한 대형 사건이었죠. 푸아로가 없었다면 살인범은 분명 유유히 달아났을 겁니다. 탐정으로 가장 근사하게 해결한 사건이었어요."

나는 열을 올리며 사건의 개요를 대강 소개하고, 정말 뜻밖이었던 결말로 마지막을 장식했다.

아가씨는 넋이 빠진 사람처럼 내 말에 귀를 기울였다. 우리 둘 다 어찌나 이야기에 열중했던지 정신을 차리고 보니 열차가 이미 칼레에 도착해 있었다.

나는 짐꾼 두 명을 붙잡아 두고 여행 친구와 함께 플랫폼에 내렸다. 그녀가 손을 내밀었다.

"안녕히 가세요. 앞으로는 말조심할게요."

"아, 하지만 배에서 내가 좀 거들어도 되겠죠?"

"아마 배는 타지 않을 거예요. 동생이 타고 있는지 어쩐지 알아보기는 해야겠지만. 아무튼 고마워요."

"그래도 언젠가 다시 만날 수 있겠죠? 이름도 가르쳐 주지 않을 작정입니까?"

내가 돌아서는 그녀를 향해 큰 소리로 물었다.

그녀가 어깨 너머로 나를 돌아보았다.

"신데렐라예요."

그녀는 이렇게 말하고 웃음을 터트렸다.

그때 나는 언제, 어떤 식으로 신데렐라를 다시 만나게 될지 짐작조차 하지 못했다.

다음 날 아침에 내가 아침 식사를 하려고 함께 사용하는 거실에 들어선 시각은 9시 5분이었다. 푸아로는 여느 때처럼 정확하게 두 번째 달걀의 껍질을 톡톡 두드리고 있었다.

그는 들어서는 나를 환한 얼굴로 맞았다.

"아주 푹 잔 모양이군 그래? 끔찍한 횡단 여행의 여독은 풀렸나? 오늘 아침에도 이렇게 시간을 거의 지키다니 놀라운 일이야. 그런데 미안하지만 자네 넥타이가 좀 비뚤어졌군. 내가 바로잡아 주지."

에르퀼 푸아로는 내가 예전에도 소개한 적 있는 친구다. 몸집은 작지만 대단한 위인! 160센티미터의 키에 한쪽으로 약간 쏠린 달걀 모양의 머리, 흥분하면 초록색으로 빛나는 눈, 군인처럼 빳빳한 콧수염 그리고 위풍당당한 분위기! 그는 깔끔하고 말쑥한 용모를 자랑했다. 그리고 무엇이건 깔끔한 데 집착했다. 장신구가 삐딱하게

달려 있거나 먼지 얼룩이 묻었거나 누군가의 옷차림이 약간이라도
흐트러져 보이면 그 문제를 해결할 때까지 괴로워하는 사람이었다.
'질서'와 '체계'가 그에게는 신이었다. 푸아로는 발자국이나 담뱃재
처럼 눈에 보이는 증거를 경멸했고, 그것만으로는 어느 탐정도 문
제를 해결할 수 없다고 주장했다. 그는 터무니없는 자기 만족에 취
해 달걀 모양의 머리를 두드리며 아주 흡족한 표정으로 이렇게 말
하곤 했다.

"진정한 작업은 '안에서' 이루어지는 법이지. '작은 회색 뇌세포'
에서. 작은 회색 뇌세포를 잊지 말게, 몬 아미(친구)."

나는 자리에 앉으며 푸아로의 인사에 대한 대답으로 칼레에서 도
버까지 한 시간 뱃길은 '끔찍하다'라는 형용사를 쓸 만한 거리가 아
니라고 말했다.

"흥미를 끌 만한 편지는 없었습니까?"

푸아로는 못마땅하다는 듯이 고개를 저었다.

"아직 살펴보지 않았지만 요즘은 재미있는 편지가 없어. 위대한
범죄자나 범죄 수법은 더 이상 존재하지 않는단 말이지."

그는 풀이 죽은 얼굴로 고개를 저었고, 나는 폭소를 터트렸다.

"기운 내세요, 행운이 찾아올 테니. 편지를 뜯어 보세요. 누가 알
아요? 엄청난 사건이 기다리고 있을지도 모르지 않습니까."

푸아로는 미소를 지으며 작고 깔끔한 편지용 칼을 들어 접시에
놓여 있던 봉투 몇 개를 뜯었다.

"청구서. 이것도 청구서. 나이가 들면서 내가 점점 낭비벽이 심해

지는 모양이군. 아하! 재프 경감이 보낸 편지도 있군."

"그래요?"

나는 귀를 쫑긋 세웠다. 런던 경시청의 그 경감은 우리에게 재미있는 사건을 여러 번 소개해 준 적이 있었다.

"애버리스트위스 사건 때 사소한 부분에서 방향을 바로잡아 주었더니 특유의 방식으로 감사의 인사를 보내왔군. 나로서는 도움이 되었다니 기쁠 따름이지."

푸아로는 차분하게 다른 편지를 계속 읽어 나갔다.

"우리 지역 보이 스카우트를 위해 강연을 해 달라는군. 포패녹 공작 부인이 전화 달라고, 만났으면 좋겠다는데, 분명 또 애완견 문제겠지. 그리고 이제 마지막 편지. 이건……."

나는 말투의 변화를 재빨리 감지하고 고개를 들었다. 푸아로는 주의 깊게 편지를 읽고 나서 잠시 후 나에게 편지를 건넸다.

"평범하지 않은 편지로군. 몬 아미(친구여), 직접 읽어 보게."

외국산 편지지에 획이 굵고 개성이 넘치는 글씨체로 적힌 편지였다.

프랑스

메를랭빌 쉬르 메르

주느비에브 별장

친애하는 선생님. 저는 지금 탐정의 도움이 필요하며, 이유는 추후에 말씀드리겠지만 경찰을 부를 수 없는 입장입니다. 여러 곳에서 이야기를 들어 보니 선생님은 확고한 능력의 소유자일 뿐 아니라 지각 있는 분이라고 하더군요. 편지에서 자세한 이야기를 하고 싶지는 않습니다만, 제가 알고 있는 비밀 때문에 날마다 생명의 위협을 느끼고 있습니다. 눈앞에 위험이 닥칠 것이 분명한 상황이니 당장 프랑스로 건너와 주시기를 간곡히 부탁드립니다. 언제 도착할지 전보로 알려 주시면 칼레로 차를 보내겠습니다. 지금 맡고 계신 모든 사건을 제쳐 두고 제 일에만 전념해 주시면 감사하겠습니다. 보수는 얼마든지 드릴 용의가 있습니다. 제가 몇 년 동안 살았던 산티아고로 가셔야 할 일이 생길 수도 있기 때문에 상당 기간 동안 선생님의 도움이 필요할지도 모르겠습니다. 사례금은 말씀하시는 대로 드리겠습니다.

정말 '다급한' 문제라는 것을 다시 한 번 말씀드립니다.

친애하는 P. T. 르노

서명 밑에 거의 알아볼 수 없을 만큼 황급히 갈겨쓴 추신 한 줄이 있었다.

꼭 좀 와 주십시오!

나는 두근거리는 심장을 달래며 편지를 되돌려 주었다.
"드디어 평범하지 않은 일이 생겼군요."

“그렇네.”

푸아로가 생각에 잠긴 채 말했다.

“당연히 가시겠죠?”

푸아로는 고개를 끄덕였다. 신중하게 생각하는 눈치였다. 드디어 그는 마음을 정했는지 시계를 흘끗 쳐다보았다. 표정은 엄숙하기 짝이 없었다.

“지체할 시간이 없군, 친구. 대륙행 특급 열차가 11시에 빅토리아에서 출발하니까. 조바심 낼 필요는 없네. 시간은 많으니까. 10분 정도는 이야기를 나눌 수 있어. 자네도 동행할 생각이겠지, 네 스 파 (안 그런가)?”

“글쎄요…….”

“앞으로 몇 주 동안은 상사가 찾을 일이 없을 거라고 자네 입으로 직접 이야기하지 않았나.”

“아, 그 점은 괜찮습니다. 하지만 르노 씨라는 사람이 비밀스러운 일이라는 분위기를 하도 강하게 풍겨서 말이지요.”

“쯧쯧쯧! 르노 씨는 내가 알아서 하겠네. 그나저나 어디서 많이 들어 본 이름 같지 않은가?”

“유명한 남미의 백만장자가 있죠. 그 사람 이름이 르노입니다. 동일 인물인지는 모르겠지만.”

“분명해. 그래야 산티아고를 운운한 이유가 설명이 되지. 산티아고는 칠레에 있고 칠레는 남미에 있으니까. 여기까지는 진행이 훌륭하군. 추신 보았나? 어떤 생각이 들던가?”

나는 곰곰이 생각해 보았다.

"차분하게 편지를 잘 쓰다 마지막이 되자 자제심을 잃고 충동적으로 다급하게 추신을 휘갈겨 쓴 겁니다."

하지만 나의 친구는 세차게 고개를 내저었다.

"그게 아니야. 서명한 잉크는 검은색에 가까운 데 반해 추신은 희미한 것을 보지 못했나?"

"예?"

나는 당황한 표정으로 물었다.

"몽 디외, 몬 아미(세상에, 친구), 이봐 이 친구야, 자네의 작은 회색 뇌세포를 활용해 보게. 뻔하지 않은가? 르노 씨는 편지를 쓴 다음 압지로 누르기 전에 다시 찬찬히 읽어 보았네. 그런 다음 충동적이라기보다 일부러 이 마지막 말을 덧붙이고 압지로 누른 걸세."

"하지만 이유가 뭡니까?"

"파블류(맙소사)! 자네한테 본 효과를 나한테서도 보기 위해서가 아니겠나."

"정말 그럴까요?"

"메위(그렇다마다). 나를 반드시 오게 하려고 그런 거였지. 그는 편지를 다시 읽어 보고 실망을 한 거야. 호소력이 부족했거든."

그는 잠시 말을 멈추었다 흥분했을 때 늘 그렇듯 눈동자를 초록색으로 반짝이면서 다시 부드럽게 덧붙였다.

"몬 아미(친구), 충동적이 아니라 차분하고 냉정하게 추신을 덧붙일 정도면 오히려 상황이 다급한 모양이니 당장 달려가야겠어."

"메를랭빌이라……. 들어 본 적이 있는 것 같습니다."

나는 생각에 잠긴 채 중얼거렸다.

푸아로는 고개를 끄덕였다.

"아주 작지만 세련된 곳이지. 불로뉴와 칼레의 중간쯤에 있고. 르노 씨는 영국에도 집이 있겠지?"

"러틀랜드 게이트에 있다고 들은 기억이 납니다. 하트퍼드셔 근처 시골에도 넓은 땅이 있다고 하고요. 하지만 사교적이지 않은 인물이라 저도 아는 게 거의 없습니다. 시티에 대규모 남미 사업체를 거느리고 있고, 칠레와 아르헨티나에서 반평생을 살았다는 정도밖에는요."

"자세한 이야기는 그 사람한테 직접 듣도록 하지. 자, 이제 짐을 싸 볼까? 각자 조그만 가방 하나만 챙기고 택시로 빅토리아 역까지 가는 거야."

11시에 우리는 빅토리아에서 도버로 향했다. 출발하기 전에 푸아로는 르노 씨에게 전보를 보내 우리가 칼레에 도착하는 시각을 알렸다.

"멀미약을 챙길 줄 알았더니 뜻밖이네요, 푸아로."

나는 아침 식사 시간에 나누었던 대화를 떠올리며 짓궂게 물었다.

걱정스럽게 날씨를 살피고 있던 내 친구는 나무라는 표정으로 나를 쳐다보았다.

"라브르기에의 그 훌륭한 멀미 대처법을 잊어버렸나? 나는 늘 그 방법을 쓰지. 머리를 왼쪽에서 오른쪽으로 돌리며 6초 간격으로 숨을 쉬면 몸의 균형을 유지할 수 있네."

"흠. 산티아고나 부에노스아이레스나 뭐 그런 목적지에 도착할 무렵이면 여섯까지 세며 몸의 균형을 유지하는 것도 지겨워지지 않을까요?"

"퀠 이디(무슨 소리인가)! 내가 진짜 산티아고로 가게 될 거라고 생각하는 건 아니겠지?"

"르노 씨가 편지에 그렇게 쓰지 않았습니까?"

"그건 에르퀼 푸아로의 방식을 모르고 한 말이지. 난 여행을 하거나 왔다 갔다 하거나 안절부절못하는 사람이 아니야. 내 일은 안에서, 그러니까 '이곳'에서 이루어진단 말일세."

그는 이마를 의미심장하게 톡톡 두드렸다.

늘 그렇듯 이 말이 따지기 좋아하는 내 성격을 자극했다.

"좋아요, 푸아로. 하지만 당신은 어떤 부분을 너무 무시하는 습관이 있어요. 지문 하나가 가끔은 살인범 체포와 유죄 판결로 이어지기도 한단 말입니다."

"그리고 무고한 사람이 교수형에 처해진 것도 한두 번이 아니었지."

푸아로가 냉담하게 대꾸했다.

"하지만 지문이나 발자국, 담뱃재, 여러 곳에서 묻어 온 흙, 세심한 관찰을 통해 얻은 그 밖의 단서들을 연구하는 것. 이런 것들도 중요하지 않은가요?"

"물론이지. 중요하지 않다고 말한 적은 없어. 경험이 풍부한 관찰자인 전문가에게는 분명 유용한 것이지. 하지만 에르퀼 푸아로와 같은 부류는 전문가 이상이란 말이야. 전문가가 정보를 가지고 오면 범죄 수법, 논리적인 귀결, 정황의 알맞은 차례와 순서, 그리고 무엇보다도 사건의 심리적인 측면을 밝히는 것이 우리 같은 사람들의 임무라네. 자네도 여우 사냥을 해 보았겠지?”

“가끔 한 적 있죠. 그건 왜 물으십니까?”

나는 갑작스런 화제의 전환에 조금 당황스러워하며 말했다.

“에 비엥(글쎄), 여우 사냥을 하려면 당연히 개가 필요하지 않나?”

“좀 더 정확하게 말하면 사냥개가 필요하죠.”

푸아로가 나를 향해 손가락을 흔들어 보이며 말했다.

“하지만 말이야. 자네가 직접 말에서 내려 땅을 달리며 코로 킁킁 냄새를 맡고, 큰 소리로 멍멍 짖어 대지는 않겠지?”

나도 모르게 커다란 웃음이 터져 나왔다. 푸아로는 만족스럽다는 듯이 고개를 끄덕였다.

“그러니까 개, 아니 사냥개의 일은 사냥개에게 맡기는 거라네. 그런데 지금 자네는 나, 에르퀼 푸아로더러 축축한 잔디 위에 엎드려 가상의 발자국을 조사하고, 종류도 구분 못 하는 담뱃재를 수집하는 우스꽝스러운 짓을 강요하고 있단 말이야. 플리머스 급행열차 사건(애거서 크리스티의 단편 중 하나로 『빅트리 무도회 사건(애거서 크리스티 전집 76권)』에서 읽을 수 있다 ─옮긴이)을 생각해 보게. 성실한 재프 경감이 철도 레일을 조사하러 나갔다 돌아왔을 때, 나는 아파트 밖으로 한 발자국도 움직이지 않은 채 그가 어떤 정보를 알아냈는지 정확히 간파했지.”

"그러니까 재프 경감이 시간을 낭비했다는 말씀이군요."

"그렇지 않아. 그의 정보가 내 추리를 확인시켜 주었으니까. 하지만 '내가' 나갔더라면 시간 낭비가 되었겠지. 이런 게 소위 말하는 '전문가'들의 일이야. 캐번디시 사건(『스타일스 저택의 괴사건』에 나오는 사건을 말하는 것이다 —옮긴이) 때 필적 증언을 생각해 보게. 한쪽 변호사의 심문 결과 필적이 유사하다는 증언이 나오자 피고 측에서 그렇지 않았다는 증거를 제시했지. 온갖 전문적인 용어를 동원해 가면서 말이야. 그런데 결과는 어찌됐나? 우리가 처음부터 알고 있었던 결과가 나오지 않았던가. 존 캐번디시 글씨와 아주 비슷하다고. 그런데 우리는 '어째서?'라는 질문에 봉착하게 되었지. 정말 그의 글씨이기 때문일까? 아니면 그가 쓴 것으로 여겨지길 바라는 사람이 있기 때문일까? 나는 해답을 제시했네, 몬 아미(친구). 정답을 제시했지."

푸아로는 나를 설득하지는 못했지만, 이렇게 나의 반론을 효과적으로 차단하고 만족스러워하며 뒤로 기대앉았다.

배에서 나는 친구의 고독을 방해하지 않았다. 날씨는 화창했고 바다는 흔히 말하듯 거울처럼 잔잔했기 때문에 칼레에서 하선하는 순간 푸아로가 싱글벙글하는 얼굴로 다가왔을 때도 나는 전혀 놀라지 않았다. 마중 나온 차가 보이지 않아 우리로서는 실망이었지만 푸아로는 전보 전달이 지체된 탓으로 돌렸다.

"차를 한 대 빌리도록 하지."

그가 기분 좋은 투로 말했다. 몇 분 뒤 우리는 임대용 자동차 중에서 가장 허름한 녀석을 타고 삐걱삐걱, 덜커덩덜커덩거리며 메를 랭빌 방향으로 향했다.

내 기분은 최고조였지만 친구는 심각한 표정으로 내게 말했다.

"헤이스팅스, 자네를 보니 지금 스코틀랜드 사람들이 흔히 말하는 '이상 흥분' 상태로군. 그건 재앙의 전조인데 말이야."

"말도 안 됩니다. 당신은 저와 다르게 기분이 안 좋은 모양이군요."

"아니, 나는 걱정이 된다네."

"뭐가 말씀입니까?"

"모르겠어. 하지만 불길한 예감이 드는군. 주 느 세 콰(뭐라 딱 꼬집어 말할 수는 없지만)."

어찌나 심각하게 이야기를 하던지 나도 모르게 그 기분에 휩쓸리고 말았다. 푸아로가 천천히 말했다.

"아주 큰 일이 될 것 같은 예감이 들어. 해결하기 쉽지 않은 길고 복잡한 문제가 도사리고 있는 것 같단 말이네."

다른 때 같았으면 좀 더 캐물었겠지만, 메를랭빌이라는 작은 마을에 막 들어선 참이라 주느비에브 별장으로 가는 길을 물으려고 달리는 속도를 늦추어야 했다.

"마을을 가로질러서 곧장 가세요, 무슈. 저쪽으로 한 800미터쯤 가면 주느비에브 별장이 나올 겁니다. 쉽게 찾을 수 있을 거예요. 바다가 내려다보이는 커다란 별장이니까요."

우리는 고맙다고 인사를 하고 마을을 등진 채 계속 차를 몰았다. 양 갈래 길이 나오자 우리는 두 번째로 차를 멈추었다. 그리고 우리 쪽으로 터벅터벅 걸어오고 있는 농부에게 다시 길을 물어보기 위해 가까이 올 때까지 기다렸다. 길 바로 옆에 별장이 있었지만 너무 작고 허름해서 우리가 찾는 곳은 아니었다. 기다리는 동안 그 별장의 문이 열리더니 한 아가씨가 밖으로 나왔다.

농부가 우리 옆을 지나가자 운전사가 몸을 내밀고 길을 물었다.

"주느비에브 별장이요? 오른쪽으로 곧장 몇 걸음만 가면 됩니다. 길이 굽지 않았으면 여기서도 보일 텐데."

운전사가 고맙다고 인사를 하고 다시 차를 움직였다. 내 시선은 한 손으로 문을 잡은 채 우리를 보고 서 있는 아가씨에게서 떠날 줄 몰랐다. 미인 예찬론자인 내 눈앞에 누구라도 그냥 지나칠 수 없는 여인이 서 있었던 것이다. 젊은 여신처럼 균형 잡힌 몸매에 커다란 키와 햇빛을 받고 빛나는 금빛 머리는 지금까지 내가 본 중에 최고로 꼽을 만한 미인이었다. 자동차가 위아래로 흔들리며 험한 길을 달리는 동안 나는 고개를 돌리고 그녀를 쳐다보았다.

"히야! 푸아로, 저 젊은 여신 봤어요?"

내가 큰 소리로 외쳤다.

푸아로는 눈썹을 치켜세웠다. 그가 중얼거렸다.

"사 코멍스(또 시작이군)! 벌써 여신을 보았다니!"

"하지만 여신 맞지 않습니까!"

"그럴지도 모르지. 나는 모르겠지만."

"당신도 그 아가씨를 보셨잖습니까?"

"몬 아미(친구), 두 사람이 같은 것을 보는 경우는 거의 없는 법이네. 예를 들어 자네 눈에는 여신으로 보였겠지만 내 눈에는……."

그는 말을 멈추고 머뭇거렸다.

"말씀해 보세요."

"내 눈에는 걱정스러운 눈빛을 한 아가씨로 보이더군."

푸아로가 심각하게 말했다.

하지만 이때 으리으리한 초록색 대문 앞에 차가 멈추어 섰다. 우리는 동시에 탄성을 질렀다. 문 앞에는 체구가 건장한 순경이 서 있었다. 그가 손을 들어 우리 앞을 막았다.

"들어갈 수 없습니다."

내가 외쳤다.

"르노 씨를 만나러 왔습니다. 약속이 되어 있는데요. 여기가 르노 씨 별장 맞지요?"

"맞습니다. 하지만……."

푸아로가 몸을 앞으로 숙였다.

"하지만 뭡니까?"

"르노 씨는 오늘 아침에 살해되었습니다."

푸아로가 흥분한 듯 눈을 반짝이며 빠르게 차에서 뛰어내렸다.

"지금 뭐라고 했습니까? 살해되었다고요? 언제? 어떻게 말입니까?"

순경은 몸을 꼿꼿이 세웠다.

"저는 어떤 질문에도 대답할 수 없습니다."

"그렇겠죠. 이해합니다."

푸아로는 잠시 생각에 잠겼다.

"경찰청장이 분명 안에 있겠지요?"

"그렇습니다."

푸아로는 명함을 꺼내 몇 마디를 휘갈겨 썼다.

"부알라(그렇군요)! 번거롭겠지만, 이 명함을 지금 당장 경찰청장에게 전해 주시겠습니까?"

순경은 명함을 받아 들더니 어깨 너머로 고개를 돌리고 휘파람으로 신호를 보냈다. 잠시 후 나타난 동료가 푸아로의 명함을 건네받아 문안으로 시라졌다. 몇 분을 기다리자 콧수염을 잔뜩 기른 땅딸막한 남자 하나가 헐레벌떡 출입구로 달려왔다. 순경이 경례를 하며 옆으로 비켜났다.

"오, 푸아로 씨. 반갑습니다. 마침 잘 오셨어요."

푸아로의 표정이 밝아졌다.

"무슈 벡스! 정말 반갑습니다."

그는 이 말과 함께 내 쪽으로 고개를 돌렸다.

"이쪽은 내 영국인 친구, 헤이스팅스 대위입니다. 이쪽은 루시앙 벡스 씨."

경찰청장은 나와 정중하게 인사를 나누자마자 푸아로 쪽으로 다시 고개를 돌렸다.

"몽 뷰(선생님), 1909년에 오스텐드(벨기에의 동쪽 끝에 자리잡은 도시 — 옮긴이)에서 뵌 것이 마지막이로군요. 혹시 저희에게 도움이 될 만한 정보라도 있습니까?"

"이미 알고 계실지 모르겠습니다만. 제가 부탁을 받고 이곳으로 찾아온 걸 아십니까?"

"몰랐습니다. 누구의 부탁이었습니까?"

"고인의 부탁이었습니다. 그는 생명이 위태롭다는 사실을 알고 있었던 것 같습니다. 안타깝게도 뒤늦게 저를 부른 거지요."

"시크르 토네르(맙소사)! 그러니까 자신의 살인 사건을 예견했단 말이군요. 그럼 우리의 추리가 다 무너지는데……. 아무튼 안으로 들어갑시다."

경찰국장은 그렇게 외친 뒤 문을 잡아 주었다. 우리는 집을 향해 걷기 시작했다. 벡스 국장이 이야기를 계속했다.

"오테 예심 판사님한테 당장 알려야겠습니다. 판사님은 조금 전에 범죄 현장 조사를 마치고 심문을 시작하려던 참이었죠."

"범행은 언제 일어났나요?"

푸아로가 물었다.

"시체는 오늘 아침 9시 무렵에 발견되었습니다. 르노 부인과 의사들의 증언으로 보건대 사망 시각은 새벽 2시 무렵으로 추정됩니다. 들어가시죠."

우리는 별장 앞문과 연결된 계단에 도착했다. 현관에 앉아 있던 또 다른 순경이 경찰청장을 보자 일어섰다.

"판사님은 지금 어디 계시지?"

경찰청장이 물었다.

"응접실에 계십니다."

벡스 씨가 현관 왼쪽 문을 열었다. 안으로 들어서자 오테 씨와 서기가 커다란 원형 테이블에 앉아 있다가 고개를 들었다. 경찰청장이 우리를 소개하고 찾아온 이유를 밝혔다.

오테 예심 판사는 키가 크고 마른 체형에 날카롭고 검은 눈동자가 특징이었고, 말을 할 때면 깔끔하게 자른 회색 턱수염을 쓰다듬는 버릇이 있었다. 약간 구부정한 어깨를 하고 벽난로 선반 옆에 서 있는 노신사는 의사인 뒤랑 선생이라고 했다.

경찰청장이 말을 마치자 오테 판사가 입을 열었다.

"정말 놀라운 일이로군요. 그 편지를 가지고 계십니까?"

푸아로가 편지를 건네자 판사가 받아서 읽었다.

"흠! 비밀 운운하고 있군요. 좀 더 구체적이었더라면 좋았을 텐데. 저희가 신세를 졌습니다, 푸아로 씨. 수사를 도와주시면 영광이겠습니다만. 혹시 런던으로 돌아가셔야 하는 상황인지요?"

"여기 남겠습니다, 판사님. 제때 도착해 의뢰인의 죽음을 막지는 못했지만 살인범을 밝혀야 할 의무가 있지 않나 싶습니다."

판사는 고개를 숙여 답례했다.

"그렇게 생각하신다니 존경스럽습니다. 르노 부인도 분명 선생의 도움을 받고 싶어할 겁니다. 파리에서도 지로 형사가 당장 온다고 했으니 두 분이 서로 수사를 도울 수 있을 겁니다. 그동안 제가 심문을 하는 데 참석해 주시겠습니까? 다른 필요한 것이 있으면 언제든지 말씀하십시오."

"감사합니다, 판사님. 지금 당장은 아무 도움도 못 되는 제 상황을 이해해 주시기 바랍니다. 아는 것이 전혀 없으니 말이지요."

오테 씨가 경찰청장에게 고개를 끄덕이자 경찰청장이 이야기를 시작했다.

"오늘 아침에 하녀 프랑수아즈 할멈이 일을 시작하려고 계단을 내려오다 현관문이 열려 있는 것을 발견했습니다. 순간 도둑이 들었나 깜짝 놀라 식당을 둘러보았지만 은그릇이 모두 제자리에 있기에 분명 주인님이 일찍 일어나서 산책을 나갔나 보다 싶어 더 신경을 쓰지 않았다고 합니다."

"잠깐. 이야기 도중에 죄송합니다만 평소에도 르노 씨에게 그런 습관이 있었다고 합니까?"

"아뇨, 그렇지 않습니다. 하지만 프랑수아즈 할멈은 영국인에 대해 남들과 비슷한 생각을 가지고 있습니다. 제정신이 아닌 사람들이라 언제든지 아주 희한한 행동을 할 수 있다고 말이지요. 젊은 하녀 레오니는 평소처럼 주인 마님을 깨우러 갔다 입에 재갈이 물린 채 밧줄로 손발이 묶인 모습을 보고 기겁을 했다는데, 이와 거의 동시에 등을 칼에 찔려 싸늘하게 식은 르노 씨의 시신이 발견되었다는 소식이 전해졌습니다."

"장소는요?"

"그게 이 사건에서 가장 심상치 않은 부분입니다. 푸아로 씨, 시신은 '열린 무덤'에 엎드린 채 누워 있었습니다."

"네?"

"별장 부지 경계선에서 몇 미터 떨어진 곳에 얼마 전에 파 놓은 구덩이가 있었습니다."

"사망한 지는 얼마나 되었던가요?"

이 질문에는 뒤랑 선생이 대답했다.

"제가 오늘 아침 10시에 검시했습니다. 적어도 7시간이나 10시간 전에 사망한 것이 분명했습니다."

"흠! 그럼 자정에서 새벽 3시 사이가 되겠군요."

"그렇습니다. 게다가 르노 부인의 증언에 따르면 새벽 2시 이후였다고 하니 시간대가 더욱 좁혀지는 셈이지요. 그 자리에서 숨을 거둔 것이 분명하고 자살의 가능성은 없었습니다."

푸아로가 고개를 끄덕이자 경찰청장이 이야기를 계속했다.

"기겁한 하인들이 르노 부인을 묶고 있던 밧줄을 황급히 풀었습니다. 부인은 묶여 있던 고통 때문에 기진맥진해서 거의 의식을 잃은 상태였죠. 복면을 쓴 남자 두 명이 침실로 침입해 부인에게 재갈을 물리고 밧줄로 묶은 뒤 남편을 강제로 끌고 간 모양입니다. 이건 하인들에게 건너서 들은 이야기예요. 부인은 그 끔찍한 소식을 듣자마자 극도의 불안 상태로 빠져들었습니다. 뒤랑 선생이 도착 즉시 진정제를 처방한 터라 아직 부인을 심문하지는 못했습니다. 하지만 잠시 후 깨어나면 차분하게 심문에 응할 수 있을 겁니다."

이쯤에서 경찰청장이 말을 멈추었다.

"국장님, 집 안에 다른 사람들은 누가 있습니까?"

"가정부인 프랑수아즈 할멈은 주느비에브 별장의 예전 주인과도 오랫동안 함께 살았던 인물입니다. 그리고 자매지간인 드니즈와 레오니 울라르가 있습니다. 두 아가씨는 메를랭빌의 존경받는 집안 출신이에요. 그리고 르노 씨가 영국에서 데리고 온 운전기사가 있는데 휴가를 떠나고 없습니다. 마지막으로 르노 부인과 아들인 잭 르노 씨가 있지요. 잭 르노 씨도 현재 집을 비운 상태입니다."

푸아로가 고개를 숙여 고맙다는 인사를 했다. 오테 씨가 말했다.

"마르쇼!"

순경 하나가 나타났다.

"프랑수아즈 할멈을 불러오게."

순경은 경례를 하고 사라졌다가 잠시 후 겁에 질린 프랑수아즈를 데리고 다시 나타났다.

"이름이 프랑수아즈 아리셰 맞습니까?"

"예, 판사님."

"이곳 주느비에브 별장에서 오랫동안 일을 했지요?"

"라 비콩테스 부인 밑에서 11년 동안 있었습니다. 부인께서 올봄에 별장을 처분하자 영국 주인님 밑에 남겠다고 했고요. 저는 단 한 번도 이런 일이 일어나리라곤……."

판사가 말허리를 잘랐다.

"압니다, 알아요. 자, 현관문 말인데, 밤마다 문을 잠그는 것은 누구 소관입니까?"

"제 일입니다, 판사님. 제가 항상 문단속을 했지요."

"어젯밤에는요?"

"평소처럼 단단히 잠갔습니다."

"확실한가요?"

"성인들의 이름을 걸고 맹세합니다, 판사님."

"몇 시에 잠갔습니까?"

"평소처럼 10시 반에 잠갔습니다, 판사님."

"그때 다른 식구들은 무엇을 하고 있었습니까? 다들 잠자리에 들었나요?"

"마님은 그 전에 침실로 들어가셨죠. 드니즈와 레오니는 저와 함께 2층으로 올라갔고요. 주인님은 서재에 계셨습니다."

"그럼 누군가 그 후에 현관문을 열었다면 르노 씨일 수밖에 없겠군요?"

프랑수아즈는 널찍한 어깨를 으쓱했다.

"주인님이 뭐 하러 그러셨겠어요? 강도와 살인범들이 우글우글한데. 그게 가당키나 한 이야기겠어요? 주인님은 바보가 아니에요. 그 여자를 배웅해야 했다고 하더라도……."

판사가 날카롭게 치고 나왔다.

"여자라니? 누구 말입니까?"

"주인님을 만나러 온 여자 있잖아요."

"그날 저녁에 르노 씨를 만나러 온 여자가 있었던 말입니까?"

"예, 판사님. 다른 날 저녁에도 찾아오곤 했지요."

"누굽니까? 아는 사람입니까?"

교활한 기색이 프랑수아즈의 얼굴 위로 번졌다. 그녀가 퉁명스러운 목소리로 투덜대듯 말했다.

"그 여자가 누군지 제가 어찌 알겠어요? 간밤에 제가 안으로 들여놓지도 않았는 걸요."

판사가 주먹으로 탁자를 내리치며 소리를 질렀다.

"지금 경찰을 우롱할 작정입니까? 저녁마다 르노 씨를 찾아왔던 그 여자 이름을 당장 말하세요."

프랑수아즈는 계속 툴툴댔다.

"경찰, 경찰……. 경찰과 얽히게 될 줄은 꿈에도 몰랐는데. 하지만 그 여자가 누구인지는 잘 알지요. 도브뢰이 부인이랍니다.”

경찰청장이 깜짝 놀라며 전혀 뜻밖이라는 듯이 몸을 앞으로 쑥 내밀었다.

“도브뢰이 부인이라면……. 이 길을 따라 조금 가면 나오는 마르게리트 별장의 안주인 말이오?”

“그렇다니까요, 국장님. 아주 미인이지요.”

할멈은 비꼬는 투로 고개를 치켜들었다.

“도브뢰이 부인이라……. 말도 안 되는 소리.”

경찰청장이 나직이 중얼거렸다.

“부알라(참나)! 진실을 알려 드린 대가가 겨우 말이 안 된다는 거로군요.”

푸랑수아즈가 투덜대자 예심 판사가 달래듯이 말했다.

“그게 아닙니다. 좀 놀라서 그런 것뿐이죠. 그럼 도브뢰이 부인과 르노 씨가 혹시……?”

그는 조심스럽게 말을 멈추었다.

“틀림없습니까?”

“제가 어찌 알겠어요? 하지만 어쩌시려고요? 주인님은 밀로르 앙글레, 트레 히셔(영국 신사, 그것도 돈 많은 사람)였고, 도브뢰이 부인은 가난하지만 딸과 둘이서 조용히 살기에는 너무 매력적인 여자였지요. 분명 파란만장한 과거가 있을 거예요. 이제는 나이가 들었지만, 마 프와(두고 보세요)! 지금 이렇게 말하는 나만 하더라도 그 여자가 길거리를 지나가면 남자들의 고개가 돌아가는 걸 보았어요.

게다가 요즘에는 씀씀이도 헤퍼진 걸 온 동네가 다 안다고요. 쪼들리는 생활이 끝난 거지요."

그러면서 프랑수아즈는 확실하다는 듯이 고개를 주억거렸다.

판사는 반사적으로 턱수염을 쓰다듬다가 마침내 이렇게 물었다.

"그럼 르노 부인은? 부인은 두 사람 사이를 어떻게 받아들였나요?"

프랑수아즈는 어깨를 으쓱했다.

"마님이야 언제나 상냥하고 예의 바르지요. 전혀 의심하지 않았을 거예요. 그렇더라도 가슴이 아프지 않았을까요, 판사님? 날이 갈수록 마님은 안색이 창백해지고 야위어 갔어요. 한 달 전에 이곳으로 건너왔을 때와는 아주 다른 분이 되었답니다. 주인님도 달라지셨어요. 주인님도 걱정거리가 있었던 게지요. 누가 봐도 신경이 잔뜩 곤두선 상태였거든요. 그런 식으로 벌여 놓은 관계가 있으니 당연한 일 아니었겠어요? 말조심할 줄도 모르고 사리분별도 못하고. 스틸러 앙글레(전형적인 영국인이죠)!"

화가 난 내가 자리에서 벌떡 일어났지만 예심 판사는 부차적인 문제에 아랑곳하지 않고 심문을 계속했다.

"조금 전에 르노 씨가 도브뢰이 부인을 배웅하는 바람에 그렇게 되었다고 했지요? 그렇다면 부인은 그때 떠났습니까?"

"예, 판사님. 두 사람이 서재에서 나와 현관으로 가는 소리를 들었어요. 주인님이 잘 가라고 하면서 부인이 나간 뒤 문을 닫았죠."

"그때가 몇 시였습니까?"

"10시 25분쯤이었습니다."

"르노 씨가 몇 시에 잠자리에 들었는지 압니까?"

"우리가 자리에 눕고 10분쯤 지났을 때 주인님이 올라오는 소리를 들었어요. 계단이 어찌나 삐걱거리는지 누구든 오르락내리락하면 소리가 다 들리거든요."

"그걸로 끝이었소? 그 뒤로는 아무 소리도 듣지 못했나요?"

"예, 판사님."

"아침에 제일 먼저 내려온 사람은 누굽니까?"

"접니다, 판사님. 내려오자마자 문이 열려 있는 것을 바로 발견했지요."

"1층 창문은? 다 잠겨 있던가요?"

"다 잠겨 있었습니다. 수상하거나 평소와 다른 구석이 전혀 없었어요."

"알겠습니다. 프랑수아즈, 이제 나가도 좋아요."

할멈은 발을 끌며 문 쪽으로 걸어갔다. 그러다 문지방 앞에서 고개를 돌렸다.

"판사님, 한 가지만 더 말씀드릴게요. 도브뢰이 부인은 질이 나쁜 여자예요. 여자는 여자가 아는 법이랍니다. 도브뢰이 부인은 질이 나쁜 여자라는 걸 명심하세요."

그러더니 점잖게 고개를 저으며 밖으로 나갔다.

"레오니 울라르."

판사가 다른 하녀의 이름을 불렀다.

레오니는 눈물 범벅에 히스테리를 일으키기 직전이었다. 오테 씨는 그녀를 능숙하게 다루었다. 레오니의 증언은 재갈이 물린 채 밧줄에 묶여 있던 마님을 발견한 부분에 집중되었는데 조금 과장된 느낌이 들었다. 그녀도 프랑수아즈처럼 밤새도록 아무 소리도 못 들었다고 했다.

자매지간인 드니즈가 뒤를 이어 들어왔다. 그녀도 주인이 최근 들어 많이 변했다고 맞장구를 쳤다.

"시간이 지날수록 점점 까다로워지셨죠. 식사량도 줄었고. 항상 우울한 얼굴이었어요."

하지만 드니즈는 나름대로 다른 의견을 내놓았다.

"분명 마피아한테 쫓기고 있었던 거예요! 복면을 쓴 남자 두 명이라니 마피아가 아니고 뭐겠어요? 정말 무서운 조직이에요!"

판사가 부드럽게 말했다.

"물론 그럴 수도 있지요. 자, 그런데 어젯밤에 도브뢰이 부인을 집 안으로 안내한 사람이 아가씨였나요?"

"어젯밤이 아니라 그젯밤이었어요, 판사님."

"하지만 프랑수아즈 말로는 어젯밤에 도브뢰이 부인이 찾아왔다고 하던데."

"아니에요, 판사님. 어젯밤에 주인님을 찾아온 여자분이 있기는 했지만 도브뢰이 부인은 아니었어요."

깜짝 놀란 판사가 다시 물었지만 드니즈의 말은 변함이 없었다. 드니즈는 도브뢰이 부인의 얼굴을 똑똑히 알고 있었다. 어젯밤에 찾아온 여자는 까무잡잡하기는 했지만 키가 좀 더 작고 훨씬 젊었다. 그녀는 목에 칼이 들어와도 분명하다고 말했다.

"전에도 본 적 있는 여자였나요?"

"아뇨, 판사님."

그러더니 드니즈는 조심스럽게 덧붙였다.

"하지만 영국 사람인 것 같았어요."

"영국 사람?"

"예, 판사님. 아주 유창한 프랑스어로 주인님을 찾았지만 특유의 억양만은 감출 수가 없는 법이거든요. 게다가 두 분이 서재에서 나왔을 때는 영어로 이야기를 나누고 있었어요."

"뭐라고 하는지 들었나요? 그러니까 알아들을 수 있던가요?"

드니즈가 자랑스럽다는 듯이 말했다.

"전 영어를 제법 잘하는 걸요. 그 여자분은 말이 너무 빨라서 알아들을 수 없었지만 주인님이 문을 열어 주며 마지막으로 한 말은 들었어요."

그녀는 잠시 말을 멈추었다 조심스럽게 공을 들여서 들은 대로 옮겼다.

"'알겠소…… 알겠어요……. 그러니 제발 나가 주시오!'"

"알겠소, 알겠어요, 그러니 제발 나가 주시오!"

판사가 드니즈의 말을 반복했다.

판사는 드니즈를 내보내고 잠시 생각을 하다 프랑수아즈를 다시 불렀다. 그는 도브뢰이 부인이 찾아온 날을 혹시 착각한 것 아니냐고 물었다. 하지만 프랑수아즈는 뜻밖에도 완강한 반응을 보였다.

도브뢰이 부인이 찾아온 때가 어젯밤이 분명하다는 것이었다. 의심할 여지도 없이 도브뢰이 부인이었다. 드니즈는 관심을 끌려고 그러는 것이다. 부알라 투(그게 분명하다)! 그래서 이상한 여자 이야기를 그럴듯하게 지어낸 거다. 영어 잘한다고 자랑도 할 겸. 아마 주인님은 영어로 그런 말씀을 하지 않으셨을 테고 했더라도 아무 의미 없다. 도브뢰이 부인도 영어를 완벽하게 하는 데다 주인님 부부와 이야기할 때는 보통 영어를 썼으니까. 잭 도련님도 평소에는 여기 계시는데 도련님은 프랑스어를 아주 못하니까.

판사는 고집을 부리지 않았다. 대신 운전기사에 대해 묻고, 어제 당일에 르노 씨가 차를 쓰지 않을 것 같으니 하루 쉬어도 좋다고 했다는 정보를 얻었다.

푸아로가 어리둥절한 표정으로 눈살을 찌푸렸다.

"왜 그러세요?"

내가 조그맣게 물었다.

그는 성마른 사람처럼 고개를 젓다 질문을 던졌다.

"죄송합니다, 벡스 씨. 하지만 르노 씨는 분명 운전을 할 줄 알았겠지요?"

경찰청장이 프랑수아즈 쪽으로 고개를 돌리자 그녀가 재빨리 대답했다.

"아뇨. 주인님은 직접 운전을 한 적이 없었어요."

푸아로의 미간에 잡힌 주름이 더욱 깊어졌다.

"무슨 일 때문에 그렇게 신경을 쓰는지 알려 주세요."

내가 조바심을 내며 물었다.

"그래도 모르겠나? 편지에서 르노 씨는 칼레로 차를 보내겠다고 했잖은가."

"차를 빌리겠다는 얘기였나보죠."

"분명 그랬던 모양이야. 그런데 자기 차가 있으면서 왜 차를 빌리려 했을까? 왜 하필이면 바로 어제 운전기사에게 쉬라고 한 걸까? 그것도 갑작스럽게. 무슨 이유로 우리가 도착하기 전에 운전기사를 어디론가 보내려고 했던 걸까?"

프랑수아즈가 방을 나갔다. 판사는 손가락으로 테이블을 두드리며 생각에 잠겼다.

마침내 그가 입을 열었다.

"벡스 국장. 여기 정반대의 증언이 있습니다. 어느 쪽을 믿어야 할 것 같습니까? 프랑수아즈? 드니즈?"

경찰청장이 딱 잘라 말했다.

"드니즈입니다. 손님을 안내한 사람이 드니즈였으니까요. 프랑수아즈는 늙고 고집불통인 데다 도브뢰이 부인을 분명 싫어합니다. 게다가 르노 씨가 다른 여자와 복잡한 관계를 맺고 있었다는 정보도 있지 않습니까."

오테 판사가 큰 소리로 외쳤다.

"이런! 무슈 푸아로에게 그걸 알려드린다는 것을 깜빡했군요."

그는 테이블에 놓인 종이들을 뒤적여 편지 한 장을 찾아내 친구
에게 건넸다.

"고인의 외투 주머니 속에 이 편지가 들어 있었습니다."

푸아로가 편지를 받아 펼쳤다. 편지는 해지고 구깃구깃했으며 서
툴게 휘갈긴 영어로 쓰여 있었다.

사랑하는 당신, 왜 이렇게 오랫동안 편지가 없나요? 아직도 나를
사랑하는 거 맞죠? 요즘 당신이 보낸 편지들이 전과 다르게 냉정하
고 이상하다 싶었더니 이번에는 이렇게 오랫동안 침묵하시는군요. 무
서워요. 이제는 당신이 더 이상 나를 사랑하지 않는가 싶어서. 하지만
그럴 리 없죠. 난 늘 쓸데없는 상상을 하는 철없는 어린아이같아요!
하지만 정말로 당신이 나를 사랑하지 않는다면 어찌해야 좋을지 모
르겠어요. 아마 죽어 버릴 거예요! 당신 없이는 살 수 없으니까. 가끔
은 우리 둘 사이에 다른 여자가 생겼나 싶기도 해요. 그 여자더러 조
심하라고 해요. 당신도 마찬가지고. 그 여자한테 넘어가면 죽여 버릴
거야! 농담이 아니에요.

내가 지금 말도 안 되는 소리 하고 있는 거 맞죠? 당신은 나를 사랑
하고 나는 당신을 사랑하는데. 맞아요, 사랑해요, 사랑해요, 사랑해요!

당신의 사랑스러운,

벨라.

편지에는 주소나 날짜도 없었다. 푸아로는 심각한 표정으로 편지를 돌려주었다.

"그러니까 어떻게 생각하신다는 건지……?"

예심 판사는 어깨를 으쓱했다.

"르노 씨는 벨라라는 이 영국 여자와 깊은 사이였던 것이 분명합니다. 그런데 이곳으로 건너와 도브뢰이 부인을 만난 뒤 부인과 모종의 관계를 맺게 되었지요. 르노 씨가 냉담하게 대하자 이 여자 쪽에서는 당장 뭔가 있구나 하고 의심을 하기 시작합니다. 이 편지에는 분명히 협박이 담겨 있습니다. 푸아로 씨, 처음에 이 사건은 아주 간단한 것 같았습니다. 질투가 아니고 뭐겠습니까! 르노 씨가 등 뒤에서 찔린 것도 여성의 범행이라는 심증을 갖게 했지요."

푸아로는 고개를 끄덕였다.

"등 뒤에서 찔린 것은 그렇습니다. 하지만 무덤은 아니죠. 그건 힘들고 어려운 일입니다. 여자가 그런 무덤을 팔 수는 없습니다. 그건 남자의 소행이에요."

경찰청장이 흥분한 목소리로 외쳤다.

"맞아, 맞아요, 그렇군요. 그 부분은 생각을 못 했습니다."

오테 판사가 말을 이었다.

"말씀드렸다시피 처음에는 아주 간단한 사건인 줄 알았습니다. 하지만 복면을 쓴 남자들과 무슈 푸아로가 무슈 르노한테 받은 편지 때문에 문제가 복잡해졌습니다. 이 두 가지는 상관관계가 전혀 없는 별개의 상황이니까요. 무슈께서 받은 편지의 경우에는 이 '벨라'라는 여자와 그녀의 협박을 염두에 둔 것이 아니었을까요?”

푸아로는 고개를 저었다.

“아닐 겁니다. 르노 씨처럼 외진 곳에서 위험한 인생을 보낸 남자가 여자 하나 때문에 보호 요청을 할 리는 없지요.”

예심 판사는 단호하게 고개를 끄덕였다.

“제 생각도 그렇습니다. 그렇다면 그런 편지를 보낸 이유를 찾아야 하는데…….”

경찰청장이 판사를 대신해 마무리를 지었다.

“산티아고에서 찾아야죠. 지금 당장 그곳 경찰에 고인의 사생활과 여자관계, 사업 문제, 친구들, 그리고 혹시 있을지 모르는 원한 관계 등에 대해 자세히 알려 달라고 전보를 치겠습니다. 그랬는데도 이 수수께끼 같은 살인 사건의 단서를 찾지 못한다면 그게 오히려 이상한 일이겠지요.”

경찰청장은 사방을 둘러보며 동의를 구했다.

“훌륭하십니다!”

푸아로가 대단하다는 듯이 말했다. 그러더니 곧 물었다.

“르노 씨의 유품 중에 이 벨라라는 여자가 보낸 다른 편지는 없었습니까?”

“예. 서재에 있는 고인의 개인적인 문서를 당연히 제일 먼저 뒤져 보았죠. 하지만 눈길을 끌 만한 것은 아무것도 없었습니다. 모두 분명하고 뻔한 내용들이더군요. 눈에 띌 만한 것은 유언장 하나뿐이었어요. 여기 있습니다.”

푸아로는 유언장을 훑어보았다.

"흠. 1000파운드의 유산은 스토너에게. 그나서나 스토너가 누굽니까?"

"르노 씨의 비서입니다. 영국에 살면서 주말에 한두 번씩 이곳으로 찾아온답니다."

"그리고 나머지는 조건 없이 사랑하는 아내 엘로이즈에게 준다고 되어 있군요. 내용은 간단하지만 법적으로는 아무 문제 없겠습니다. 드니즈와 프랑수아즈, 두 하녀가 증인 역할을 했고. 별로 의심이 갈 만한 부분은 없군요."

푸아로는 유언장을 되돌려주었다.

"보지 못하신 모양인데……."

벡스 국장이 입을 열었다.

푸아로가 눈을 반짝였다.

"날짜 말입니까? 네, 물론 보았습니다. 2주 전이더군요. 그때 처음으로 신변의 위협을 느꼈나 봅니다. 돈이 많은 남자들은 대다수가 죽음을 염두에 두지 못하고 유언장 없이 눈을 감지요. 물론 섣부른 판단은 금물입니다. 그런데 유언장을 보니 여자관계가 복잡했음에도 불구하고 아내를 끔찍이 아끼고 사랑했던 모양입니다."

오테 판사가 의심쩍다는 듯이 말했다.

"그런 것 같네요. 하지만 어머니에게 전적으로 의존하게 되었으니 아들 입장에서는 불공평할 수도 있지요. 만약 어머니가 재혼하면 새아버지에게 상속권이 넘어가서 아들은 아버지의 돈을 단 한 푼도 만지지 못할 수도 있습니다."

푸아로는 어깨를 으쓱했다.

"남자는 허영심이 강한 동물입니다. 무슈 르노는 아내가 절대 재혼할 리 없다고 생각했겠지요. 아들의 경우 어머니에게 돈을 맡기는 것이 현명한 예방 조치일 수도 있습니다. 부잣집 아들들이란 난잡하기로 유명하니까요."

"그럴 수도 있겠습니다. 무슈 푸아로, 이제 사건 현장에 가 보고 싶으시겠지요? 유감스럽게도 시신은 다른 곳으로 옮겨졌지만 여러 각도에서 사진을 찍어 놓았으니 나오는 대로 보여 드리겠습니다."

"그렇게 신경을 써 주시다니 감사합니다, 국장님."

국장이 자리에서 일어섰다.

"같이 가시지요."

그는 문을 열고 푸아로에게 먼저 나가라는 뜻으로 정중히 고개를 숙였다. 푸아로도 뒤로 물러서며 마찬가지로 깍듯하게 고개를 숙였다.

"먼저 가시지요."

"먼저 가시지요."

드디어 두 사람은 밖으로 나섰다.

"저기 있는 방이 서재지요. 아인(아닙니까)?"

갑자기 푸아로가 맞은편 방을 턱으로 가리키며 물었다.

"들여다보시겠습니까?"

문을 열고 우리는 안으로 들어섰다.

르노 씨가 서재로 선택한 방은 작지만 고급스럽고 편안하게 꾸며

져 있었다. 사무적인 분위기를 물씬 풍기는 책상이 분류용 칸막이와 힘께 칭가에 놓여 있었다. 가죽을 씌운 두 개의 대형 안락의자가 벽난로를 마주 보고 있었고, 최신 서적과 잡지로 뒤덮인 원형 테이블이 그 사이로 보였다.

푸아로는 잠시 서서 방을 쳐다보다 안으로 들어가 가죽의자의 등받이를 손으로 가볍게 훑고, 테이블에 놓인 잡지를 집어드는가 하면 참나무로 만든 테이블 옆면을 조심스럽게 쓰다듬기도 했다. 그는 너무나도 흡족한 표정이었다.

"먼지가 없는 모양이죠?"

내가 웃으면서 물었다.

독특한 취향을 알아줘서 고마운지 푸아로는 나를 보며 환한 표정을 지었다.

"한 점도 없네, 몬 아미(친구여)! 이번에는 그렇기 때문에 유감이지만."

날카롭고 매서운 눈동자가 이쪽저쪽으로 움직이면서 방을 샅샅이 살피고 있었다.

푸아로가 다행스럽다는 듯이 갑자기 외쳤다.

"아! 벽난로 앞 양탄자가 비뚤어져 있군."

푸아로는 허리를 숙이고 양탄자를 바로잡았다.

그런데 그가 느닷없이 탄성을 지르며 일어섰다. 그의 손에는 조그만 분홍색 종잇조각이 들려 있었다.

"프랑스 하녀들도 영국 하녀들처럼 양탄자 밑 청소는 건너뛰는 모양이로군."

벡스 국장이 종잇조각을 건네받았고, 나도 그것이 무엇인가 알아보려고 가까이 다가갔다.

"그게 뭔지 알겠나, 헤이스팅스?"

나는 어리둥절해하며 고개를 가로저었다. 하지만 그 분홍색 종이는 상당히 낯이 익었다.

국장의 두뇌 회전이 나보다 빨랐다.

"수표 조각이로군요."

종잇조각은 가로세로가 약 5센티미터 정도의 정사각형 모양이었다. 그 위에 잉크로 '듀빈'이라는 단어가 쓰여 있었다.

국장이 외쳤다.

"비엥(아하)! 이 수표는 듀빈이라는 사람에게 지불하려고 했거나 그 사람이 발행한 수표로군요."

"아마 첫 번째 경우일 겁니다. 잘못 보았을 수도 있지만 르노 씨의 필체가 분명하니까요."

책상의 메모와 비교해 보니 금세 맞는 것으로 밝혀졌다.

"이런 세상에! 이런 것을 못 보고 지나가다니."

국장이 풀이 죽은 채 중얼거렸다. 푸아로가 웃음을 터트렸다.

"오늘의 교훈은 '양탄자 밑을 항상 살펴볼 것!'입니다. 조금이라도 비뚤어진 물건이 보이면 제가 얼마나 괴로워하는지는 여기 있는 내 친구 헤이스팅스가 알려 줄 겁니다. 저는 비뚤어진 양탄자를 보자마자 속으로 이렇게 중얼거렸지요. '이런! 의자를 뒤로 밀 때 다리가 양탄자에 걸린 모양이군. 그 밑에 프랑수아즈도 못 보고 지나친 무언가가 있을지 모르겠다.'"

"프랑수아즈라고요?"

"드니즈나 레오니일 수도 있지요. 이 방을 청소한 사람 말입니다. 먼지 하나 없이 깨끗한 것으로 보아 누군가 오늘 아침에 이 방을 청소한 것이 분명합니다. 그래서 사건을 이런 식으로 재구성해 보았지요. 어제, 어쩌면 어젯밤에 르노 씨가 듀빈이라는 사람 앞으로 수표를 썼다. 그런데 그 후 수표는 갈갈이 찢겨 바닥 위로 흩어졌다. 오늘 아침에……."

하지만 벡스 국장은 이미 다급하게 초인종 끈을 잡아당기는 중이었다.

프랑수아즈가 달려왔다. 그랬다. 바닥 위에 종잇조각들이 흩어져 있었다. 그래서 어떻게 했느냐고? 물론 부엌 스토브에 버렸다. 당연한 것 아닌가?

국장은 낙담한 시늉을 하며 그녀를 내보냈다. 그러다 잠시 후 환한 얼굴을 하고 책상 쪽으로 달려가 고인의 수표첩을 뒤졌다. 하지만 이내 낙담한 티를 다시 냈다. 반쪽 남은 마지막 장이 공란이었던 것이다.

푸아로가 그의 등을 두드리며 외쳤다.

"힘 내십시오! 르노 부인이라면 듀빈이라는 이 정체불명의 인물에 대해 알고 있을 테니까요."

국장의 표정이 밝아졌다.

"맞습니다. 수사를 계속하지요."

서재를 나서려고 몸을 돌렸을 때 푸아로가 지나가는 투로 물었다.

"어젯밤에 무슈 르노가 손님을 맞은 곳이 여기였습니까?"

"예. 그런데 어떻게 아셨습니까?"

"이걸 보고 알았지요. 가죽 의자 등받이에 있었습니다."

푸아로의 엄지와 검지 사이에 길고 검은 머리카락이 있었다. 여자의 머리카락이었다.

벡스 국장이 집 뒤쪽으로 우리를 안내했다. 그곳에는 조그만 헛간이 집에 기대어 서 있었다. 그는 주머니에서 열쇠를 꺼내 문을 열었다.

"시신은 여기 있습니다. 사진 촬영이 끝나고 선생이 도착하기 직전에 범죄 현장에서 이곳으로 옮겼죠."

문이 열리자 우리는 안으로 들어섰다. 시신 위에 시트가 덮여 있었다. 국장이 능숙하게 덮개를 걷어 올렸다. 르노 씨는 중간 정도의 키에 호리호리하고 선이 가는 체형이었다. 나이는 50세 정도로 보였고 머리는 반백에 가까웠다. 길고 얇은 코에 깨끗하게 면도를 한 모습이었고 양쪽 눈 사이가 비교적 좁았다. 열대 태양 밑에서 거의 평생을 보낸 사람답게 피부는 짙은 구릿빛으로 그을려 있었다. 입술은 반쯤 벌어져 있었고, 경악과 공포의 표정이 검푸른 얼굴 위에 또렷이 각인돼 있었다.

"얼굴만 봐도 뒤에서 칼에 찔린 줄 알겠군요."

푸아로는 아주 조심스럽게 시신을 뒤집었다. 견갑골 사이, 옅은 황갈색 외투 위로 시커멓고 동그란 혈흔이 보였다. 그 한가운데가 길고 가늘게 찢겨 있었다. 푸아로는 그 부분을 주의 깊게 관찰했다.

"범죄에 어떤 흉기가 사용됐는지 혹시 짐작이 가십니까?"

"이게 상처 위에 꽂혀 있었습니다."

국장이 커다란 유리 항아리 속으로 손을 집어넣었다. 종이 자르는 칼처럼 생긴 조그만 물체가 그 안에 들어 있었다. 검은색 손잡이와 가늘고 반짝이는 칼날이 달린 물건이었다. 전체 길이가 25센티미터를 넘지 않았다. 푸아로는 색이 변한 끝 부분을 손끝으로 조심스럽게 점검했다.

"마 푸아(세상에)! 날카롭군요. 살인용 흉기로 안성맞춤입니다!"

"안타깝게도 지문은 남아 있지 않았습니다. 범인이 장갑을 끼고 있었나 봅니다."

국장이 아쉽다는 듯이 말했다.

푸아로가 경멸하듯이 내뱉었다.

"그랬겠지요. 산티아고에서도 그 정도는 알고 있을 겁니다. 비전문가 중의 비전문가인 영국 아가씨조차도 알고 있을 겁니다. 언론에서 베르티용 범인 식별법을 자세하게 다뤄 준 덕택입니다. 그래도 지문이 남아 있지 않다니 오히려 흥미롭군요. 다른 사람의 지문을 간단하게 남길 수도 있을 텐데요. 그럼 경찰도 좋아했을 거고."

푸아로는 고개를 가로저었다.

"걱정스럽게도 우리의 범인은 체계적인 사람이 아닌 것 같군요. 아니면 시간에 쫓겼거나. 두고 보면 알겠지요."

그는 시신을 원래 자세로 돌려놓더니 말했다.

"외투 안에 속옷만 입고 있군요."

"예. 판사님도 그 점을 이상하게 생각하고 있습니다."

이때 닫아 놓은 문을 두드리는 소리가 들렸다. 벡스 국장이 성큼 성큼 다가가 문을 열었다. 프랑수아즈가 서 있었다. 그녀는 잔인한 호기심을 보이며 안을 들여다보려고 기를 썼다.

"무슨 일입니까?"

국장이 짜증난다는 듯이 물었다.

"마님 말씀이에요. 이제 기운을 차렸으니 판사님을 만날 준비가 되었다고 전해 달라 하셨어요."

국장이 무뚝뚝하게 말했다.

"잘 됐군요. 판사님에게 연락하고 우리도 당장 가겠다고 전해 주 시죠."

푸아로는 시신을 돌아보며 잠시 꾸물거렸다. 순간 나는 고인의 이름을 부르며 범인을 잡을 때까지 매진하겠다는 다짐이라도 하려 는 건가 하는 생각을 했다. 하지만 맥 빠지게도 푸아로는 그 순간의 엄숙함과는 전혀 어울리지 않는 말을 하는 것이었다.

"너무 긴 외투를 입었군."

그가 어색하게 내뱉은 말이었다.

현관에서 기다리고 있던 오테 판사와 함께 우리는 프랑수아즈를 앞세운 채 2층으로 올라갔다. 푸아로는 갈지자걸음으로 나를 당황스럽게 만들더니 잔뜩 찡그린 얼굴을 하고선 이렇게 속삭였다.

"르노 씨가 계단 올라가는 소리가 하녀들 귀에 들린 것도 무리는 아니로군. 이 정도로 삐걱대는 소리면 죽은 사람도 눈을 뜨겠어!"

층계 꼭대기에 다다르자 갈라진 작은 통로가 보였다.

"하녀들의 방이 있는 곳입니다."

국장의 설명이었다.

우리는 복도를 따라 걸었다. 프랑수아즈가 복도의 오른쪽 마지막 문을 두드렸다.

희미하게 들어오라는 소리가 들렸다. 우리는 400미터쯤 거리에서 파랗게 반짝이는 바다가 내다보이는 넓고 환한 방으로 들어섰다.

키가 크고 인상적인 분위기를 풍기는 부인이 쿠션으로 등을 받치고 뒤랑 선생의 간호를 받으며 긴 의자 위에 누워 있었다. 부인은 중년의 나이였고 한때 검은색이었을 머리가 이제는 거의 은색으로 변했지만, 강렬한 생명력과 뚜렷한 개성이 느껴졌다. 프랑스어로 '엉 매트헤스 팜므'('스스로 살아갈 능력이 있는, 강인한 여자'라는 뜻—옮긴이)가 이런 여자를 두고 하는 말이라는 것을 한눈에 알 수 있을 정도였다.

그녀는 품위 있게 고개를 숙여 인사하며 우리를 맞이했다.

"모두들 편히 앉으세요."

우리는 의자에 앉았고 판사의 서기는 원형 테이블에 자리를 잡았다.

"부인, 어젯밤에 무슨 일이 벌어졌는지 저희한테 알려 주시는 것이 너무 고통스러운 일은 아니길 바랍니다."

오테 판사가 먼저 이야기를 시작했다.

"아니에요, 판사님. 이 사악한 범인들을 체포해 벌을 주려면 얼마나 시간을 다투어야 하는지 잘 알고 있습니다."

"좋습니다, 부인. 제가 질문을 하면 부인께서 대답만 하는 식으로 진행하는 쪽이 덜 피곤하실 것 같은데요. 어젯밤에 몇 시쯤 잠자리에 들었습니까?"

"9시 30분이요. 피곤했거든요."

"남편께서는?"

"아마 한 시간쯤 지난 뒤였을 거예요."

"심란해하거나 불안해하는 기색은 없었습니까?"

"아뇨. 평소와 다름없었어요."

"그럼 이후 상황을 말씀해 주시겠습니까?"

"남편과 함께 잠이 들었는데, 누군가 손으로 제 입을 막는 것을 느끼고 놀라서 깼어요. 소리를 지르고 싶었지만 입을 막고 있는 손 때문에 어쩔 수 없었죠. 두 남자가 방 안에 들어와 있더군요. 둘 다 복면을 쓰고 있었어요."

"두 사람의 생김새를 알려 줄 수 있겠습니까, 부인?"

"한쪽은 키가 아주 크고 길고 검은 턱수염이 있었고 다른 쪽은 땅딸막했어요. 수염은 빨간색이었고요. 둘 다 모자를 눈까지 푹 눌러 쓰고 있었어요."

판사가 생각에 잠긴 채 말했다.

"턱수염을 기른 사람이 너무 많군요."

"그럼 턱수염이 가짜라는 말씀인가요?"

"그렇습니다, 부인. 아무튼 말씀을 계속해 주십시오."

"땅딸막한 남자가 저를 붙잡았어요. 입에 억지로 재갈을 물린 다음 밧줄로 손과 발을 꽁꽁 묶었고요. 다른 남자는 제 남편을 내려다보고 서서 화장대에 있던 종이 자르는 칼로 남편의 심장 바로 위를 겨누고 있더군요. 땅딸막한 남자는 저를 다 묶은 다음 다른 일당과 합세해 남편을 일으켜 세우더니 침실 옆 옷방으로 데리고 갔어요. 필사적으로 귀를 기울이기는 했지만 너무 무서워서 기절할 지경이었어요.

두 남자의 목소리가 너무 낮아서 무슨 말을 하는지 알아들을 수가 없었어요. 하지만 남미 일부 지역에서 쓰이는 어설픈 에스파냐어인 것은 알 수 있었어요. 두 남자는 남편에게 무언가를 요구하는 것 같았는데 점점 더 화가 나는지 언성이 조금 높아지더군요. 키 큰 남자가 이렇게 말하는 것 같았어요. '우리가 뭘 원하는지 알고 있지? 그 '비밀' 어디 있어?' 남편이 뭐라고 대답했는지 모르겠지만 다른 남자가 거칠게 대꾸했어요. '거짓말! 네가 가지고 있다는 거 다 알고 있어. 열쇠 어디 있나?'

그리고 서랍 열리는 소리가 들리더군요. 남편은 옷방 벽에 금고를 설치하고 그 안에 제법 많은 비상금을 넣어 두었거든요. 레오니 말로는 이 금고가 털리고 돈이 없어졌다는데, 두 남자가 찾는 물건은 거기 없었던 모양이에요. 키 큰 남자가 악담을 퍼붓더니 남편한테 옷을 입으라고 명령하는 소리가 들렸거든요. 그리고 잠시 후 집 안에서 무슨 소리를 듣고 놀랐는지 두 남자는 옷을 절반만 걸친 남편을 침실로 끌고 들어왔어요."

"죄송합니다만, 옷방에는 다른 출구가 없습니까?"

푸아로가 끼어들었다.

"침실과 연결된 문 말고는 없어요. 땅딸막한 남자가 앞장을 서고 키 큰 남자가 칼을 손에 쥔 채 뒤를 따르는 식으로 두 사람은 남편을 다그치며 데리고 나갔어요. 폴은 저한테로 오려고 했죠. 필사적으로 애를 쓰는 눈빛이었어요. 남편이 두 남자에게 말했어요. '아내한테 할 말이 있소.' 그러더니 침대 옆쪽으로 다가와서 '아무 일 없

을 거야, 엘로이즈. 무서워할 것 없어. 해 뜨기 전에 돌아올게.'라고
말했어요. 남편은 배짱 있게 말을 하려고 했지만 공포에 질린 눈빛
이었어요. 남편을 문밖으로 끌고 나가면서 키 큰 남자가 말했어요.
'찍 소리라도 내면 넌 죽은 목숨이다. 명심해.' 그런 다음 제가 정신
을 잃었나 봐요. 그다음으로 생각나는 것은 레오니가 제 손목을 주
무르며 브랜디를 준 것이니까요."

"르노 부인. 범인들이 찾던 게 무엇인지 혹시 짐작 가는 거라도
있습니까?"

"전혀 모르겠어요, 판사님."

"남편께서 무언가를 두려워하고 있다는 건 알고 있었습니까?"

"예. 달라진 게 보였으니까요."

"얼마 전부터 그랬죠?"

르노 부인은 기억을 더듬었다.

"아마 열흘쯤 됐을 거예요."

"그전부터가 아니고요?"

"그랬을지도 몰라요. 제가 눈치챈 것이 열흘 전이었으니까."

"남편에게 무슨 일이 있는지 물어보셨습니까?"

"딱 한 번요. 대답을 피하더군요. 그래도 뭔가 끔찍한 걱정거리가
있는 게 분명했어요. 하지만 저한테 숨기고 싶어 하는 눈치여서 모
르는 척했죠."

"남편께서 탐정에게 도움을 요청한 사실은 알고 계셨습니까?"

"탐정이라고요?"

르노 부인이 깜짝 놀랐는지 큰 소리로 외쳤다.

"그렇습니다. 이분, 에르퀼 푸아로 씨에게 말입니다. 푸아로 씨는 르노 씨의 요청으로 오늘 이곳에 도착했습니다."

푸아로가 머리를 숙여 인사했다. 그러더니 주머니에서 르노 씨에게 받은 편지를 꺼내 부인에게 건넸다.

그녀는 정말 뜻밖이라는 표정으로 편지를 읽었다.

"전혀 몰랐어요. 정말로 위험을 느끼고 있었던 모양이네요."

"자, 부인. 이제 솔직히 말씀해 주십시오. 예전에 남편께서 남미에서 사는 동안 이번 살인 사건의 원인이 될 만한 일이 벌어진 적이 있습니까?"

르노 부인은 곰곰이 생각하는 눈치였지만 이윽고 고개를 저었다.

"생각나는 게 전혀 없어요. 물론 남편은 이런저런 방법으로 상대를 제압했기 때문에 적이 많았지만 특별히 생각나는 사건은 없어요. 그럴 만한 일이 전혀 없었다는 이야기는 아니에요. 제가 모르겠다는 거지."

예심 판사는 침울한 표정으로 턱수염을 쓰다듬었다.

"그럼 이번 범행이 벌어진 시각은 알고 있습니까?"

"벽난로 선반 위의 시계가 2시를 알리는 소리가 희미하게 들렸던 건 분명히 기억나요."

그녀는 가죽 케이스에 담겨 벽난로 선반 한가운데 놓인, 8일에 한 번씩 태엽을 감아 주는 여행용 시계를 턱으로 가리켰다.

푸아로는 자리에서 일어나 시계를 꼼꼼히 살펴보고 만족스럽다는 듯이 고개를 끄덕였다.

벡스 국장이 큰 소리로 외쳤다.

"여기 손목시계도 있군요! 화장대 위에 놓여 있었는데 범인들이 떨어뜨리는 바람에 산산조각이 난 모양입니다. 자기들한테 불리한 증거가 될 줄은 전혀 몰랐겠죠."

그는 깨진 유리 조각을 조심스럽게 집어올리더니 갑자기 넋이 나간 사람처럼 표정이 싹 바뀐 채 외쳤다.

"몽 디외(맙소사)!"

"왜 그러십니까?"

"시계 바늘이 7시를 가리키고 있습니다."

"뭐라고요?"

깜짝 놀란 예심 판사가 큰 소리로 물었다.

하지만 푸아로는 평소처럼 노련한 모습을 보이며, 놀란 국장에게 시계를 건네 받더니 귀에 갖다 대어 보고는 미소를 지었다.

"유리는 깨졌지만 시계는 멈추지 않았군요."

수수께끼가 풀리자 모두 안도의 미소를 지었다. 하지만 판사가 다른 부분을 지적했다.

"하지만 지금은 7시가 아니지 않습니까?"

푸아로가 조용히 대답했다.

"그렇습니다. 5시가 조금 지났죠. 부인, 시계가 빠른 모양입니다."

르노 부인은 영문을 모르겠다는 듯이 눈살을 찌푸렸다.

"빠르긴 해요. 하지만 그렇게 빠른 줄은 몰랐어요."

판사는 초조한 기색을 보이며 시계 문제는 건너뛰고 심문을 계속했다.

"부인, 현관문이 열려 있었다고 합니다. 살인범들이 그쪽으로 들어온 것이 거의 확실한데 억지로 문을 연 흔적은 없더군요. 혹시 이유를 아시겠습니까?"

"남편이 어젯밤에 산책을 나갔다 들어오면서 잠그는 걸 깜빡 한 모양이네요."

"그럴 수도 있다고 생각하십니까?"

"그럼요. 남편은 정말 아무 생각이 없는 사람 같았거든요."

고인의 이런 성격에 가끔 짜증이 났다는 듯 르노 부인은 살짝 눈살을 찌푸렸다.

국장이 불쑥 입을 열었다.

"여기서 한 가지 추측이 가능합니다. 두 남자가 르노 씨에게 옷을 입으라고 다그친 걸로 봐서는 르노 씨를 데리고 가려 했던 곳, 그러니까 그 '비밀'이 감추어진 곳은 좀 멀리 떨어져 있었던 겁니다."

판사가 고개를 끄덕였다.

"맞아요. 하지만 르노 씨가 해가 뜨기 전에 돌아오겠다고 했으니 그리 먼 곳은 아니었을 겁니다."

"메를랭빌 역에서 막차가 떠나는 시각이 몇 시인가요?"

푸아로가 물었다.

"하행은 11시 50분이고 상행은 12시 17분이지만 범인들은 차를 대기시켜 놓지 않았을까요?"

"물론 그랬겠지요."

푸아로가 조금 풀 죽은 표정으로 대답했다.

판사가 얼굴을 환히 빛내며 말을 이었다.

"그런 식으로 추적하는 것도 한 방법이군요. 외국인 두 명이 탄 자동차라면 사람들의 눈에 띌 가능성이 높지 않을까요? 정말 훌륭한 지적이었습니다, 국장."

그는 빙그레 웃다가 다시 심각한 표정을 짓더니 르노 부인에게 물었다.

"물어볼 게 또 한 가지 있습니다. 부인, 혹시 '듀빈'이라는 사람을 아십니까?"

"듀빈이라고요?"

르노 부인은 생각에 잠긴 표정으로 그 이름을 중얼거렸다.

"아뇨, 지금으로서는 모르겠어요."

"남편께서 그 이름을 언급한 적이 없습니까?"

"한 번도 들은 적이 없어요."

"그럼 벨라라는 이름은 들어 보셨습니까?"

판사는 화를 내거나 뭔가 아는 기미가 보이는지 르노 부인을 유심히 관찰했지만 그녀는 아무 거리낌 없이 고개를 저을 따름이었다.

"어젯밤 남편을 찾아온 손님이 있었다는 사실은 알고 계십니까?"

이제야 양쪽 볼에 살짝 홍조가 나타났지만 르노 부인은 차분하게 되물었다.

"아뇨. 누가 찾아왔는데요?"

"어떤 여자분이었습니다."

"정말인가요?"

지금 당장은 이 정도로 만족하는 수밖에 없었다. 도브뢰이 부인은 이 사건과 연관이 없어 보였고, 판사는 필요 이상으로 르노 부인을 자극하지 않도록 조심하는 입장이었다.

판사가 신호를 보내자 국장은 고개를 끄덕였다. 그는 일어나 방을 가로질러 가더니 헛간에서 보았던 유리 항아리를 들고 원래 자리로 되돌아왔다. 그는 항아리 안에서 칼을 꺼냈다.

국장이 부드럽게 불렀다.

"부인. 이게 뭔지 아십니까?"

르노 부인은 조그맣게 비명을 질렀다.

"제 칼이에요."

잠시 후 그녀는 혈흔이 묻은 칼끝을 보고 겁에 질렸는지 눈을 휘둥그레 뜨며 움찔했다.

"저건…… 핏자국인가요?"

국장은 재빨리 칼을 보이지 않는 곳으로 치웠다.

"그렇습니다, 부인. 남편께서는 이 흉기로 살해되었습니다. 어젯밤 부인의 화장대 위에 있던 칼이 맞습니까?"

"예, 맞아요. 아들한테 받은 선물이에요. 아들은 전쟁 때 공군으로 복무했죠. 실제 나이를 속여 가면서 말이에요."

아들을 자랑스러워하는 어머니의 말투가 목소리에서 묻어났다.

"유선형 항공기 부품으로 만든 거예요. 전쟁 기념으로 제게 주었답니다.”

“그렇군요, 부인. 그러고 보니 또 한 가지 물어볼 것이 있습니다. 아드님은 지금 어디 있습니까? 당장 전보를 쳐야 하지 않을까요?”

“잭이요? 지금 부에노스아이레스로 가는 길일 텐데.”

“예?”

“남편이 어제 그 아이한테 전보를 쳤어요. 파리로 출장을 보냈는데 어제 당장 남미로 보내야 할 일이 생겼다고 하면서요. 어젯밤에 셰르부르에서 부에노스아이레스로 출발하는 배가 있으니 그걸 타라고 전보를 보냈답니다.”

“무슨 일 때문에 부에노스아이레스로 보내려고 했는지 아십니까?”

“아뇨, 판사님. 일의 내용에 대해서는 아무것도 몰라요. 하지만 부에노스아이레스가 마지막 목적지는 아니었어요. 그곳에서 육로로 산티아고에 갈 예정이었으니까요.”

그러자 판사와 국장이 동시에 큰 소리로 외쳤다.

“산티아고. 또 산티아고라니!”

모두들 산티아고라는 단어에 넋을 잃고 있던 바로 그때, 푸아로가 르노 부인에게 다가갔다. 그는 지금까지 꿈을 꾸는 사람처럼 멍하니 창가에 서 있었는데, 내가 보기에는 지금까지 대화 내용을 제대로 이해했는지 의심스러울 정도였다. 푸아로는 부인 옆에 서서 고개를 숙였다.

“부인, 실례지만 손목을 좀 살펴볼 수 있을까요?”

이 말에 조금 놀라긴 했지만 르노 부인은 손목을 내밀었다. 양쪽 모두 밧줄이 살을 파고든 자리에 흉측하고 뻘건 자국이 남아 있었다. 손목을 살피는 동안 흥분한 기색이 잠시 그의 눈에서 번뜩이다 사라졌다.

"많이 아프셨겠습니다."

푸아로는 곤혹스러워하는 표정으로 되돌아갔다.

그러나 판사는 아직도 흥분한 목소리였다.

"무선으로 지금 당장 아드님과 연락해야 합니다. 무슨 일로 산티아고에 가려 했는지 반드시 알아야 합니다."

그는 잠시 머뭇거리다 다시 입을 열었다.

"아드님이 곁에 있었더라면 고통을 덜어 드릴 수 있었을 텐데……."

"남편의 시신을 확인하는 일 말씀인가요?"

르노 부인이 나지막이 물었다.

판사는 고개를 숙였다.

"판사님, 전 강한 여자랍니다. 제가 해야 할 일이라면 무엇이든 감당할 수 있어요. 마음의 준비가 되었으니 지금 가시죠."

"아, 내일 하셔도 됩니다. 아무래도 지금은……."

"지금 끝내고 싶어요. 선생님, 저를 좀 부축해 주시겠어요?"

나지막이 말하는 르노 부인의 얼굴에 고통의 파도가 지나갔다.

의사가 얼른 달려와 르노 부인에게 망토를 걸쳐 주자 천천히 계단을 내려가는 행렬이 이어졌다. 국장이 황급히 앞으로 달려가 헛간 문을 열었다. 잠시 후 르노 부인이 문간에 도착했다. 안색은 아주 창백했지만 결연한 모습이었다. 그녀는 손으로 얼굴을 가렸다.

"잠깐만요. 마음을 좀 다잡고요."

르노 부인은 손을 치우고 시신을 내려다보았다. 그러자 지금까지 그녀를 지탱해 왔던 놀라운 자제력이 그대로 무너져 버렸다.

"폴! 여보! 오, 하나님!"

르노 부인은 울부짖으며 비틀거리다 이내 의식을 잃고 바닥에 쓰러졌다.

즉시 푸아로가 달려가 눈꺼풀을 뒤집어 보고 맥박을 쟀다. 부인이 정말로 기절한 것으로 밝혀지자 그는 만족스러워하며 옆으로 비켜섰다. 그러고는 내 팔을 잡았다.

"내가 어리석었네, 친구! 이 여자의 목소리에 깃들어 있던 사랑과 슬픔을 이제야 알아차렸어. 내 생각이 모두 틀렸군. 에 비엥(그것참)! 처음부터 다시 시작해야겠네."

의사와 판사가 실신한 부인을 집으로 옮겼다. 국장은 고개를 저으며 두 사람을 지켜보았다. 그는 혼잣말로 중얼거렸다.

"포브 팜(가여운 여자 같으니라고). 충격이 너무 컸던 거지. 뭐 우리로서는 어쩔 수 없는 일이지만. 자, 무슈 푸아로, 사건 현장으로 이동할까요?"

"좋습니다."

우리는 집을 통과해 앞문으로 나왔다. 푸아로는 가는 길에 계단을 올려다보며 못마땅하다는 듯이 고개를 가로저었다.

"하녀들이 아무 소리도 못 들었다니 믿어지지가 않는군. '세 명'이나 한꺼번에 내려갔으니 계단 삐걱거리는 소리 때문에 죽은 사람도 눈을 떴을 텐데."

"한밤중이었지 않습니까. 모두들 깊이 잠이 들었겠죠."

하지만 푸아로는 여전히 납득할 수 없다는 듯이 계속 고개를 저었다. 차도가 시작되는 부분에 이르자 그는 발걸음을 멈추고 집을 올려다보았다.

"범인들이 애당초 문이 열려 있는지 알아보려 한 이유가 무엇일까요? 정말 이상하지 않습니까. 처음부터 창문을 열려고 했어야 앞뒤가 맞는 일인데."

"하지만 1층 창문은 모두 쇠창살로 막혀 있지 않습니까."

국장이 반박하고 나섰다.

푸아로는 2층 창문을 가리켰다.

"저게 우리가 조금 전까지 있었던 침실 창문 아닙니까? 잘 보세요. 그 옆에 서 있는 나무가 얼마나 올라가기 쉽게 생겼는지."

"하긴 그렇군요. 하지만 범인들이 나무를 타고 올라갔다면 화단에 발자국을 남길 수밖에 없었을 겁니다."

맞는 말이었다. 앞문으로 향하는 계단 양옆에는 진홍색 제라늄을 심은 타원형의 커다란 화단이 있었다. 문제의 나무는 화단 뒤쪽에 뿌리를 내리고 있었기 때문에 화단을 밟지 않고서는 접근할 방법이 없었다.

국장이 말을 이었다.

"보십시오. 날씨가 건조하기 때문에 차도나 인도에는 발자국이 남지 않습니다. 하지만 부드러운 흙이 깔린 화단이라면 이야기가 달라지지요."

푸아로는 화단으로 다가가 땅을 유심히 살펴보았다. 국장이 말한 것처럼 흙이 아주 부드러웠다. 하지만 그 위에 팬 흔적이라곤 전혀 없었디.

푸아로가 납득이 된다는 듯 고개를 끄덕이자 우리는 고개를 돌렸지만, 그는 갑작스레 몸을 돌려 달려가더니 다른 쪽 화단을 점검했다.

푸아로가 큰 소리로 외쳤다.

"벡스 씨! 여길 보십시오. 이쪽에는 국장님이 찾고 있는 발자국이 잔뜩 있어요."

국장이 옆으로 다가가 미소를 지었다.

"푸아로 씨, 저건 커다란 징이 박혀 있는 정원사의 장화 발자국입니다. 어쨌거나 이쪽에는 나무가 없어서 2층으로 올라갈 방법이 없으니 아무 의미 없지 않습니까?"

푸아로가 풀 죽은 표정으로 대답했다.

"맞습니다. 그러니까 국장님이 보기에 이 발자국은 정말 의미가 없다는 말씀인가요?"

"아무 의미 없지요."

그러자 놀랍게도 푸아로는 이렇게 단언했다.

"내 생각은 다릅니다. 이 발자국이야말로 지금까지 본 중에서 가장 중요한 단서가 아닐까 싶습니다."

벡스 국장은 아무 말 없이 어깨만 으쓱했다. 워낙 예의 바른 사람이라 자기 주장을 내세울 수 없었던 것이다. 대신에 그는 이렇게 말했다.

"이제 가실까요?"

"좋습니다. 발자국 문제는 나중에 조사해도 되니까요."

푸아로기 기분 좋게 말했다.

벡스 씨는 차도를 따라 출입문 쪽으로 가지 않고 오른쪽 샛길로 들어섰다. 약간 경사가 진 샛길은 집 오른쪽을 향해 둥글게 이어졌고, 관목 숲이 양옆을 막고 있었다. 길을 따라가자 느닷없이 바다가 보이는 공터가 나왔다. 벤치가 하나 놓여 있었고, 멀지 않은 곳에 허름한 헛간이 보였다. 몇 걸음 더 걸어간 곳에 한 줄로 깔끔하게 서 있는 키 작은 떨기나무들이 별장 부지의 경계선 역할을 했다. 벡스 국장이 앞장서 덤불을 헤치자 넓고 뻥 뚫린 언덕이 우리 앞에 펼쳐졌다. 나는 주위를 둘러보다 놀라운 것을 발견하고 큰 소리로 외쳤다.

"세상에, 이건 골프장 아닙니까?"

국장이 고개를 끄덕였다.

"아직 미완성입니다. 원래대로라면 다음 달에 개장할 예정이었지요. 오늘 아침에 시신을 발견한 사람들도 여기에서 일을 하던 인부들이었습니다."

나는 헉 하고 숨을 삼켰다. 왼쪽에 있던 길고 좁은 구덩이 속에 한 남자가 엎드려 있었던 것이다. 잠깐 동안 심장이 미친 듯이 뛰었고, 똑같은 비극이 반복되는 것 같은 착각이 들었다. 하지만 국장이 짜증난다는 듯이 날카로운 고함을 지르며 앞으로 나서자 내 환상은 여지없이 무너져 버렸다.

"경찰은 어디 있는 거야? 신원이 확실하지 않은 사람은 아무도 들이지 말라고 누차 엄격히 명령을 내렸는데!"

구덩이 속에 있던 남자가 어깨 너머로 고개를 들었다.

"하지만 저는 신원이 확실한 사람입니다."

그는 그렇게 말하면서 천천히 몸을 일으켰다.

국장이 외쳤다.

"아, 지로 형사. 벌써 온 줄은 몰랐군요. 예심 판사께서 얼마나 기다리고 계셨는지 압니까?"

그러는 동안 나는 하늘을 찌를 듯한 호기심을 달래며 새롭게 등장한 인물을 유심히 관찰했다. 나도 이미 이름을 들어 알고 있는 파리 치안국의 그 유명한 형사를 직접 만나다니 흥미가 동하지 않을 수 없었다. 그는 아주 큰 키에 나이는 서른 살 정도 되어 보였고, 적갈색 머리와 콧수염과 군인 같은 태도가 특징이었다. 그리고 자신의 입지를 십분 알고 있다는 듯 거만한 분위기를 풍겼다. 벡스 국장이 우리를 인사시키면서 푸아로를 동료라고 소개했다. 호기심 어린 눈빛이 형사의 눈을 스치고 지나갔다.

"저도 이름은 들어서 알고 있습니다. 예전에 대단한 실력을 발휘하셨다면서요? 하지만 지금은 범죄 수법이 많이 다릅니다."

"하지만 범죄 양상은 옛날이나 지금이나 거의 비슷하지요."

푸아로가 부드럽게 대꾸했다.

한눈에 알 수 있었지만 지로는 비협조적인 성격이었다. 다른 사람과의 공조 체제를 끔찍이 싫어하고 중요한 단서를 발견하면 혼자서만 알고 있을 사람이었다.

"예심 판사님은……."

국장이 다시 입을 열었다.

하지만 지로가 무례하게도 말허리를 자르고 나섰다.

"예심 판사님에게는 관심 없습니다. 지금 중요한 건 햇빛입니다. 30분 정도 지나면 아무것도 보이지 않을 만큼 어두워질 테니까요. 사건의 정황은 완벽히 파악됐고, 집안 식구들은 내일까지 기다려도 상관없을 것 아닙니까. 그렇지만 범인에 대한 단서를 찾을 작정이라면 이 지점에서 찾아야 합니다. 여기저기 사방을 밟아 놓은 건 경찰의 짓인가요? 요즘은 좀 나아진 줄 알았더니."

"나아졌지요. 당신이 불만스러워하는 그 발자국들은 시신을 발견한 인부들이 남긴 거요."

지로 형사는 진저리 난다는 듯이 투덜거렸다.

"세 사람이 산울타리를 헤치고 온 흔적은 보이는데 녀석들 참 교활하군요. 가운데 발자국은 르노 씨가 남긴 것으로 추정되지만 양쪽 발자국은 꼼꼼하게 지워져 있으니 말이죠. 이렇게 땅이 단단하니 분명하게 흔적이 남지도 않았을 텐데 위험을 감수할 수 없었던 겁니다."

"그런 외부의 흔적을 열심히 찾으시는 건가요?"

푸아로가 묻자 지로 형사가 그를 지그시 노려보았다.

"물론이죠."

푸아로의 입술에 아주 희미한 미소가 스쳤다. 말을 꺼내려다 참은 눈치였다. 그는 삽이 놓여 있는 쪽으로 허리를 숙였다. 형사가 말했다.

"그것으로 구덩이를 판 겁니다. 하지만 아무 단서도 없을 겁니다. 이 삽은 르노 씨 것이고 그걸 쓴 사람은 장갑을 끼고 있었으니까요. 여기."

그는 흙이 묻은 장갑 두 짝이 놓인 곳을 발로 가리켰다.

"그 장갑도 르노 씨 것입니다. 아니면 정원사의 것이든지. 말씀드리지만 범행을 저지른 녀석들은 철두철미했더군요. 피해자는 자신의 칼에 찔렸고 자신의 삽으로 매장당했습니다. 녀석들은 아무 흔적도 남기지 않았습니다. 하지만 날 당하지는 못할 겁니다. '무언가'가 있을 수밖에 없으니까. 난 그걸 반드시 찾을 겁니다."

하지만 푸아로는 다른 물건에 관심을 보이고 있었다. 그가 열중하고 있는 것은 삽 옆에 있던 짧고 빛이 바랜 납관(管)이었다. 그는 손가락으로 조심스럽게 납관을 만지작거렸다.

"이것도 피해자의 것인가요?"

푸아로의 질문에서 미묘하게 빈정대는 투가 느껴졌다.

지로 형사는 어깨를 으쓱했다. 모르거나 관심 없다는 뜻이었다.

"몇 주 동안 여기에서 나뒹굴던 물건일 수도 있겠죠. 아무튼 저는 관심 없습니다."

"나는 정반대로 아주 관심이 많습니다."

푸아로가 싹싹하게 말했다.

파리에서 온 형사를 자극하려고 작정한 모양인데 그렇다면 성공이었다. 지로 형사가 홱 하니 고개를 돌리더니 낭비할 시간이 없다고 말하며 바닥을 다시 꼼꼼하게 살피기 시작했던 것이다.

한편 푸아로는 무언가 퍼뜩 생각이 난 사람처럼 부지 경계선을 넘어가 작은 헛간 문을 열려고 했다.

지로 형사가 어깨 너머로 말했다.

"잠겨 있어요. 게다가 그 헛간은 정원사가 잡동사니를 넣어 두는 곳입니다. 삽은 거기 있던 게 아니라 연장을 넣어 두는 집 옆 헛간에 있던 물건이고요."

벡스 국장이 넋을 잃은 사람처럼 나를 보며 중얼거렸다.

"대단하군요. 이곳에 도착한 지 30분밖에 안 됐는데 이미 모든 걸 알고 있다니! 정말 엄청난 사람입니다. 분명 지로 형사는 살아 있는 중에서 가장 뛰어난 형사일 겁니다."

나는 지로가 정말 싫었지만 그럼에도 내심 혀를 내두르고 있었다. 그는 실력이 하늘을 찌르는 사람 같았다. 반면에 지금까지 푸아로는 별다른 활약을 보이지 못했다고 생각할 수밖에 없었다. 이런 생각이 들자 역정이 치솟았다. 그는 사건과는 무관한, 온갖 하찮은 부분에만 관심을 기울이는 것 같았다. 이 중요한 시점에서 느닷없이 이런 질문을 할 정도였다.

"벡스 국장님, 무덤 주변에 둥그렇게 그어 놓은 하얀 선이 무엇인지 아십니까? 경찰에서 그려 놓은 것인가요?"

"아닙니다, 푸아로 씨. 골프장에서 그린 겁니다. '벙커' 위치를 표시한 것이라고 하더군요."

푸아로가 내 쪽으로 고개를 돌리며 물었다.

"벙커? 모래로 채워져 있고 한쪽에 둔덕이 있는 울퉁불퉁한 구덩이를 말하는 거 아닌가?”

나는 맞는다고 대답했다.

“르노 씨는 분명 골프를 쳤겠지요?”

“그럼요. 아주 열심이었답니다. 이 공사가 진행될 수 있었던 것도 그가 상당한 금액을 기부한 덕분이었다고 하더군요. 심지어 설계에도 관여했다고 하고요.”

푸아로는 생각에 잠긴 얼굴로 고개를 끄덕이더니 입을 열었다.

“시체를 매장하는 장소를 잘못 선택한 것 아닙니까? 인부들이 땅을 파기 시작하면 금세 발각이 될 텐데.”

지로 형사가 의기양양하게 외쳤다.

“바로 그겁니다. 그게 범인들이 외부인이라는 증거죠. 아주 훌륭한 간접 증거입니다.”

푸아로는 여전히 미심쩍다는 투였다.

“그렇지요. 아는 사람이라면 시체를 이런 곳에 매장하지 않을 테니까. 발견되길 바란다면 모를까. 그나저나 그건 말도 안 되는 소리 겠지요?”

지로는 대꾸조차 하지 않았다.

푸아로가 뭔가 불만스러운 목소리로 말했다.

“그래……. 그건 분명히 말도 안 되는 소리야.”

온 길을 되밟아 별장으로 돌아가는데, 벡스 국장이 지로 형사가
도착했다는 소식을 지금 당장 예심 판사에게 알려야겠다며 양해를
구했다. 푸아로가 원하는 것은 모두 보았다고 하자 형사는 은근히
좋아하는 눈치였다. 현장을 떠나기 전에 우리가 마지막으로 본 광
경은 땅바닥을 기어 다니는 지로의 모습이었다. 어찌나 철두철미하
게 조사를 하는지 감탄이 절로 나왔다. 푸아로는 내 속내를 알아차
렸는지 단둘이 되자마자 빈정거렸다.

"자네가 드디어 존경하는 탐정을 만났군. 인간 사냥개! 안 그런가,
친구?"

내가 퉁명스럽게 대답했다.

"아무튼 그 사람은 뭔가를 하고 있지 않습니까? 찾아야 할 증거가
있다면 반드시 찾고 말 겁니다. 그런데……."

"에 비엥(그것참)! 나도 증거를 발견했잖나. 납관 조각 말이야."

"억지 부리지 마세요. 그건 이 사건과 무관하다는 걸 잘 아시지 않습니까. 제가 말하는 건 '아주 소소한' 증거예요. 범인이 누구인지 틀림없이 알려 줄 흔적 말입니다."

"몬 아미(친구여), 60센티미터짜리 단서도 6센티미터짜리 단서 만큼이나 값진 거야. 중요한 단서는 모두 티끌만 해야 된다고 생각한다면 낭만적인 발상이야. 납관 조각이 이 사건과 무관하다니, 자네가 그렇게 생각하는 이유는 그 형사가 한 말 때문이 아닌가. 아니……."

나는 질문을 하려다 푸아로에게 저지당했다.

"더 이상 왈가왈부하지 말게. 지로는 지로대로 조사를 하도록 하고, 난 내 뜻대로 하도록 내버려 두게. 겉보기에 이 사건은 아주 간단해. 그런데 꺼림칙한 기분을 지울 수가 없어. 이유가 뭔지 아나? 두 시간 빠른 손목시계 때문이야. 그리고 앞뒤가 안 맞는 사소한 부분들이 있기 때문이지. 예를 들어 범인들의 목적이 복수였다면 왜 르노 씨가 자고 있을 때 해치우지 않았을까?"

"'비밀'을 손에 넣고 싶었으니까요."

내가 그 사실을 상기시켜 주었다.

푸아로는 못마땅하다는 듯이 소매에 묻은 먼지를 털었다.

"그럼 그 '비밀'이라는 것이 어디 있을까? 르노 씨에게 옷을 입으라고 했으니 조금 먼 곳에 있겠지. 하지만 그는 소리를 지르면 들릴 만큼 가까운 곳에서 살해를 당했네. 그리고 종이 자르는 칼과 같은 흉기가 손 내밀면 닿을 곳에 아무렇게나 놓여 있었다니 완전히 우연의 일치가 아닌가?"

그는 눈살을 찌푸리며 말을 멈추었다 다시 계속했다.

"하녀들은 왜 아무 소리도 듣지 못했지? 수면제를 먹였을까? 공범이 있었을까? 그 공범이 현관문을 열어 놓은 걸까? 혹시……."

그는 갑자기 말을 멈추었다. 우리는 집 앞 차도에 도착해 있었다. 푸아로가 난데없이 내 쪽으로 몸을 돌렸다.

"여보게, 내가 자네를 놀라게 해 줄까? 기쁘게 만들어 주겠단 말이야. 자네의 질책을 새겨듣겠어. 발자국을 살펴보자고!"

"어디에 있는 발자국을요?"

"저기 오른쪽 화단. 벡스 씨 말로는 정원사의 발자국이라는데 과연 그런가 알아보잔 말이지. 저기 정원사가 손수레를 끌고 이리로 오고 있군."

정말 나이 지긋한 남자 하나가 손수레 가득 묘목을 싣고 차도를 건너고 있었다. 푸아로가 부르자 그는 손수레를 놓고 절뚝거리며 우리 쪽으로 걸어왔다.

"저 사람의 신발과 발자국을 맞춰 보자고 할 작정입니까?"

내가 숨을 죽이고 물었다. 푸아로에 대한 믿음이 조금 되살아났다. 그가 이 오른쪽 화단에 찍힌 발자국이 중요하다고 했으면 틀림없이 중요할 것이다.

"그렇네."

"하지만 이상하게 생각하지는 않을까요?"

"아무 생각도 하지 않을 거야."

남자가 다가왔기 때문에 우리의 대화는 여기에서 끝이 났다.

"제 도움이 필요한 일이라도 있으십니까, 선생님?"

"그렇습니다. 여기서 정원사로 오랫동안 일을 했나요?"

"24년 되었지요."

"성함이……?"

"오귀스트입니다."

"이 기막힌 제라늄을 보고 감탄하는 중이었어요. 정말 훌륭합니다. 심은 지가 오래됐나요?"

"좀 되었습죠. 하지만 화단을 깔끔하게 가꾸려면 새로운 화초를 계속 심고, 수명이 다 된 것은 뽑아내고, 시든 꽃은 솎아 내야 합니다."

"어제도 꽃을 새로 심지 않았습니까? 저 가운데에 있는 것 말입니다. 다른 화단도 마찬가지고요."

"눈썰미가 대단하시네요. 하루 정도 지나야 자리가 잡히는데. 어젯밤에 양쪽 화단에 열 포기씩 심었습죠. 선생님도 잘 아시다시피 햇볕이 뜨거울 때는 화초를 심는 게 아니거든요."

노인은 푸아로가 보이는 관심에 고무되어 상당히 말이 많아졌다.

"저기 저것, 정말 근사하네요. 한 송이 꺾어 가도 될까요?"

푸아로가 꽃 하나를 가리키며 말했다.

"물론입니다, 선생님."

그는 화단으로 들어가더니 푸아로가 칭찬한 꽃 한 가지를 조심스럽게 꺾어 왔다.

푸아로는 고맙다는 인사를 늘어놓았고, 정원사는 다시 수레가 있는 곳으로 되돌아갔다.

"자, 보이나? 아주 간단하다네."

푸아로는 허리를 숙이고 징이 박힌 정원사의 장화에 눌려 움푹 팬 화단을 살펴보며 미소를 지었다.

"저는 미처 몰랐습니다."

"발은 장화 속에 들어가 있는 것 아닌가? 자네는 그 훌륭한 정신적인 능력을 충분히 활용하질 않는단 말이야. 자, 발자국이 어떻게 보이나?"

나는 화단을 꼼꼼히 살펴보며 조심스럽게 검토한 뒤 마침내 결론을 내렸다.

"화단에 있는 발자국이 모두 같은 장화 모양입니다."

"그렇게 생각하나? 에 비엥(세상에)! 나도 같은 생각이라네."

그는 딴 데 정신이 팔린 사람처럼 무덤덤한 얼굴이었다.

"이제 모자 속에 들어 있던 벌 하나가 없어진 셈이로군요."

"오호! 재미있는 표현이군! 무슨 뜻인가?"

"이제 발자국에는 신경을 쓰지 않아도 되겠다는 뜻입니다."

하지만 뜻밖에도 푸아로는 고개를 저었다.

"아니, 아닐세, 몬 아미(친구여). 드디어 내가 정확한 길로 접어들었어. 여전히 오리무중이기는 하지만, 조금 전에 무슈 벡스에게 언질을 주었던 것처럼 이 발자국이야말로 이번 사건에서 가장 중요하고 흥미진진한 단서라네. 저 딱한 지로가 발자국에 관심을 보이지 않는다 해도 그리 놀라운 일은 아니지만."

그때 앞문이 열리더니, 오테 판사와 국장이 계단을 내려왔다. 판사가 말했다.

"아, 푸아로 씨, 찾으러 가던 참이었습니다. 늦긴 했지만 도브뢰이 부인을 만나고 싶어서요. 분명 그녀도 르노 씨의 사망 소식을 듣고 몹시 당황했을 테니 운이 좋으면 무슨 단서를 얻을 수도 있을 겁니다. 부인한테는 비밀을 털어놓지 못했지만, 사랑이라는 이름으로 그를 노예로 만들어 버린 여자에게는 말을 했을지도 모르니까요. 우리 남자들의 약점은 피차 잘 알고 있지 않습니까?"

우리는 아무 말 없이 대열을 만들었다. 푸아로가 예심 판사와 함께 걷고, 경찰청장과 내가 몇 걸음 뒤에서 따라갔다.

국장이 나에게 확신에 찬 어조로 말했다.

"프랑수아즈 할멈의 이야기가 대부분 맞는 것 같습니다. 본부에 전화를 해 보았어요. 도브뢰이 부인이 지난 6주 동안…… 그러니까 르노 씨가 메를랭빌에 도착한 이후에 말입니다…… 세 번에 걸쳐 거액을 현금으로 입금했더군요. 모두 합치면 20만 프랑에 육박한답니다."

"그럼 4000파운드 아닙니까!"

"맞습니다. 르노 씨가 정말 홀딱 반한 모양입니다. 하지만 비밀까지 털어놓았는지는 확인해 봐야죠. 판사님은 기대를 걸고 있지만 나는 생각이 다릅니다."

우리는 이런 대화를 나누며 오후에 우리 차가 잠시 멈춰 섰던 분

기점을 향해 걸어갔다. 알고 보니 정체를 알 수 없는 도브뢰이 부인이 살고 있다는 마르게리트 별장은 아름다운 아가씨가 나타났던 그 조그만 집이었다.

국장이 집 쪽을 향해 고갯짓을 하며 말했다.

"부인은 이곳에서 오랫동안 살았지요. 아주 조용하고 남의 눈에 띄지 않게요. 메를랭빌에서 사귄 사람들 말고는 친구도, 친척도 없는 것 같습니다. 과거나 남편 이야기는 한 적이 없어요. 남편이 살았는지 죽었는지조차 모른답니다. 정체를 알 수 없는 부인이지요."

나는 고개를 끄덕였다. 호기심이 점점 커져 갔다.

"그런데 딸이 있지 않나요?"

나는 용기를 내서 물어보았다.

"정말 예쁜 아가씨죠. 얌전하고 독실하고 나무랄 데 없는 처녀예요. 하지만 딱하기도 합니다. 과거에 대해 아무것도 모르는데, 남자가 청혼을 하려면 그런 부분을 알아야 하니까요……."

국장은 냉소를 지으며 어깨를 으쓱했다.

"하지만 그게 그 아가씨의 잘못은 아니지 않습니까?"

내가 큰 소리로 물었다. 듣자 하니 화가 났던 것이다.

"맞아요. 하지만 어쩌겠어요. 남자들이란 원래 부인의 과거에 대해서는 까다롭지 않습니까?"

문 앞에 도착했기 때문에 왈가왈부할 수 없었다. 오테 판사가 초인종을 눌렀다. 얼마쯤 시간이 지난 후 안에서 발걸음 소리가 들리더니 문이 열렸다. 그날 오후에 만났던 나의 젊은 여신이 문지방에서 있었다. 그녀는 우리와 마주치자 두 뺨에서 핏기가 사라지면서 안색이 창백해졌고 불안한 나머지 눈이 휘둥그레졌다. 분명 겁에 질린 표정이었다.

판사가 모자를 벗으며 말했다.

"마드무아젤 도브뢰이. 폐를 끼쳐서 정말 미안합니다만 법 절차 때문에 필요한 일이니 이해해 주시겠습니까? 어머님께 인사를 여쭙고 몇 분만 시간을 내주시면 감사하겠다고 전해 주십시오."

그녀는 잠깐 동안 꼼짝 않고 서서, 갑작스럽게 제멋대로 쿵쾅거리는 심장을 진정시키려는 사람처럼 왼손으로 옆구리를 누르고 있었다. 하지만 금세 마음을 가다듬고 나지막이 말했다.

"말씀드릴게요. 들어오세요."

그녀가 현관 왼쪽 방으로 들어가 조용조용 얘기하는 소리가 들렸다. 그러자 음색은 비슷하지만 부드럽고 낭랑한 한편으로는 약간 딱딱한 억양이 느껴지는 목소리가 들렸다.

"물론 그래야지. 들어오시라고 해."

잠시 후 우리는 정체를 알 수 없는 도브뢰이 부인과 마주하게 되었다.

그녀는 딸보다 키가 작았고, 둥그스름한 외모와 자태에서 성숙한 여인의 우아함이 느껴졌다. 머리도 딸과 다르게 짙은 색이었고 성모 마리아처럼 가운데 가르마가 있었다. 내리깐 눈꺼풀에 반쯤 가려진 눈동자는 파란색이었다. 아주 잘 가꾸었다 해도 젊다고 할 수 없는 모습이었지만 그녀의 매력은 나이를 초월하고 있었다.

"저를 보고 싶다고 하셨다고요?"

판사가 헛기침을 했다.

"그렇습니다, 부인. 저는 르노 씨 살인 사건을 조사하고 있습니다. 사건은 들어서 알고 계시겠죠?"

그녀는 아무 말 없이 고개를 끄덕였다. 표정에는 변화가 없었다.

"부인께서 그러니까……. 이 사건의 정황에 대해 도움을 줄 수 있나 알아보려고 찾아 온 겁니다."

"제가요?"

누구라도 속아 넘어갈 만큼 깜짝 놀란 목소리였다.

"그렇습니다, 부인. 부인께서 고인을 만나러 저녁에 별장으로 자주 찾아갔었다는 믿을 만한 근거가 있습니다만. 맞습니까?"

창백하던 두 뺨이 불그스름하게 바뀌었지만 그녀의 목소리는 여전히 침착했다.

"저한테 그런 질문을 할 권리는 없을 텐데요?"

"부인, 저희는 지금 살인 사건을 조사 중입니다."

"그래서요? 저는 그 사건과 아무 상관이 없는 걸요."

"부인, 당분간 그 부분에 대해서는 아무 말도 하지 않겠습니다. 하지만 부인은 고인과 잘 아는 사이입니다. 고인으로부터 목숨을 위협하는 어떤 요인이 있다는 이야기를 들은 적이 있습니까?"

"없습니다."

"산티아고 이야기를 하면서 그곳에서 원한 살 일이 있었다던가 하는 말은요?"

“없습니다.”

“그럼 저희에게 전혀 도움 줄 것이 없다는 말씀입니까?”

“그런 것 같은데요. 솔직히 저를 찾아오신 이유를 모르겠습니다. 알고 싶은 부분이 있으면 부인에게 물어보면 되지 않나요?”

그녀의 목소리에서는 살짝 비꼬는 듯한 기색이 느껴졌다.

“르노 부인은 알고 있는 사실 모두를 저희에게 알려 주셨습니다.”

“아! 혹시…….”

도브뢰이 부인이 외쳤다.

“혹시 뭡니까, 부인?”

“아니, 아무것도 아닙니다.”

예심 판사는 그녀를 쳐다보았다. 스스로도 알고 있다시피 그는 대결을 벌이는 중이었고, 상대는 그리 녹록한 존재가 아니었다.

“르노 씨한테 들은 이야기가 아무것도 없다는 주장을 계속 고집하시겠습니까?”

“그 사람이 저한테 무엇인가 털어놓았을지도 모른다고 생각하는 이유가 뭔가요?”

오테 판사는 일부러 잔인하게 굴었다.

“그건 말입니다, 부인. 남자들이란 원래 부인한테 못 하는 말도 정부에게는 할 수 있기 때문이죠.”

그녀가 펄쩍 뛰었다. 두 눈에서 불꽃이 튀었다.

“지금 저를 모욕하시는군요! 그것도 제 딸 앞에서. 아무 말도 하지 않겠어요. 제발 이 집에서 나가 주세요!”

승리의 영광은 부인의 것이었다. 우리는 창피를 당한 학생들처럼 마르게리트 별장을 나섰다. 판사는 화가 나서 혼잣말을 중얼거렸다. 푸아로는 생각에 잠긴 눈치였다. 그러다 갑자기 꿈에서 깨어난 듯이 움찔하더니 오테 씨에게 근처에 괜찮은 호텔이 있느냐고 물었다.

"마을에 벵 호텔이라고 아담한 곳이 있습니다. 이 길을 따라 몇 백 미터만 가면 됩니다. 그 호텔에 머무는 것이 수사하기에도 편리할 겁니다. 그럼 내일 아침에 뵐까요?"

"예. 감사합니다, 판사님."

인사를 한 뒤 우리는 헤어졌다. 푸아로와 나는 메를랭빌 쪽으로 걸어갔고, 나머지는 주느비에브 별장 쪽으로 되돌아갔다.

푸아로가 그들을 쳐다보며 말했다.

"프랑스 경찰은 정말 대단해. 개인의 사생활에 대해 어찌나 사소한 정보까지 갖고 있는지 놀라울 정도야. 이곳에서 살기 시작한 지 6주가 조금 지났을 뿐인데 르노 씨의 취향과 행적을 훤히 알고 있는데다 단번에 도브뢰이 부인의 은행 계좌 정보와 최근 입금 내역까지 알아내다니 말이야. 관련 서류가 엄청나겠지. 그나저나 저게 누군가?"

누군가가 모자도 쓰지 않은 차림으로 우리 뒤를 쫓아오고 있었다. 마르트 도브뢰이였다.

우리 곁으로 다가온 그녀가 가쁜 숨을 몰아쉬며 외쳤다.

"실례합니다. 이…… 이래서는 안 되는 줄 알고 있어요. 엄마한테는 비밀로 해 주세요. 그런데 사람들 말로는 르노 씨가 죽기 전에 탐정을 불렀다던데 사실인가요? 그 탐정이 선생님이신가요?”

“그래요, 아가씨. 사실이에요. 그런데 그걸 어떻게 알았죠?”

“프랑수아즈가 우리 아멜리한테 이야기를 했더라고요.”

마르트가 얼굴을 붉히며 말했다.

푸아로는 눈살을 찌푸렸다.

“이런 사건에서 비밀을 유지하기란 불가능한 일이지. 중요한 문제도 아니고. 그런데 아가씨, 알고 싶은 게 뭡니까?”

그녀는 머뭇거렸다. 말을 하고 싶으면서도 두려워하는 눈치였다. 그러다 드디어 속삭임에 가까운 목소리로 말했다.

“용의자가…… 있나요?”

푸아로가 그녀를 뚫어져라 쳐다보더니, 두루뭉술하게 대답했다.

“지금까지는 좀 막연합니다, 마드무아젤.”

“그건 저도 알아요. 하지만…… 주목을 받는 사람이 있나요?”

“아가씨가 궁금해하는 이유가 뭔가요?”

그녀는 이 말을 듣고 겁에 질린 듯이 보였다. 순간 몇 시간 전에 푸아로가 이 아가씨를 보고 했던 말이 불현듯 떠올랐다. ‘걱정스러운 눈빛을 한 아가씨’라던.

마침내 그녀가 입을 열었다.

“무슈 르노는 늘 저한테 잘해 주셨어요. 그러니까 당연히 관심이 갈 수밖에요.”

“그렇군요.”

“현재 두 사람이 의심을 받고 있습니다.”

"두 사람이라고요?"

장담하지만 그녀는 깜짝 놀라면서도 한편으로는 안심하는 목소리였다.

"이름은 모르겠지만 산티아고에서 온 칠레인으로 추정되는 두 사람이랍니다. 이것 보십시오, 마드무아젤. 젊고 예쁘다는 게 어떤 효과가 있는지 알겠지요? 내가 직업상의 비밀을 누설해 버리다니!"

마르트는 까르르 웃다 조금 수줍어하면서 고맙다고 말했다.

"이제 얼른 가 봐야겠어요. 엄마가 찾으실 거예요."

마르트는 몸을 돌리더니 현대에 환생한 아탈란타(그리스 신화에 나오는 처녀 사냥꾼으로 달리기는 당할 자가 없었다고 한다 — 옮긴이)처럼 길을 되짚어 달려갔다. 나는 그녀의 뒤를 물끄러미 쳐다보았다.

푸아로가 빈정대는 투로 조용히 나를 불렀다.

"몬 아미(친구여), 우리 이렇게 밤새도록 여기 서 있어야 하나? 자네가 아름다운 아가씨를 만나서 정신이 혼미하다는 이유 때문에?"

나는 웃음을 터트리며 미안하다고 말했다.

"하지만 정말 예쁘지 않습니까? 누구라도 넋을 잃을 수밖에 없을 겁니다."

그러나 놀랍게도 푸아로는 매우 진지하게 고개를 저었다.

"몬 아미(친구여), 마르트 도브뢰이에게 마음을 빼앗기지 말게. 절대 자네한테 어울리는 아가씨가 아니야. 이 믿음직한 푸아로의 말을 듣게나."

"하지만 경찰청장이 말하길 예쁜 만큼 마음씨도 곱다고 하지 않았습니까? 완벽한 천사라고요."

"내가 아는 가장 질이 나쁜 범죄자들 중 몇 명은 천사의 얼굴을 하고 있었지. 기형적인 회색 뇌세포가 성모 마리아의 얼굴과 공존할 수도 있는 법이거든."

푸아로가 쾌활하게 말했다.

내가 경악을 금치 못하며 외쳤다.

"푸아로! 설마 이렇게 천진난만한 아가씨를 의심한다는 소리는 아니겠죠?"

"쯧쯧쯧! 너무 흥분하지 말게. 그 아가씨를 의심한다는 소리는 한 적이 없지 않나. 하지만 이 사건에 대해 그렇게 알고 싶어하다니 이상하다는 건 자네도 인정해야지."

"이번에는 제가 당신보다 멀리 내다보는군요. 그녀가 걱정하는 이유는 자기 자신이 아니라 어머니 때문이잖습니까."

"이봐, 또 평소처럼 아무것도 보질 못하는군. 도브뢰이 부인은 딸이 걱정하지 않아도 자기 앞가림쯤은 할 줄 아는 여자야. 내 말이 귀찮게 들릴지 모르겠지만 조금 전에 했던 말을 반복해야겠군. 그 아가씨에게 마음을 빼앗기지 말게. 자네한테 어울리는 아가씨가 아니야. 나, 에르퀼 푸아로가 장담하네. 사크르(젠장)! 그 얼굴을 어디서 보았는지 생각나면 좋을 텐데."

"그 얼굴이라니요? 딸 말입니까?"

"아니, 어머니 말이야."

그는 놀라워하는 내 얼굴을 보더니 단호하게 고개를 끄덕였다.

“그렇다니까. 아주 오래전 내가 벨기에 경찰에 몸담고 있을 때였지. 그 여자를 실제로 보진 않았지만 사진을 본 적이 있어. 어떤 사건과 연관이 되어 있었는데 아무래도…….”

“아무래도라뇨?”

“내가 잘못 기억하고 있는지 모르겠지만 아무래도 살인 사건이 아니었나 싶네.”

뜻밖의 만남

　우리는 다음 날 아침 일찍 별장을 찾았다. 이번에는 대문을 지키는 보초가 앞을 막지 않았다. 우리는 오히려 깍듯한 경례를 받으며 집 안으로 들어갔다. 때마침 하녀 레오니가 계단을 내려오고 있었고 잠깐 말을 붙여도 싫어하지 않을 눈치였다.

　푸아로가 르노 부인의 건강 상태를 묻자 레오니는 고개를 흔들었다.

　"딱하게도 너무 충격을 받으셨어요. 아무것도 드시지 않으려고 해요. 유령처럼 안색이 창백하고요. 보고 있으려니 어찌나 가슴이 아픈지. 저라면 다른 여자와 바람을 피운 남편 때문에 그렇게 슬퍼하지는 않을 거예요."

　푸아로가 그렇다는 듯이 고개를 끄덕였다.

　"맞아요. 하지만 어쩌겠습니까? 사랑에 빠진 여자의 가슴은 많은 잘못을 용서하는 것을. 그래도 지난 몇 달 동안은 두 사람이 숱하게 말다툼을 벌였겠지요?”

이번에도 레오니는 고개를 저었다.

“아뇨. 마님께서 대들거나 비난하는 소리는 한 번도 들은 적이 없어요. 성격도 그렇고 천성이 천사라니까요? 주인님하고는 정반대로.”

“르노 씨는 성격이 천사 같지 않았던 모양이군요?”

“거리가 멀었죠. 화가 나면 온 집안 식구들이 모르고 지나갈 수 없을 정도였으니까요. 잭 도련님과 싸우던 날에는……. 마 푸아(세상에)! 어찌나 고함을 지르던지 시장에서도 고함 소리가 들렸을 거예요!”

“그렇군요. 그런데 언제 그런 싸움이 벌어진 거요?”

“아, 잭 도련님이 파리로 떠나기 직전이었어요. 덕분에 도련님이 기차를 거의 놓칠 뻔했죠. 서재에서 나와 현관에 놓아둔 가방을 집어들고, 차가 수리 중이었기 때문에 역까지 달려가는 수밖에 없었답니다. 저는 응접실 청소를 하던 중이라 지나가는 도련님의 얼굴을 볼 수 있었는데 백지장처럼 하얗더라고요. 양쪽 볼만 벌겋고. 하지만 화가 잔뜩 난 얼굴이었어요!”

레오니는 자기 이야기에 완전히 도취해 있었다.

“아버지와 말다툼이 벌어진 이유는 뭔가요?”

레오니가 솔직히 인정했다.

“아, 그건 모르겠어요. 두 분이서 고함을 지르기는 했지만 목소리가 워낙 크고 높은 데다 하도 빨리 이야기를 했기 때문에 영어를 아주 잘 아는 사람이 아니면 알아들을 수가 없었어요. 하지만 선생님, 주인님은 하루 종일 먹장구름 같은 얼굴을 하고 계셨답니다. 비위를 맞추기가 불가능할 정도였죠."

위층에서 문 닫히는 소리가 들리자 레오니가 수다를 멈췄다.

해야 할 일이 있다는 데 뒤늦게 생각이 미쳤는지 그녀가 외쳤다.

"프랑수아즈가 기다리고 있어요! 그 늙은이는 늘 잔소리만 늘어놓는다니까요."

"잠시만, 아가씨. 예심 판사는 어디 계신가요?"

"차고에 세워 둔 차를 보러 나가셨어요. 판사님은 그 차가 사건 당일 밤에 쓰였을지 모른다고 생각하나 봐요."

"켈 이디(현명한 생각은 아닌데)."

하녀가 사라지자 푸아로가 중얼거렸다.

"나가서 같이 살펴볼 건가요?"

"아니, 응접실에서 기다리겠네. 이렇게 찌는 듯한 아침에도 그곳은 시원할 테니까."

이런 식으로 고분고분하게 상황을 받아들이는 것이 나로서는 마음에 들지 않았다. 나는 머뭇거리며 입을 열었다.

"괜찮다면……."

"나는 괜찮네. 자네가 직접 조사를 하고 싶은가?"

"지로 형사가 어디 있는지, 어찌할 생각인지 알아보고 싶어요."

푸아로는 안락의자에 몸을 파묻고 눈을 감으면서 중얼거렸다.

"그 인간 사냥개. 나야 상관 없네, 친구. 그럼 이따 보지."

나는 현관문 밖으로 나갔다. 정말 더운 날씨였다. 전날 갔던 길로 발걸음을 옮겼다. 직접 사건 현장을 살펴볼 작정이었다. 하지만 나는 현장으로 직접 가지 않고 떨기나무 숲 쪽으로 우회해 골프장에서 오른쪽으로 몇백 미터 떨어진 지점에서 나가는 방법을 택했다. 이쪽 덤불은 훨씬 빽빽해서 뚫고 지나가기가 제법 힘들었다. 이렇게 해서 드디어 골프장에 도착했을 때 나는 생각지도 못한 상태에서 숲을 등지고 서 있던 어떤 아가씨와 세게 부딪혔다.

당연히 그녀는 손으로 입을 막으며 비명을 질렀고 나 역시 소리를 질렀다. 기차에서 만난 친구, 신데렐라가 서 있었던 것이다.

우리 두 사람은 서로 깜짝 놀라 동시에 소리를 질렀다.

"당신은?"

먼저 정신을 차린 쪽은 그녀였다.

"세상에! 여긴 어쩐 일이세요?"

"그쪽이야말로 어쩐 일입니까?"

"그제 마지막으로 만났을 때는 말 잘 듣는 아이처럼 영국의 집으로 총총히 돌아가는 길이었잖아요."

"'당신도' 그제 마지막으로 만났을 때는 말 잘 듣는 아이처럼 동생과 함께 집으로 총총히 돌아가는 길 아니었던가요? 그나저나 동생은 어떻게 됐어요?"

그녀의 새하얀 이가 반짝거렸다.

"거기까지 신경 써 주다니! 동생은 잘 있어요. 고마워요."

"동생하고 같이 온 겁니까?"

“동생은 마을에 있어요.”

말괄량이 아가씨가 점잔을 빼며 대답했다. 나는 웃음을 터트렸다.

“당신에게 동생이 있다니 안 믿어지는데요? 만약 있다면 이름이 해리스일 거예요.”

“제 이름은 기억하세요?”

그녀가 싱긋 웃으며 물었다.

“신데렐라. 하지만 이제는 본명을 알려 줄 때도 되지 않았나요?”

그녀는 심술궂은 표정을 지으며 고개를 흔들었다.

“이곳에 나타난 이유도 알려 주지 않을 건가요?”

“아, 그 이유! ‘휴식’이 제 직업의 일부라고 말한 것 같은데요.”

“프랑스의 호화판 해수욕장에서요?”

“괜찮은 곳만 알고 있으면 값싸게 쉴 수 있어요.”

나는 그녀를 뚫어져라 쳐다보았다.

“하지만 이틀 전에 만났을 때만 해도 여기 올 생각은 전혀 없었잖아요?”

신데렐라가 잘난 척하며 말했다.

“인간은 누구나 실망하는 때가 생기기 마련이에요. 이제 제 이야기는 이 정도면 된 것 같은데요. 도련님, 너무 궁금해하면 못 써요. 정작 당신은 여기서 뭘 하고 있는지 이야기하지 않았잖아요.”

“제 친구가 탐정이라고 했던 거 기억해요?”

“그렇죠?”

“그리고 이 주느비에브 별장에서 벌어진 사건 소식은 들었나요?”

그녀는 뚫어져라 나를 쳐다보았다. 그녀의 가슴이 들썩였고 눈이 점점 휘둥그레졌다.

"그러니까…… 당신이 '그 사건'에 관여하고 있다는 건가요?"

나는 고개를 끄덕였다. 내가 단단히 점수를 딴 모양이었다. 나를 쳐다보는 그녀의 표정이 너무나 명백한 증거였다. 그녀는 몇 초 동안 아무 말 없이 나를 뚫어져라 쳐다보기만 했다. 그러다 세차게 고개를 흔들었다.

"정말 끝내주는군요! 나 좀 구경시켜 주세요. 끔찍한 현장을 모조리 보고 싶어요."

"대체 그게 무슨 소립니까?"

"말 그대로예요. 아이참, 내가 범죄 사건이라면 사족을 못 쓴다고 이야기했잖아요. 지금까지 몇 시간 동안이나 쿵쿵거리며 돌아다녔는지 몰라요. 이런 식으로 당신을 만나다니 정말 행운이에요. 자, 얼른 사건 현장을 모두 보여 주세요."

"하지만 이것 보세요. 잠깐만. 그건 안 돼요. 아무도 들어갈 수 없어요. 얼마나 규정이 엄격한데."

"당신이나 당신 친구들은 거물급 아닌가요?"

나는 거물급이라는 지위를 포기하기 싫어서 힘없이 물었다.

"왜 그렇게 관심이 많은 겁니까? 그리고 뭘 보고 싶다는 거죠?"

"전부 다요. 범죄가 벌어진 곳, 흉기, 시체, 지문이나 그런 흥미로운 것이라면 모조리. 이렇게 살인 현장에 있어 본 건 처음이에요. 평생 잊지 못할 기억이 될 거예요."

나는 메슥거리는 속을 달래며 고개를 돌렸다. 요즘 여자들은 도대체 어떻게 된 걸까? 이 아가씨의 잔인한 호기심에 기분이 불쾌해졌다.

그녀가 갑자기 쏘아붙였다.

"너무 잘난 척하지 마세요. 거들먹거리지 말라고요. 이번 일로 호출받았을 때 콧대를 세우면서 지저분한 일이니 관여하지 않겠다고 말하지는 않았을 거 아니에요."

"그야 그렇죠. 하지만……."

"만약 당신이 휴가차 여기 있었다면 나처럼 킁킁거리며 다니지 않았겠어요? 당연히 그랬을 테죠."

"그래도 난 남자고 그쪽은 여자 아닙니까?"

"당신이 생각하는 여자는 쥐 한 마리만 보여도 의자 위로 올라가서 비명을 지르는 사람인가요? 그건 호랑이 담배 피우던 시절 이야기라고요. 아무튼 구경시켜 주실 거죠? 저한테는 엄청난 일이 될지도 모른단 말이에요."

"어떻게요?"

"경찰이 기자들 출입을 철통같이 막고 있잖아요. 그러니까 한 신문사와 손을 잡고 특종을 터트릴 수 있어요. 내부 정보를 알려 주면 얼마나 돈을 많이 주는지 알아요?"

나는 머뭇거렸다. 그녀는 작고 부드러운 손을 내 손안으로 밀어 넣었다.

"제발 부탁이에요. 아이, 멋쟁이."

나는 항복했다. 나도 속으로는 흥행사 역할을 즐기는 면이 있었다.

우리는 먼저 시신이 발견된 곳부터 들렀다. 경찰 한 명이 그곳을 지키고 있었지만 내 얼굴을 알기 때문에 공손하게 경례할 뿐 동행인에 대해서는 묻지 않았다. 내가 그녀의 신분을 보증한다고 생각하는 눈치였다. 내가 시신이 어떤 식으로 발견되었는지 설명해 주자 그녀는 가끔 영리한 질문을 던져 가며 열심히 귀를 기울였다. 그런 다음 우리는 별장 쪽으로 발걸음을 돌렸다. 사실 나는 어느 누구하고도 마주치고 싶지 않은 입장이었기 때문에 조심스럽게 주위를 살피며 앞장을 섰다. 나는 덤불을 뚫고 조그만 헛간이 있는 집 뒤편으로 그녀를 데리고 갔다. 어제 저녁에 문을 다시 잠근 뒤 벡스 국장이 "우리가 2층에 있는 동안 지로 형사가 필요할지 모르겠다."라며 마르쇼 순경에게 열쇠를 맡긴 기억이 났다. 내가 보기에는 지로가 열쇠를 쓴 다음 마르쇼에게 되돌려 주었을 가능성이 컸다. 나는 눈에 띄지 않도록 신데렐라를 덤불 속에 남겨 둔 채 집 안으로 들어갔다. 마르쇼가 응접실 밖에서 보초를 서고 있었다. 안에서 두런대는 소리가 들렸다.

"국장님을 찾으십니까? 안에 계십니다. 프랑수아즈를 심문하는 중입니다."

나는 허둥지둥 대답했다.

"아뇨. 국장님을 만나러 온 게 아닙니다. 그런데 규정 위반이 아니라면 헛간 열쇠를 좀 빌릴 수 있을까요?"

그가 선선히 열쇠를 꺼냈다.

“물론입니다. 여기 있습니다. 모든 편의를 제공하라는 국장님의 지시가 있었습니다. 일을 마친 후 돌려주시기만 하면 됩니다.”

“알겠습니다. 그렇게 하지요.”

적어도 마르쇼의 눈에는 푸아로와 나의 위치가 동등하다니 짜릿한 만족감이 느껴졌다. 신데렐라는 나를 기다리고 있었다. 그녀는 내 손에 쥐어진 열쇠를 보더니 기쁨의 탄성을 질렀다.

“정말 열쇠를 구했네요?”

내가 대수롭지 않다는 듯이 말했다.

“물론이죠. 그렇지만 지금 내가 엄청난 불법을 저지르고 있다는 사실에는 변함이 없답니다.”

“당신이 얼마나 멋진 사람인지 절대 잊지 않을게요. 집 안에서는 우리 모습이 안 보이겠죠?”

내가 서둘러 앞장서는 그녀를 붙잡았다.

“잠깐. 정말 들어가고 싶다면 말리지 않을게요. 하지만 진심인가요? 무덤도 보았고 그 주변도 보았고, 자세한 이야기도 다 들었잖아요. 그 정도면 충분하지 않아요? 소름 끼치고 불쾌한 일이 될 텐데.”

그녀는 무슨 뜻인지 모를 표정으로 나를 잠시 쳐다보았다. 그러더니 웃음을 터트렸다.

“얼른 가기나 하세요.”

우리는 아무 말 없이 헛간 입구까지 걸어갔다. 내가 문을 열고 함께 안으로 들어갔다. 나는 시신 저편으로 건너가 벡스 국장이 어제 오후에 그랬던 것처럼 시트를 끌어내렸다. 신데렐라의 입에서 나직이 혁 하는 소리가 새어 나오자 나는 고개를 돌리고 그녀를 쳐다보았다. 이제 그녀는 공포에 질린 얼굴이었고, 신이 나서 들떠 있던 예전의 모습은 온데간데없이 사라지고 없었다. 내 충고를 무시하더니 이제 그 대가를 치르는 셈이었다. 나는 이상하게 잔인한 기분이 들었다. 어차피 시작을 했으니 끝을 보아야 한다. 나는 조심스럽게 시신을 뒤집었다.

"봐요. 등 뒤에서 칼에 찔렸어요."

그녀의 목소리는 거의 들리지 않을 정도로 작았다.

"어떤 칼이요?"

나는 유리 항아리를 턱으로 가리켰다.

"저 단검으로요."

그녀는 갑자기 비틀거리더니 풀썩 주저앉고 말았다. 내가 얼른 달려가 부축했다.

"어지럽죠? 어서 나갑시다. 감당하기 어려운 일이었어요."

"물. 얼른. 물 좀."

나는 그녀를 놓아두고 집으로 달려갔다. 다행스럽게도 하녀들이 주위에 없었기 때문에 아무도 모르게 물을 한 잔 따르고 주머니에 가지고 다니던 병을 꺼내 브랜디를 몇 방울 섞을 수 있었다. 신데렐라는 좀 전 모습 그대로 누워 있었지만, 브랜디와 물을 몇 모금 마시더니 금세 정신을 차렸다.

"여기서 빨리 나가요. 얼른요, 얼른!"

그녀가 부들부들 떨면서 소리쳤다.

내가 팔로 부축하고 밖으로 데리고 나가자 그녀가 등 뒤에서 문을 잡아당겼다. 그러고는 긴 한숨을 내쉬었다.

"이제 좀 괜찮아요. 끔찍해라! 왜 저를 데리고 들어간 거예요?"

어찌나 여성스럽게 구는지 미소가 절로 나왔다. 솔직히 나는 쓰러지는 그녀가 전혀 실망스럽지 않았다. 내가 생각했던 것처럼 무신경한 여자가 아니라는 증거였으니 말이다. 결국 그녀도 어린아이에 불과했고, 그녀의 호기심은 천방지축인 성격 탓이었다.

"분명히 말하지만 난 말리려고 최선을 다했어요."

내가 부드럽게 말했다.

"그랬던 것 같긴 해요. 아무튼 안녕히 가세요."

"잠깐만, 그렇게 혼자 가게 내버려 둘 수는 없죠. 아직 기운도 차리지 못했는데. 메를랭빌까지 바래다줄게요."

"그런 말씀 마세요. 이젠 괜찮아요."

"다시 쓰러지면 어쩌려고요? 안 돼요. 같이 가야겠어요."

하지만 그녀는 끈질기게 거절했다. 결국 나는 마을 외곽까지 바래다주는 선에서 합의를 보았다. 우리는 왔던 길을 되돌아 무덤을 다시 지나고 우회해서 길가로 나왔다. 드문드문 난립한 상점이 시작되는 곳에 이르자 그녀는 걸음을 멈추고 손을 내밀었다.

"안녕히 가세요. 여기까지 바래다줘서 정말 고마워요."

"이제 정말 괜찮아요?"

"그럼요, 고마워요. 저한테 이것저것 보여 준 일 때문에 난처해지지 않았으면 좋겠어요."

나는 그럴 리 없다고 가볍게 대답했다.

"그럼 안녕히 가세요."

"오 르브아(안녕히 가세요). 여기 머무르고 있다면 다시 만날 수 있겠죠."

그녀는 나를 보며 환하게 미소를 지었다.

"그래요. 오 르브아."

"잠깐, 숙소를 안 가르쳐 줬잖아요."

"아, 파르 호텔에 묵고 있어요. 아담하지만 제법 좋은 곳이에요. 내일 호텔에 와서 저를 찾으세요."

"알겠습니다."

나는 반색을 하며 대답했다.

나는 시야에서 사라질 때까지 그녀를 지켜보다 왔던 길을 되짚어 별장으로 걸어갔다. 헛간 문을 잠그지 않은 것이 생각났지만 다행스럽게도 내 실수를 눈치챈 사람은 없었다. 나는 문을 잠그고 열쇠를 빼낸 뒤 순경에게 돌려주었다. 그리고 문득 신데렐라가 숙소는 가르쳐 주었지만 이름은 가르쳐 주지 않았다는 사실을 깨달았다.

응접실에 들어가 보니 예심 판사가 정원사 오귀스트 영감을 열심히 심문하고 있었다. 푸아로와 국장이 각각 미소와 깍듯한 인사로 나를 맞았다. 나는 조용히 자리에 앉았다. 오테 판사는 부단히 애를 쓰며 세심한 부분까지 파고들었지만 중요한 단서를 이끌어 내지는 못했다.

노인은 정원용 장갑이 자기 것이라고 인정했다. 일부 사람들에게 유독 반응을 일으키는 앵초를 다룰 때 썼다고 한다. 마지막으로 쓴 게 언제인지는 모르겠다고 말했다. 잃어버리지는 않았지만 어디 두었는지도 모르겠다고도 했다. 어디 보관하느냐고? 어떨 땐 여기, 또 어떨 땐 저기 둔다. 삽은 보통 연장을 넣어 두는 작은 헛간에 가면 있다. 헛간을 잠가 놓느냐고? 당연히 잠가 놓는다. 열쇠는 어디 보관하느냐고? 당연히 문에 꽂아 둔다. 훔쳐 갈 만한 물건도 없으니까. 강도나 살인범을 누가 상상이나 하겠는가? 라 비콩테스 부인 때는 그런 일이 없었는데.

판사가 이제 됐다는 신호를 보내자 늙은 정원사는 투덜거리며 밖으로 나갔다. 나는 화단의 발자국을 이상하리만큼 강조했던 푸아로를 떠올리며 노인이 증언하는 모습을 유심히 관찰했다. 하지만 그는 사건과 아무 관계가 없든지 완벽한 배우든지 둘 중 하나였다. 그가 막 문밖으로 나서려는 찰나 어떤 생각 하나가 내 머릿속을 스치고 지나갔다.

"실례합니다, 판사님. 제가 질문 하나만 해도 되겠습니까?"

"물론입니다."

이 말에 용기를 얻은 나는 오귀스트 영감 쪽으로 고개를 돌렸다.

"장화는 어디에 벗어 놓습니까?"

"늘 신고 다니지요. 당연한 거 아닙니까?"

노인이 투덜거리며 대답했다.

"하지만 밤에 잘 때는요?"

"침대 밑에 두지요."

"씻는 건 누가 하나요?"

"그런 거 없습니다. 뭐 하러 씻어요? 젊은 사람처럼 멋 내고 다닐 일도 없고. 일요일에는 일요일에만 신는 장화를 신지만 다른 날에는……"

그는 말하다가 어깨를 으쓱했다.

나는 낙담해서 고개를 저었다.

판사가 입을 열었다.

"자, 자. 진전이 별로 없군요. 산티아고에서 전보가 도착할 때까지 기다려야 할 모양입니다. 누구 지로 형사 본 사람 없습니까? 정말 예의 없는 친구 같으니라고! 사람을 보내 불러 오고 싶은 생각이 굴뚝 같지만……."

"그럴 필요 없습니다."

조용한 목소리 탓에 우리는 깜짝 놀랐다. 지로 형사가 열린 창 밖 너머에서 안을 들여다보며 서 있었던 것이다.

그는 창문을 가볍게 뛰어넘어 테이블 쪽으로 다가왔다.

"여기 대령했습니다. 무엇이든 분부만 내리십시오. 이제야 나타난 저를 용서해 주시고요."

"천만에 무슨 그런 말을!"

판사가 조금 당황한 표정으로 말했다.

"저는 일개 형사에 불과합니다. 심문에 대해서는 아는 게 없죠. 하지만 제가 만약 심문을 한다면 창문을 닫고 하겠습니다. 밖에 서 있으면 오가는 이야기가 죄다 들리니 말입니다. 뭐 대수롭지는 않은 일입니다만."

한 방 먹은 오테 판사의 얼굴이 벌게졌다. 예심 판사와 담당 형사 사이에는 일말의 호감조차 없음이 분명했다. 두 사람은 처음부터 부딪쳤다. 앞으로도 사사건건 그럴 것이다. 지로 형사가 생각하기에 예심 판사들은 모두 멍청이였고, 자긍심이 강한 오테 씨가 생각하기에 안하무인 제멋대로인 파리 형사의 태도는 신경을 거슬리기에 충분했다.

판사가 조금 날카롭게 말했다.

"에 비엥(그래서요), 무슈 지로. 당신은 아주 값진 일에 시간을 할애하고 있다 이 말이군요. 그럼 살인범의 이름을 알아 오셨겠지요? 그들이 현재 어디 있는지 정확한 위치까지."

지로는 이렇게 빈정대는 말투에도 태연했다.

"적어도 범인들이 어디서 왔는지는 알아냈습니다."

그가 주머니에서 조그만 물건 두 개를 꺼내 테이블 위에 내려놓았다. 우리는 모두 테이블 주변으로 모였다. 꺼낸 물건은 아주 단순했다. 담배꽁초 한 개와 불을 붙인 적 없는 성냥개비였다. 형사가 푸아로 쪽으로 빙글 몸을 돌렸다.

"저게 뭐인 것 같습니까?"

야비한 말투였다. 내 뺨이 화끈거릴 정도였다. 하지만 푸아로는 태연하게 어깨를 으쓱했다.

"담배꽁초와 성냥개비군요."

"그리고 저걸 보면 무엇을 알 수 있죠?"

푸아로는 양손을 내밀었다.

"아무것도 모르겠습니다만."

지로가 흡족한 목소리로 말했다.

"아! 이런 걸 조사해 본 적이 없군요. 이건 평범한 성냥이 아니란 말입니다. 최소한 이 나라에서는요. 남미에서는 흔할 겁니다만. 다행히 불을 붙이지 않은 새 것이더군요. 그렇지 않았더라면 못 알아보았을 텐데. 범인 중 한 명이 담배꽁초를 버리고 새 담배에 불을 붙이려다 성냥갑에서 성냥개비 한 개를 떨어뜨린 겁니다.”

“그럼 또 다른 성냥개비는 어디로 간 걸까요?”

“어떤 성냥개비 말입니까?”

“그 담배에 불을 붙인 성냥개비 말입니다. 그것도 찾으셨습니까?”

“아니요.”

“철저하게 수색을 하지 않으신 모양입니다.”

“철저하게 수색을 하지 않았다니…….”

형사는 버럭 화를 내려다 간신히 참는 눈치였다.

“이제 보니 농담을 좋아하시는군요. 하지만 성냥이 있든 없든 담배꽁초만으로도 충분합니다. 담배 마는 종이에 감초를 넣은 남미산 담배니까요.”

푸아로는 머리를 끄덕였다. 국장이 입을 열었다.

“르노 씨의 담배꽁초와 성냥일지도 모르죠. 르노 씨가 남미에서 돌아온 지 2년밖에 안 되었으니 말이죠.”

형사가 자신만만하게 대답했다.

“그렇지 않습니다. 르노 씨의 유품은 이미 조사를 마쳤습니다. 그가 피우던 담배와 사용하던 성냥은 전혀 다른 종류였습니다.”

푸아로가 물었다.

“그런데 이상하지 않습니까? 범인들이 흉기도 장갑도 삽도 없이 들이닥쳤는데, 손쉽게 현장에서 다 구할 수 있었다니 말입니다.”

지로는 거만한 태도로 미소를 흘렸다.

"분명 이상한 일이죠. 사실 제가 세운 가설이 아니면 설명이 불가능한 일입니다."

오테 판사가 외쳤다.

"아하! 집 안에 공범자가 있다!"

"아니면 집 밖에 있을 수도 있죠."

형사가 묘한 미소를 지으며 말했다.

"하지만 범인들을 안으로 들인 사람이 있을 것 아니겠습니까? 단지 운이 좋아서 문이 열려 있었다고 볼 수는 없는 일일 테고."

"문은 열려 있었습니다. 그렇지만 밖에서도 쉽게 열 수 있죠. 열쇠만 있으면."

"하지만 누가 열쇠를 가지고 있었단 말입니까?"

지로는 어깨를 으쓱했다.

"그 문제에 관해서라면 열쇠를 가지고 있는 사람 어느 누구도 가능한 한 자백을 하지 않을 겁니다. 하지만 가능성은 여러 사람에게 있습니다. 예를 들어 아들인 잭 르노 씨만 해도 그렇습니다. 지금 그 사람은 남미로 가는 길이라고 하지만, 열쇠를 잃어버렸거나 도난당했을 수도 있으니까요. 그리고 정원사의 경우에는 이 집에서 오랫동안 일을 했지요. 젊은 하녀들 중 누군가에게 애인이 있을 수도 있습니다. 열쇠의 본을 떠 복제하는 것쯤 아주 쉬운 일이죠. 경우의 수는 많습니다. 그리고 제가 보기에 열쇠를 가지고 있을 가능성이 농후한 사람이 또 한 명 있습니다."

"그 사람이 누굽니까?"

"도브뢰이 부인입니다."

"허, 허! 당신도 그 이야기를 들은 모양이군요?"

"전 모든 이야기를 들었습니다."

지로가 태연하게 대답했다.

"하지만 이 이야기는 듣지 못했을 겁니다."

오테 판사는 한 수 가르쳐 줄 수 있다는 데 기뻐하며 사설을 생략하고 전날 밤 집을 찾아온 정체 모를 방문객에 대해 이야기했다. 그리고 '듀빈' 앞으로 작성된 수표를 언급하고, 마지막으로 '벨라'의 서명이 있는 편지를 지로에게 건넸다.

"모두 흥미진진한 이야기로군요. 그래도 제 추리에는 아무런 변함이 없습니다."

"어떤 추리입니까?"

"당분간은 비밀로 하겠습니다. 막 조사를 시작한 참이니까요."

푸아로가 갑자기 입을 열었다.

"한 가지만 묻겠습니다, 지로 형사님. 당신의 가설에 의하면 문이 열린 이유는 설명이 되지만, 계속 열린 채로 있었던 이유는 설명이 안 됩니다. 범인들이 집 밖으로 나갔으면 문을 닫는 게 당연한 순서 아니겠습니까? 가령 아무 이상이 없는지 순찰을 돌던 순경에게 발각되면 그 길로 당장 들통이 나서 붙잡힐 수도 있는 일인데."

"흥! 잊어버린 거죠. 실수를 한 겁니다."

그러자 놀랍게도 푸아로는 전날 저녁에 벡스 국장에게 했던 것과 거의 똑같은 말을 털어놓았다.

"제 생각은 다릅니다. 문은 의도적으로 혹은 어떤 필요 때문에 계속 열려 있었던 겁니다. 그 이유를 설명하지 못하는 가설은 성립될 수 없어요."

우리 모두 깜짝 놀란 얼굴로 이 작달막한 사람을 쳐다보았다. 담배꽁초를 보고 아무 생각이 나지 않는다고 실토했으니 분명 자존심이 상했을 텐데, 그는 평소처럼 만족스러워하면서 기죽는 법 없이 고압적인 자세로 지로를 대하고 있었다.

지로는 콧수염을 꼬며 조롱하는 듯한 표정으로 내 친구를 빤히 쳐다보았다.

"생각이 다르시다고요? 그럼 이 사건에서 특이한 점이 뭐라고 생각하십니까? 어디 선생의 생각을 들어 보지요."

"의미심장한 부분이 한 가지 있습니다. 지로 형사님, 이 사건을 접했을 때 어디서 본 듯하다는 느낌이 들지 않던가요? 뭔가 생각나는 게 없으셨습니까?"

"어디서 본 듯하다? 뭔가 생각이 난다? 워낙 갑작스런 질문이라 대답하기가 곤란하군요. 하지만 전혀 아닌 것 같은데요."

"틀렸습니다. 이와 유사한 사건이 예전에도 발생한 적이 있어요."

"언제요? 어디서요?"

"아, 그게 지금 당장은 유감스럽게도 생각나지 않지만, 반드시 기억해 낼 겁니다. 형사님께 도움을 받을 수 있을까 싶었는데."

지로는 믿을 수 없다는 듯이 코웃음을 쳤다.

"복면한 남자들이야 숱하게 등장했죠. 세세한 부분은 일일이 기억이 나지 않지만 말입니다. 범죄 사건은 원래 얼마간은 닮기 마련이고요."

푸아로가 갑자기 강의를 하는 듯한 태도로 우리 모두를 향해 입을 열었다.

"개별적인 특성이라는 게 있지요. 저는 지금 범죄 심리학에 대해 이야기하려는 겁니다. 무슈 지로께서도 잘 아시다시피 범죄자들은 누구나 특유의 수법이 있지요. 현장에 출동한 경찰은 예를 들어 강도 사건을 수사할 때도 특유의 수법만 보고도 범인을 짐작할 수 있지요. (재프 경감도 똑같은 말을 할 거야, 헤이스팅스.) 인간은 진부한 동물입니다. 착실하게 일상생활을 영위하는 법칙 안에서도 진부하고, 법칙 밖에서도 똑같이 진부하죠. 어떤 사람이 범죄를 저지른다면, 그가 앞으로 저지르는 범죄는 모두 비슷한 양상을 띨 겁니다. 자기 아내들을 연달아 욕조에 빠뜨려 죽인 영국의 살인범이 대표적인 예라고 볼 수 있죠. 만약 그자가 범죄 수법을 바꾸었더라면 오늘날까지 법망을 피할 수 있었을지 모릅니다. 하지만 그는 한 번 성공한 방식은 또다시 성공하기 마련이라는 본능의 지령에 충실했기 때문에 창의력 부족에 따른 대가를 치른 겁니다."

"그래서 요지가 뭡니까?"

지로 형사가 빈정거리며 말했다.

"구조와 실행 방식이 아주 비슷한 사건이 두 개 있을 경우, 배후를 보면 동일 인물이 있다는 것이지요. 저는 그 배후의 인물을 찾고 있습니다, 무슈 지로. 반드시 찾고 말 겁니다. 우리 앞에 진정한 단서, 즉 심리적인 단서가 있으니까. 무슈 지로, 당신은 담배꽁초와 성냥개비에 대해 정통할지 모르지만 저, 에르퀼 푸아로는 인간의 심리에 대해 정통한 사람입니다."

형사는 여전히 심드렁한 얼굴이었지만 푸아로가 말을 계속했다.

"참고 삼아 미처 보시지 못하고 지나친 한 가지 사실을 알려 드리겠습니다. 비극이 벌어진 다음 날, 르노 부인의 손목시계를 보니 두 시간 빠르게 가고 있었습니다."

지로는 푸아로의 얼굴을 뚫어져라 쳐다보았다.

"원래 그랬던 모양이죠?"

"사실 나도 그렇다고 들었어요."

"그럼 해결이 되었군요."

"그렇더라도 두 시간이나 빠르다는 건 좀 심하지 않습니까? 그리고 화단의 발자국에도 문제가 있어요."

푸아로는 열린 창문을 향해 고개를 끄덕였다. 지로는 성큼성큼 두 발자국을 걸어가 창밖을 내다보았다.

"하지만 내 눈에는 아무것도 안 보이는데요."

"그럴 겁니다."

푸아로가 테이블에 쌓인 책 더미를 정리하며 대답했다.

"발자국이 하나도 없지요."

순간, 살의에 가까운 분노의 표정이 지로의 얼굴을 뒤덮었다. 그는 눈엣가시를 향해 성큼성큼 두 발자국을 걸어갔다. 그런데 그때 응접실 문이 열리더니 마르쇼가 외쳤다.

"비서인 스토너 씨가 영국에서 지금 막 도착했습니다. 들어오시
라고 할까요?"

가브리엘 스토너

응접실 안으로 들어선 남자는 인상적인 외모의 소유자였다. 아주 큰 키에 운동선수처럼 탄탄한 체격, 진한 구릿빛 얼굴과 목이 특징인 그는 좌중을 압도했다. 그 옆에 있으니 심지어 지로마저 빈혈 환자처럼 보일 정도였다. 나중에 좀 더 잘 알게 되었을 때 느낀 것이지만 가브리엘 스토너는 상당히 독특한 성격의 소유자였다. 그는 영국 태생으로 전 세계를 방랑한 인물이었다. 아프리카에서 맹수 사냥을 하고 한국을 여행했는가 하면, 캘리포니아에서는 목장을 경영했고 남양 군도(이전 일본의 위임통치를 받던 미크로네시아의 섬들—옮긴이)에서는 무역업을 했다.

그의 눈이 정확하게 오테 판사에게로 향했다.

"이 사건을 맡고 있는 예심 판사님이시죠? 만나서 반갑습니다. 정말 끔찍한 일이로군요. 르노 부인은 어떠신가요? 잘 견디고 계신 겁니까? 엄청난 충격이었을 텐데."

"끔찍한 일이 일어났습니다. 이쪽은 경찰청장 벡스 씨와 파리 치안국의 지로 형사입니다. 그리고 이 분은 에르퀼 푸아로 씨고요. 르노 씨의 부름을 받고 왔는데 한발 늦는 바람에 비극을 막지 못했습니다. 마지막으로 푸아로 씨의 친구분인 헤이스팅스 대위."

스토너는 흥미롭다는 표정으로 푸아로를 쳐다보았다.

"르노 씨가 선생님을 부르셨다고요?"

"그럼 르노 씨가 탐정을 부르려고 한 사실을 몰랐단 말씀이군요?"

국장이 끼어들었다.

"몰랐습니다. 하지만 놀랄 일은 아닙니다."

"어째서요?"

"불안해했으니까요. 무슨 일로 그랬는지는 모릅니다. 솔직히 털어놓질 않았거든요. 그 정도로 친한 사이는 아니었습니다. 하지만 분명히 불안해하고 있었습니다. 그것도 아주 심하게."

오테 판사가 말했다.

"흠! 뭔가 불안해하고는 있었지만 이유는 모른다?"

"그렇습니다, 판사님."

"죄송합니다만 스토너 씨, 몇 가지 형식적인 절차를 밟아야겠습니다. 이름이?"

"가브리엘 스토너입니다."

"르노 씨의 비서로 일한 지 얼마나 되었습니까?"

"르노 씨가 남미에서 처음 건너왔을 때부터니까 2년쯤 됐습니다.

서로 잘 아는 친구를 통해 만났는데 비서 일을 맡아 달라고 하더군요. 정말 좋은 분이셨죠."

"남미에서 어떻게 살았는지 이야기를 많이 하던가요?"

"꽤 많이 하셨죠."

"르노 씨는 산티아고에 간 적이 있습니까?"

"몇 번 있는 것으로 알고 있습니다."

"그곳에서 있었던 특정 사건을 언급한 적이 있던가요? 이를테면 원한을 살 만한 그런 사건 말입니다."

"전혀 없었습니다."

"그곳에서 머무는 동안 알게 된 비밀에 관해서는 들어 본 적이 있습니까?"

"제 기억으로는 없습니다. 하지만 그 점에 대해서라면 수수께끼 같은 부분이 있었습니다. 예를 들어 어린 시절이나 남미로 건너가기 전에 있었던 일은 한 번도 이야기한 적이 없었거든요. 제가 알기로 르노 씨는 프랑스계 캐나다인인데 캐나다에서 살던 시절의 이야기는 들은 적이 없습니다. 여차하면 조개처럼 입을 다물고 일언반구도 없는 분이라서요."

"그러니까 당신이 알고 있는 한 르노 씨는 적이 없었고, 살인의 원인이 되었을지도 모르는 그 비밀이 무엇인지 전혀 모른다는 말씀이지요?"

"그렇습니다."

"스토너 씨, 르노 씨와 관련해서 듀빈이라는 이름을 들어 본 적 있나요?"

"듀빈, 듀빈……."

그는 생각에 잠긴 얼굴로 그 이름을 여러 번 중얼거렸다.

"없는 것 같은데요. 그런데 왠지 낯설지가 않습니다."

"르노 씨의 친구 중에 벨라라는 이름을 쓰는 여자분은 아십니까?"

이번에도 스토너 씨는 고개를 저었다.

"벨라 듀빈? 그게 이름인가요? 신기하네요. 분명히 아는 이름인데……. 그런데 어디서 알게 된 이름인지 생각이 나질 않네요."

판사가 헛기침을 했다.

"무슈 스토너, 아시겠지만 이번 사건의 경우 이렇습니다. 숨기는 게 없어야 한다. 르노 부인을 배려하고 싶은 마음도 있을 겁니다. 아무래도…… 부인을 상당히 존경하고…… 또…… 좋아할 테니까요!"

오테 판사의 말이 엉켜 버렸다.

"하지만 절대 숨기는 게 없어야 합니다."

스토너 씨는 무슨 얘기인지 알겠다는 듯 판사를 쳐다보았다.

"그런데 이해가 잘 안 되는군요. 여기서 르노 부인이 왜 나오는 건가요? 저는 그분을 상당히 존경하고 좋아합니다. 정말 대단하고 특별한 분이니까요. 하지만 제가 뭘 감추거나 폭로한다고 해서 그분과 무슨 상관이 있는 건지 모르겠습니다."

"벨라 듀빈이 르노 씨에게 친구 이상이었다고 하면 이야기가 달라지겠죠."

"아하! 이제 알겠습니다. 하지만 판사님이 잘못 짚었다는 데 전 재산을 걸겠습니다. 영감님은 여자의 속치마도 쳐다보지 않는 분이 었으니까요. 그분은 부인을 끔찍이 아꼈습니다. 두 분은 제가 본 중에서 가장 금실이 좋은 부부였어요."

판사는 고개를 찬찬히 가로저었다.

"스토너 씨, 확실한 증거가 있습니다. 자기한테 싫증이 난 거냐며 벨라가 르노 씨에게 보낸 연애편지가 있단 말입니다. 게다가 고인이 사망 당시 근처 별장에 세들어 사는 프랑스 출신의 도브뢰이 부인과 모종의 관계였다는 증거도 있고요."

스토너 씨가 실눈을 떴다.

"잠깐만요, 판사님은 지금 뭔가 잘못 짚고 있는 겁니다. 저는 폴 르노 씨를 잘 압니다. 절대 그럴 리가 없어요. 뭔가 다른 관계였을 겁니다."

판사는 어깨를 으쓱했다.

"그럼 어떤 식의 관계였을까요?"

"어째서 두 사람이 내연의 관계라고 생각한 겁니까?"

"도브뢰이 부인은 저녁 때 르노 씨를 찾아오곤 했습니다. 게다가 르노 씨가 주느비에브 별장으로 이사 온 뒤 도브뢰이 부인이 거액을 현금으로 은행에 입금했어요. 전부 합하면 영국 돈으로 4000파운드에 해당되는 금액을 말입니다."

스토너 씨가 조용히 말했다.

"그건 맞습니다. 르노 씨의 요청에 따라 제가 현금으로 송금했으니까요. 하지만 그건 내연의 관계가 아니었습니다."

"그럼 무엇이었을까요?"

"'협박'이죠. 그게 아니면 뭐겠습니까?"

스토너 씨가 거칠게 테이블을 내리치며 날이 선 목소리로 외쳤다.

"아!"

판사는 자신도 모르게 동요하는 모습을 보였다.

스토너 씨가 다시 한 번 반복했다.

"협박이었던 겁니다. 르노 씨는 피를 흘리고 있었습니다. 그것도 아주 빠른 속도로. 두 달 만에 4000파운드라니요. 휴! 지금 말씀드리지만 르노 씨에게는 수수께끼 같은 구석이 있었습니다. 도브뢰이 부인은 그 부분을 협박할 수 있을 내막을 잘 알고 있었던 겁니다."

국장이 흥분한 목소리로 외쳤다.

"그럴 수도 있겠군요. 정말 그럴 수도 있겠습니다."

스토너 씨는 고함을 지르다시피 했다.

"그럴 수도 있겠다고요? 그게 틀림없어요. 르노 부인에게 이 내연의 관계를 물어보았습니까?"

"아니요. 가능한 한 부인께 고통을 더 안기고 싶지 않았습니다."

"고통이라고요? 글쎄요, 부인은 대놓고 웃을 겁니다. 말씀드리지만 두 분은 100쌍 중에 한 쌍 있을까 말까 한 사이좋은 부부였으니까요."

"아, 그러고 보니 생각나는 게 또 한 가지 있습니다. 르노 판사가 유언장 처리 문제를 이야기하던가요?"

오테 판사가 말했다.

"다 알고 있습니다. 르노 씨께서 작성을 마친 뒤 제가 변호사에게 가지고 갔습니다. 보고 싶으면 담당 변호사 이름을 알려 드리죠. 그쪽에서 보관하고 있을 겁니다. 내용은 간단합니다. 절반은 부인이 평생 관리하도록 하고 나머지 절반은 아들이 상속토록 했지요. 그리고 약간의 유산으로 저한테도 1000파운드를 남긴 것으로 알고 있습니다."

"언제 작성된 겁니까?"

"아, 1년 반쯤 됐습니다."

"그럼 르노 씨가 2주 전에 유언장을 새로 썼다는 걸 알면 놀라시겠군요, 스토너 씨."

스토너는 정말 깜짝 놀란 눈치였다.

"전혀 모르고 있었습니다. 어떤 내용입니까?"

"막대한 재산 전부를 조건 없이 부인한테 남긴다고 되어 있습니다. 아들에 대해서는 일언반구도 없고요."

스토너는 길게 휘파람을 불었다.

"젊은 친구 입장에서 보면 좀 비정한 일이군요. 물론 어머니가 아들을 끔찍이 아끼기는 하지만, 세상 사람들 눈에는 아버지의 신임을 잃은 것처럼 보일 테니 말입니다. 자존심을 좀 건드리는 일이 되겠군요. 하지만 이것이야말로 르노 씨 부부가 각별했다는 증거 아니겠습니까?"

"그렇군요, 맞습니다. 몇 가지 부분에서 생각을 달리해야 될 것 같습니다. 우리는 현재 산티아고로 전보를 쳐 놓고 답장을 기다리는 중입니다. 답장을 받으면 십중팔구 모든 게 분명하고 정확해지겠지요. 만약 협박이라는 당신의 주장이 사실이라면 도브뢰이 부인에게서 귀중한 정보를 얻을 수 있을 겁니다."

푸아로가 불쑥 말참견을 했다.

"스토너 씨, 영국인 운전사 매스터스는 르노 씨 밑에서 오랫동안 일을 한 사람입니까?"

"1년 남짓 되었습니다."

"그 운전사가 남미에 산 적이 있는지 혹시 알고 계십니까?"

"분명 없을 겁니다. 르노 씨 이전에는 글로스터셔에서 제가 잘 아는 몇 사람과 오랫동안 일했으니까요."

"의심할 만한 부분이 없다고 대답할 수 있습니까?"

"전혀 없습니다."

푸아로는 어쩐지 풀이 죽은 기색이었다.

한편 판사는 마르쇼를 불렀다.

"르노 부인에게 안부 전하고 잠깐 이야기 좀 나누었으면 좋겠다고 말씀드리게. 2층으로 찾아갈 테니 번거롭게 움직이실 필요는 없다고 하고."

마르쇼는 경례를 붙인 뒤 자취를 감추었다.

몇 분 뒤 놀랍게도 문이 열리더니 비탄에 빠져 시체처럼 안색이 창백해진 르노 부인이 응접실로 들어섰다.

오테 판사가 중얼중얼 못마땅해하는 기색을 보이며 의자를 앞으로 내밀자 부인은 미소로 감사의 인사를 대신했다. 스토너 씨는 연민의 빛이 역력한 얼굴로 그녀의 한쪽 손을 잡았다. 말문이 막히는 모양이었다. 르노 부인이 오테 판사 쪽으로 고개를 돌렸다.

"물어볼 게 있으시다고요?"

"먼저 양해를 구하겠습니다, 부인. 남편이 프랑스계 캐나다 인이라는 걸 알았습니다. 고인의 청년기나 어린 시절에 대해 알고 계신 것이 있습니까?"

그녀는 고개를 저었다.

"남편은 자기 이야기를 하지 않는 사람이었습니다, 판사님. 북서부 출신이라고 들었지만 어린 시절을 불행하게 보낸 모양이에요. 그 당시 이야기는 절대 하지 않았거든요. 저희는 철저하게 현재와 미래 속에서만 살았답니다."

"과거에 모종의 수수께끼가 있거나 하진 않고요?"

르노 부인은 살며시 미소를 지으며 고개를 저었다.

"그렇게 낭만적인 것은 전혀 없을 거예요, 판사님."

오테 판사도 미소를 지었다.

"맞습니다, 우리도 멜로드라마 같은 것을 바라지는 않습니다. 그리고 또 한 가지가 있는데……."

그는 말을 멈추고 머뭇거렸다.

스토너 씨가 성급하게 끼어들었다.

"부인, 이분들이 엉뚱한 생각을 하고 계십니다. 르노 씨가 이웃에 사는 도브뢰이 부인과 모종의 관계였다고 생각하는 겁니다."

르노 부인의 두 뺨이 붉게 달아올랐다. 그녀는 고개를 번쩍 들더니 얼굴에 경련을 일으키며 입술을 꽉 깨물었다. 스토너 씨는 놀란 표정으로 서서 그녀를 쳐다만 보고 있었지만, 벡스 국장은 몸을 앞으로 내밀며 부드럽게 말했다.

"가슴 아프게 해서 죄송합니다, 부인. 하지만 도브뢰이 부인이 남편의 정부였다고 믿을 만한 이유가 있습니까?"

르노 부인은 비통하게 흐느끼며 양손에 얼굴을 묻었다. 그녀의 어깨가 격렬하게 들썩였다. 한참 만에 그녀는 고개를 들고 띄엄띄엄 말했다.

"그랬을지도 몰라요."

내 평생 스토너 씨처럼 놀라서 멍해진 얼굴은 본 적이 없었다. 그는 완전히 아연실색한 표정이었다.

잭 르노

이후 이야기가 어떤 식으로 발전이 되었을지 나는 알 수가 없다. 바로 그때 우악스럽게 문이 열리더니 키가 큰 청년이 뚜벅뚜벅 안으로 들어왔기 때문이다.

죽은 사람이 다시 살아났나 싶어 순간 나는 으스스한 기분에 사로잡혔다. 하지만 정신을 차리고 보니, 느닷없이 들이닥친 이 남자는 아직 새파란 청년으로, 새카만 머리에는 흰 머리카락 하나 없었다. 그는 다른 사람들의 존재를 무시한 채 황급히 르노 부인에게 달려갔다.

"어머니!"

그녀는 두 팔로 아들을 끌어안았다.

"잭! 우리 아들! 그런데 여긴 어쩐 일이니? 이틀 전에 앙조라 호를 타고 셰르부르를 출발한 줄 알았더니."

그러다 그녀는 문득 다른 사람들의 존재를 떠올렸는지 품위 있게 고개를 돌렸다.

"여러분, 제 아들입니다."

청년의 인사를 받으며 오테 판사가 말했다.

"아! 그러니까 앙조라 호를 타지 않은 거로군요?"

"예. 엔진 문제로 앙조라 호가 24시간 동안 발이 묶여 있었거든요. 그래서 그저께밤이 아니라 어젯밤에 출발을 하려다 우연히 석간 신문을 샀는데 우리 집에서 벌어진 끔찍한 사건을 다룬 기사를 보고……."

청년의 목소리가 갈라졌고 두 눈에 눈물이 고였다.

"가엾은, 가엾은 우리 아버지가……."

르노 부인은 꿈을 꾸는 듯한 얼굴로 아들을 쳐다보며 판사의 말을 되풀이했다.

"그러니까 출발하지 않았다고?"

그러더니 너무나 피곤하다는 듯이 혼잣말을 중얼거렸다.

"어쨌거나 지금은 상관없게 되었지."

오테 판사가 의자를 가리키며 말했다.

"앉으세요, 르노 씨. 심심한 애도의 뜻을 전합니다. 그런 식으로 소식을 접했으니 몹시 충격이 컸을 겁니다. 하지만 출발하지 않았다니 정말 다행입니다. 이 사건의 수수께끼를 푸는 데 필요한 정보를 당신에게서 얻을 수 있었으면 좋겠군요."

"무엇이든 말씀만 하십시오. 질문도 하시고요."

"먼저 이번 여행은 아버지의 지시로 떠난 것이었지요?"

"그렇습니다. 당장 부에노스아이레스로 출발하되 그곳에서 안데스를 거쳐 발파라이소를 경유, 최종적으로는 산티아고로 건너가라는 전보를 받았습니다."

"그럼 여행의 목적은 무엇입니까?"

"모르겠습니다."

"예?"

"저도 잘 모르겠어요. 여기 전보를 보십시오."

판사가 전보를 건네받아 큰 소리로 읽었다.

"'당장 셰르부르로 가서 오늘 밤 부에노스아이레스로 출발하는 앙조라 호에 탑승하거라. 최종 목적지는 산티아고다. 부에노스아이레스에 도착하면 더욱 자세한 지시 사항이 너를 기다리고 있을 게야. 반드시 해내기 바란다. 아주 중요한 일이니까. 르노.' 이번 출장 건으로 이전에도 연락을 받은 적이 있습니까?"

잭 르노는 고개를 저었다.

"그 전보뿐입니다. 남미에서 오래 사셨으니 아버지가 그 지역에 관심이 많을 수밖에 없다는 사실은 알고 있었습니다. 하지만 예전에는 저를 그쪽으로 보내겠다는 뜻을 비친 적이 없었어요."

"당신도 남미에서 제법 오래 살았지요?"

"어렸을 때요. 하지만 영국에서 학교를 다녔고 방학도 그곳에서 보낸 경우가 많았기 때문에 남미에 대해서 남들이 생각하는 만큼 잘 알지는 못합니다. 게다가 제가 열일곱 살 때 전쟁이 터졌으니까요."

"영국 육군 항공대에서 복무했다고요?"

"그렇습니다, 판사님."

판사는 고개를 끄덕이고 이제는 익숙한 순서에 따라 심문을 진행했다. 잭 르노는 아버지가 산티아고나 남미의 다른 곳에서 원한을 샀을지도 모르는 사람에 대해 전혀 아는 바가 없다고 했다. 아버지에게 최근 나타난 변화도 눈치채지 못했고, 비밀 운운하는 소리도 들어 본 적 없다고 했다. 그는 아버지가 남미로 가라고 한 이유도 사업 때문인 것으로 알고 있었다.

판사가 잠시 말을 멈추자 지로 형사가 조용한 목소리로 끼어들었다.

"저도 몇 가지 질문을 하고 싶은데요, 판사님."

"그러십시오, 형사."

판사가 냉랭하게 대꾸했다.

지로 형사는 의자를 테이블 쪽으로 좀 더 바짝 끌어당겼다.

"르노 씨, 아버지하고는 사이가 좋았습니까?"

"물론입니다."

청년이 오연한 태도로 대답했다.

"확실합니까?"

"예."

"말다툼을 벌인 적도 없고요?"

잭은 어깨를 으쓱했다.

"누구나 가끔은 의견 차이가 생기기 마련이죠."

"지당하신 말씀. 하지만 당신이 파리로 떠나기 전날 밤에 아버지와 큰 소리로 다투었다고 진술한 사람이 있다면 그 사람이 거짓말을 하는 거겠죠?"

나로서는 지로 형사의 기발한 수법에 감탄하는 수밖에 없었다. '나는 모든 걸 알고 있다'는 식의 자랑이 결코 허풍만은 아니었다. 잭 르노는 당황한 모습이 역력했다.

"서로…… 서로 언쟁을 벌였죠."

"아, 언쟁! 그 언쟁 도중에 당신이 이런 말을 했습니까? '아버지가 돌아가시면 내 마음대로 할 수 있어요.'라고?"

"그런 말을 했을지도 모르죠. 잘은 모르겠습니다."

"그 말을 듣고 당신 아버지는 이렇게 말씀하셨죠. '하지만 난 아직 죽지 않았다!' 그러자 당신은 이렇게 대꾸를 했고요. '죽어 버렸으면 좋겠어요!'"

청년은 아무 대답이 없었지만 앞 테이블에 놓인 물건들을 손으로 신경질적으로 만지작거리고 있었다.

"얼른 대답해 보세요, 르노 씨."

형사가 날카롭게 추궁했다.

청년이 고함을 지르며 묵직한 종이 자르는 칼을 바닥으로 내동댕이쳤다.

"그게 무슨 상관입니까? 알고 있는 그대로입니다. 맞습니다, 전 아버지와 말다툼을 벌였어요. 감히 그런 말들도 내뱉었고요. 너무 화가 나서 무슨 소릴 했는지 기억도 나지 않아요. 길길이 뛰다가 그

자리에서 아버지를 죽일 수도 있었죠. 자, 그러니까 이제 마음대로 하세요."

그는 벌건 얼굴을 하고 시비를 걸듯 의자에 몸을 기댔다.

지로는 미소를 짓더니 의자를 뒤로 빼면서 말했다.

"이것으로 마치겠습니다. 판사님, 심문을 계속하시겠습니까?"

"아, 물론입니다. 그럼 왜 그렇게 심한 언쟁을 벌였습니까?"

"그건 답변하고 싶지 않습니다."

판사가 의자에서 자세를 바로잡고는 크게 외쳤다.

"르노 씨, 법을 우습게 보면 안 됩니다. 무엇 때문에 언쟁을 벌였습니까?"

잭 르노는 앳된 얼굴을 우울하게 찌푸린 채 아무 말도 하지 않았다. 이때 누군가 냉정하고 차분하게 입을 열었다. 푸아로였다.

"괜찮다면 제가 대신 말씀드리지요, 판사님."

"알고 계시단 말씀입니까?"

"물론입니다. 마드무아젤 마르트 도브뢰이 때문에 말다툼이 일어났지요."

르노가 깜짝 놀란 표정으로 벌떡 몸을 일으켰다. 판사는 몸을 앞으로 숙였다.

"맞습니까, 르노 씨?"

잭 르노는 고개를 끄덕였다.

"예. 저는 도브뢰이 양을 사랑하고 그녀와 결혼하고 싶습니다. 이런 마음을 아버지께 말씀드렸더니 당장 불같이 화를 내시더군요.

사랑하는 여자를 모욕하는 소리를 참지 못하고 저도 이성을 잃었습
니다."

오테 씨는 르노 부인을 쳐다보았다.

"부인께서도 이 사실을 알고 계셨습니까?"

"혹시나 싶어 늘 걱정하고 있었습니다."

그녀가 간단히 대답했다.

청년이 소리쳤다.

"어머니! 왜 어머니까지 그래요? 마르트는 예쁜 만큼 착한 여자예
요. 뭐가 마음에 안 드는 거예요?"

"도브뢰이 양이 마음에 안 들거나 그런 건 없다. 다만 나는 과거
가 의심스러운 어머니 밑에서 자라지 않은 영국이나 프랑스 여자와
결혼하길 바랄 따름이야."

도브뢰이 부인에 대한 원한이 목소리에서 고스란히 드러났다. 아
들이 연적의 딸과 사랑에 빠졌으니 얼마나 쓰라진 충격일까 이해가
되는 부분이었다.

르노 부인이 판사를 향해 말을 이었다.

"남편한테 이야기를 했어야 옳은 일이었겠지만 모르는 척하면 금
세 지나가 버릴 풋사랑이길 바랐죠. 입을 다물고 있었던 것은 제 책
임이에요. 하지만 말씀드렸다시피 남편이 평소와는 달리 너무 안절
부절못하고 초조해했기 때문에 더 걱정거리를 안기기 싫었습니다."

오테 씨는 고개를 끄덕였다.

"아버지에게 마드무아젤 도브뢰이 이야기를 했을 때 놀라시던

가요?"

"경악하시더군요. 그러더니 그런 생각은 아예 꿈도 꾸지 말라고 딱 잘라 말씀하셨습니다. 그런 결혼은 절대 허락할 수 없다면서. 저는 안달이 나서 도브뢰이 양의 어떤 점이 마음에 안 드느냐고 따졌죠. 아버지는 대답을 흐리면서 모녀의 생활을 둘러싼 수수께끼 운운 하시더군요. 제가 조상들과 결혼하는 게 아니라 마르트와 결혼하는 거라고 했더니 아버지는 더 이상 이 문제는 이야기하고 싶지 않다며 버럭 소리를 지르셨습니다. 당장 집어치우라면서. 너무나 부당하고 독선적인 아버지의 태도 때문에 저는 미칠 지경이었습니다. 항상 보면 굳이 도브뢰이 모녀를 극진히 배려하고 집으로 초대해야겠다는 소리를 입에 달고 사셨던 분이었으니 말이죠. 저는 마침내 이성을 잃고 아버지와 심하게 다투었습니다. 아버지께서 내가 도와주지 않으면 네 힘으로 할 수 있는 일은 하나도 없다는 걸 명심하라는 말을 꺼내시고, 저는 아버지가 돌아가시면 제 마음대로 할 거라는 등 그랬을 겁니다."

푸아로가 말허리를 자르고 잽싸게 질문을 던졌다.

"그때 아버지의 유언장 내용은 알고 있었나요?"

"절반은 저에게 물려주시고 나머지 절반은 엄마에게 관리를 맡긴 뒤 돌아가시면 제가 물려받기로 되어 있었죠."

"하던 이야기를 계속할까요?"

판사가 말했다.

"그 뒤로 서로 노발대발 고함을 질렀는데, 퍼뜩 잘못 하다가 파리행 기차를 놓치겠다는 생각이 들었습니다. 저는 분을 삭이지 못한 채로 씩씩대며 기차역으로 달려갔습니다. 하지만 떠나고 나니 진정이 되더군요. 저는 마르트에게 편지로 어떤 일이 있었는지 알렸고, 답장 덕분에 한결 마음을 가라앉힐 수 있었습니다. 마르트가 말하길 우리만 변함없으면 그 어떤 반대도 결국에는 사라질 거라고 하더군요. 우리의 애정은 분명 시험을 거쳐야 할 테고, 부모님도 한낱 불장난이 아닌 줄 깨닫게 되면 틀림없이 마음이 풀리실 거라고요. 물론 그녀에게 아버지가 우리 결혼을 반대하는 근본적인 이유를 자세히 말하지는 않았습니다. 거칠게 나가 봐야 좋을 것 하나 없다는 사실도 이내 깨달았고요.”

“다른 문제로 넘어갑시다. 르노 씨. 뒤빈이라는 이름을 들어 본 적 있습니까?”

“뒤빈이라고요? 뒤빈?”

잭 르노는 몸을 숙이고 테이블에서 떨어뜨린 종이 자르는 칼을 천천히 집어 들었다. 그리고 고개를 드는 순간 그를 예의 주시하고 있던 지로 형사와 눈이 마주쳤다.

“뒤빈? 모르겠는데요.”

“이 편지를 읽어 보세요, 무슈 르노. 그리고 아버지에게 이런 편지를 보낸 사람에 대해 아는 것이 있으면 이야기해 주시기 바랍니다.”

잭 르노는 편지를 받아 들고 꼼꼼히 읽었다. 그러는 동안 그의 얼굴이 점점 달아올랐다.

“아버지한테 배달된 편지라고요?”

분명 노여워하는 목소리였다.

“그렇소. 고인의 외투 주머니에 들어 있었어요.”

“그러니까…….”

그는 어머니 쪽을 아주 슬쩍 쳐다보며 머뭇거렸다.

판사는 금세 그 의미를 알아차렸다.

“아직은 모르는 일입니다. 발신인이 누구인지 단서가 될 만한 것을 알고 있나요?”

“전혀 모르겠습니다.”

오테 판사는 한숨을 내쉬었다.

“정말 수수께끼 같은 사건이로군. 이제 그 편지는 논외로 해도 될 것 같군요. 어디 보자, 어디까지 이야기를 했더라? 아, 흉기를 얘기할 차례군. 르노 씨, 고통스런 이야기가 되겠지만, 그 칼이 어머니께 드린 선물이라고 들었습니다. 정말 슬프고 괴로운 일이지만……..”

잭 르노가 몸을 앞으로 숙였다. 편지를 읽는 동안 벌겋게 달아올랐던 얼굴이 지금은 시체처럼 창백했다.

“그러니까 아버지가 항공기 부품으로 만든, 종이 자르는 칼에 찔려 돌아가셨단 말인가요? 그럴 리 없습니다. 얼마나 작은 물건인데!”

“무슈 르노, 사실입니다. 이런 말은 뭐 하지만 가장 이상적인 도구였죠. 날카롭고 다루기 쉽고.”

“어디 있습니까? 볼 수 있을까요? 아직도 시신에 꽂혀 있습니까?”

“아, 아닙니다. 다른 곳에 두었어요. 보고 싶은가요? 부인께서 이미 확인했지만 그러는 편이 낫겠군요. 벡스 국장, 수고 좀 해 주시겠습니까?"

"물론입니다. 지금 당장 가지고 오겠습니다."

"르노 씨와 헛간으로 같이 가는 쪽이 낫지 않을까요? 아버지의 시신도 보고 싶을 테니까요."

지로 형사가 조용히 물었다.

청년이 부들부들 떨며 싫다는 몸짓을 하자 기회가 있을 때마다 지로 형사와 상반된 입장을 보이던 판사가 말했다.

"아니, 지금은 때가 아니오. 국장이 이리로 가져오는 게 좋겠소."

국장이 밖으로 나갔다. 스토너 씨는 잭에게 다가가 손을 꼭 잡았다. 푸아로는 예리한 눈으로 비스듬하게 서 있던 촛대를 바로 세웠다. 판사는 질투심에 눈이 멀어 등 뒤에서 칼을 휘두른 거라는 처음의 가설을 필사적으로 고집하면서 정체를 알 수 없는 연애편지를 마지막으로 다시 한 번 읽었다.

그때 갑자기 문이 벌컥 열리면서 국장이 안으로 달려들어 왔다.

"판사님! 판사님!"

"무슨 일입니까?"

"단검이 없어졌습니다!"

"아니, 없어지다니요?"

"사라졌습니다. 보이지 않는단 말입니다. 유리 항아리 안에 아무것도 없습니다."

내가 큰 소리로 물었다.

"뭐라고요? 그럴 리가요. 오늘 아침만 해도 내가 보았는데……."

이쯤에서 나는 혀가 굳어 버렸다.

방 안에 있는 사람들의 시선이 온통 나에게 꽂혔다.

"지금 뭐라고 했습니까? 오늘 아침이라고요?"

국장이 목청을 돋워 물었다.

"그 안에 들어 있는 것을 오늘 아침에 보았습니다. 정확히 말해서 1시간 30분 전에."

내가 천천히 대답했다.

"그럼 헛간에 갔단 말이군요. 열쇠는 어디서 났습니까?"

"순경에게 달라고 했습니다."

"그러고는 헛간에 가셨다? 왜 갔습니까?"

나는 주저하다가 솔직하게 털어놓는 수밖에 없겠다는 생각이 들었다.

"판사님, 제가 엄청난 실수를 저질렀습니다. 부디 너그러이 용서해 주십시오."

"말해 보세요, 어서."

나는 어디로든 도망치고 싶은 심정이었다.

"사실은 잘 아는 아가씨를 만났습니다. 그 아가씨가 사건에 관한 것이면 뭐든 다 보고 싶다고 하기에……. 그러니까 한마디로 말씀드리자면 시신을 보여 주려고 열쇠를 빌렸던 겁니다."

판사는 화가 난 목소리였다.

"이런! 헤이스팅스 대위, 지금 엄청난 실수를 저지른 겁니다. 심각한 위법 행위이기도 하고요. 그렇게 말도 안 되는 짓을 하다니."

"잘 알고 있습니다. 무슨 말을 들어도 할 말이 없습니다, 판사님."

내가 기어들어 가는 목소리로 말했다.

"대위께서 그 아가씨를 이곳으로 부른 건 아니겠지요?"

"아닙니다. 우연히 만났습니다. 영국 아가씨인데, 이야기를 들어 보니 메를랭빌에 묵고 있다고 했습니다."

"흠, 흠. 심각한 위법 행위이기는 하지만 분명히 젊고 아름다운 아가씨였겠지요? 젊다는 게 뭔지."

이 말과 함께 그는 감상적인 한숨을 내쉬었다.

하지만 감상적이라기보다 현실적인 쪽에 가까운 국장이 이야기를 넘겨받았다.

"하지만 밖으로 나왔을 때 문을 다시 닫고 잠갔을 것 아닙니까?"

나는 천천히 설명을 시작했다.

"그러니까 그 부분에서 제가 엄청난 실수를 저질렀다는 겁니다. 제 친구는 시신을 보고 무척 당황했습니다. 거의 정신을 잃을 지경이었죠. 제가 브랜디와 물을 가지고 와서 먹인 다음 싫다는 걸 억지로 시내까지 데려다주었습니다. 그 와중에 정신이 없어서 문을 다시 잠근다는 걸 깜빡 잊어버린 겁니다. 별장으로 다시 돌아온 다음에야 문을 잠갔죠."

"그럼 최소한 20분은 지났다는 소린데……."

국장은 느릿느릿 말을 잇다 도중에 멈추었다.

"그렇습니다."

"20분이라."

국장이 생각에 잠긴 투로 중얼거렸다.

"정말 유감스러운 일이군요. 전례 없이 유감스러운 일입니다."

특유의 엄격한 자세를 되찾은 오테 판사가 말했다.

이때 누군가 느닷없이 입을 열었다.

"그게 유감스러운 일이라고 생각하십니까?"

지로 형사였다.

"그렇습니다만."

"내가 보기에는 차라리 잘된 일 같은데요."

그의 목소리는 차분했다.

뜻밖의 동맹이 등장하자 나로서는 어리둥절할 따름이었다.

"차라리 잘됐다고요, 지로 형사?"

그를 조심스럽게 곁눈질하며 판사가 물었다.

"그렇습니다."

"어째서 그렇습니까?"

"이제 살인범이나 공범이 불과 한 시간 전에 이 별장 근처에 나타났다는 사실을 알게 되었으니까요. 그걸 알고 나서도 조만간 붙잡지 못하면 이상한 일이 되겠죠. 녀석은 그 칼을 손에 넣으려고 상당한 위험을 무릅썼습니다. 지문이 남지 않았을까 걱정이 되었던 모양이죠."

그의 말투는 거의 협박조에 가까웠다.

푸아로가 국장 쪽으로 고개를 돌렸다.

"지문이 남지 않았다고 하지 않았나요?"

형사는 어깨를 으쓱했다.

"불안했던 겁니다."

푸아로가 그를 쳐다보았다.

"지로 씨, 잘못 생각하신 겁니다. 범인은 장갑을 끼고 있었어요. 그러니 분명 확신하고 있었을 겁니다."

"범인이라고 단정 짓지는 않았습니다. 공범이 잘 모르고 한 짓일 수도 있죠."

판사의 서기가 테이블 위의 서류를 정리하고 있었다. 오테 씨가 우리를 향해 말했다.

"오늘은 이것으로 마치겠습니다. 르노 씨, 증언한 내용을 들어 보시겠습니까? 최대한 격의 없이 진행하려고 애를 썼습니다만. 내 방식이 색다르다는 이야기를 듣는데, 색다르다고 나쁜 건 아니지요. 이제 이 사건은 명성이 자자한 지로 형사의 유능한 손에 넘기겠습니다. 지로 형사라면 실력을 제대로 발휘할 겁니다. 어쩌면 이미 범인을 잡았는지도 모르겠군요. 부인, 다시 한번 심심한 애도의 말씀을 전합니다. 여러분, 모두들 좋은 하루 되십시오."

그는 서기와 경찰청장과 함께 방을 나섰다.

푸아로는 한물간 큼지막한 회중시계를 꺼내 시간을 확인했다.

"여보게, 호텔로 돌아가서 점심 식사나 할까? 오늘 아침에 있었던 경솔한 행동에 대해 자세히 들려 주게. 아무도 우리를 보고 있지 않으니 작별 인사는 생략하기로 하지."

우리는 조용히 응접실 밖으로 나갔다. 예심 판사는 차를 타고 막 출발한 참이었다. 계단을 내려가고 있을 때 푸아로가 나를 붙잡았다.

"여보게, 잠깐만."

그는 날렵하게 줄자를 꺼내더니 아주 진지한 표정으로 현관에 걸려 있던 외투의 길이를 옷깃에서 밑단까지 쟀다. 나로서는 처음 보는 외투였다. 스토너 씨 아니면 잭 르노의 외투인 모양이었다.

푸아로는 얼마쯤 만족스러운 표정으로 끙끙거리며 줄자를 주머니 안에 다시 넣고 나를 따라 밖으로 나섰다.

푸아로, 몇 가지 의문을 밝히다

"외투 길이는 뭐 하러 잰 겁니까?"

하얗게 태양이 내리쬐는 거리를 느릿느릿 걸어가면서 내가 호기심 어린 목소리로 물었다.

"파블레(세상에)! 그야 물론 길이가 얼마나 되는지 알아보기 위해서였지."

푸아로의 천연덕스러운 대답이었다.

나는 짜증이 났다. 아무것도 아닌 일로 사람을 궁금하게 만드는 푸아로의 못된 습관은 항상 내 신경에 거슬렸다. 나는 잠자코 혼자만의 생각 속으로 빠져들었다. 당시에는 주의를 기울이지 않았지만 르노 부인이 아들에게 한 몇 마디가 다시 떠오르면서 새로운 의미로 다가왔다.

'그러니까 출발하지 않았다고?'

그녀는 그 말을 한 뒤 혼잣말로 덧붙였다.

'어쨌거나 지금은 상관없게 되었지.'

무슨 뜻이었을까? 그 두 마디는 수수께끼 같으면서도 의미심장한 말이었다. 부인은 우리가 생각하는 것보다 많은 것을 알고 있는 걸까? 그녀는 남편이 아들에게 무슨 일을 맡기려고 했는지 모른다고 했다. 하지만 사실은 보기보다 많은 정보를 감추고 있는 것은 아닐까? 마음만 먹으면 우리에게 단서를 제공할 수 있고, 그녀의 침묵은 조심스럽게 미리 짜 놓은 계획의 일부는 아닐까?

생각하면 할수록 내가 옳다는 확신이 들었다. 르노 부인은 보기보다 많은 걸 알고 있었다. 아들을 보고 깜짝 놀랐을 때 잠깐 본모습을 드러낸 것이었다. 범인까지는 아니더라도 범행 동기는 알고 있는 것이 분명했다. 하지만 누군가에 대한 엄청난 배려 때문에 입을 다물고 있는 것이었다.

"자네, 아주 열심히 생각 중이군. 뭐가 그렇게 재미있나?"

푸아로가 생각에 골똘히 빠져 있는 나를 깨웠다.

나는 솔직히 이야기했다. 나로서는 근거가 확실했지만 그가 비웃을지 모른다는 마음도 있었다. 그런데 놀랍게도 푸아로는 신중하게 고개를 끄덕였다.

"그렇네, 헤이스팅스. 애초부터 나는 부인이 무언가를 숨기고 있는 것이 분명하다고 생각했지. 처음에는 그녀가 범행을 사주까지 하지는 않았더라도 묵인한 게 아닐까 의심스러웠고."

"'부인'을 의심했다고요?"

내가 큰 소리로 물었다.

"그렇다니까. 엄청난 수혜자가 아닌가. 사실 유언장이 새로 작성된 뒤에는 유일한 수혜자가 되었지. 그러니까 처음부터 관심을 한 몸에 받을 수밖에. 자네도 눈치챘을지 모르지만 나는 일찍부터 부인의 팔목을 살펴보았네. 스스로 재갈을 물고 손발을 묶었을 가능성이 있는지 확인하기 위해서였지. 에 비엥(글쎄), 한눈에도 속임수가 아닌 줄 알 수 있겠더군. 밧줄을 워낙 세게 묶어서 살을 파고들 정도였으니 말이야. 이렇게 해서 부인이 단독으로 범행을 저질렀을 가능성은 제외되었네. 하지만 부인이 범행을 묵인했거나 공범을 부추겼을 가능성은 여전히 남아 있지. 게다가 부인의 이야기가 묘하게도 낯설지 않더군. 누구인지 모를 복면 괴한이라든지 '비밀'을 운운한 것이 어디에선가 듣거나 읽은 이야기란 말이지. 그리고 또 한 가지, 부인이 진실을 감추고 있다고 확신하게 만드는 사소한 증거가 있어. 손목시계 말일세, 헤이스팅스. 손목시계!"

또 손목시계 이야기로군. 푸아로는 호기심 어린 눈빛으로 나를 유심히 관찰했다.

"알겠나, 몬 아미(친구)? 알아들었는가?"

나는 약간 기분이 상했다.

"알지도 못하겠고 알아듣지도 못하겠습니다. 당신은 모든 걸 얼토당토않은 수수께끼로 만들어 버리고는 물어봐도 대답이 없죠. 마지막까지 늘 뭔가를 숨겨 놓고."

푸아로가 빙긋이 웃으면서 말했다.

"그렇게 화를 내지는 말게, 친구. 듣고 싶다면 설명을 해 주지. 하지만 지로에게는 비밀로 해 주게, 세 엉텅두(그래 주겠지)? 나를 한물간 허섭스레기로 취급하는 사람이 아닌가. 두고 보면 알게 되겠지만 말이야. 그래도 공정한 대결을 위해 힌트를 주었지. 힌트를 받아들일지 여부는 그자가 알아서 할 일이지만."

나는 절대 함부로 입을 열지 않겠다고 푸아로에게 약속했다.

"세 비앵(좋네). 이제 우리의 작은 회색 뇌세포를 동원해 볼까? 자네는 몇 시에 사건이 벌어졌다고 생각하나?"

내가 어리둥절한 얼굴로 대답했다.

"그야 2시쯤이죠. 범인들이 방 안에 있을 때 시계가 2시를 알리는 소리를 들었다고 르노 부인이 이야기하지 않았습니까."

"그렇지. 그걸 근거로 자네, 예심 판사, 벡스 국장 그리고 모든 사람들이 아무 의심 없이 범행 시각을 믿었지. 하지만 나 에르퀼 푸아로가 보기에는 르노 부인이 거짓말을 한 거야. 범행은 최소 두 시간 전에 벌어졌어."

"하지만 의사가 말하길……."

"검시를 마친 다음 일곱 시간에서 열 시간 전에 사망했다고 결론을 내렸지. 몬 아미(친구여), 무슨 이유에서인지는 모르겠지만 범행이 실제보다 늦게 벌어진 것처럼 보일 필요가 있었던 걸세. 정확한 범행 시각을 알려 주는 깨진 시계 이야기를 자네도 읽어 보았겠지? 그러니까 르노 부인의 증언 이외의 증거가 될 수 있도록 누군가 시계 바늘을 2시로 돌려놓고 바닥에 내동댕이친 거야. 그런데 종종 그렇듯 뜻대로 되지 않은 거지. 유리는 깨졌지만 시계 내부는 온전했으니까. 범인들 입장에서는 매우 불운한 작전이 된 셈이지. 덕분에 내가 당장 두 가지 사실을 알게 됐거든. 첫째, 르노 부인이 거짓말을 하고 있다는 것, 둘째, 시간을 늦춰야 할 불가피한 이유가 있었다는 것.”

“그럼 이유가 뭘까요?”

“아, 그게 문제야. 그게 수수께끼의 열쇠라니까. 아무튼 나는 아직 모르겠어. 연관성이 있어 보이는 사실 하나가 떠오르기는 했지만.”

“그게 뭡니까?”

“막차가 메를랭빌에서 12시 17분에 출발한다는 것.”

나는 천천히 그의 말을 읊조렸다.

“그러니까 범행이 두 시간 뒤에 벌어진 것이 되면 그 열차에 탑승한 사람으로서는 더할 나위 없는 알리바이가 생기는 셈이군요!”

“그래, 헤이스팅스. 맞았어!”

나는 벌떡 일어났다.

“그럼 기차역에 물어봐야겠네요. 그 열차에 탑승한 두 명의 외국인이라면 눈에 띌 수밖에 없을 테니까요. 당장 달려가야겠습니다.”

“그렇게 생각하나, 헤이스팅스?”

“당연하죠. 어서 가자니까요.”

푸아로는 내 팔을 가볍게 두드리며 만류했다.

“원한다면 가 보는 것도 좋겠지, 몬 아미(친구여). 하지만 가더라도 외국인 두 명의 인상착의를 묻지는 말게.”

내가 뚫어져라 쳐다보자 그는 조금 짜증이 난 투로 말했다.

"자, 자, 그 장황한 사설을 믿는 건 아니겠지? 복면 괴한이니 어쩌고 하는 세티스투아라(그 이야기)를."

푸아로의 말을 듣고 어찌나 놀랐던지 말문이 막힐 정도였다. 그는 차분하게 말을 계속했다.

"이 사건의 세부 상황이 낯익다고 내가 지로 형사에게 하는 말을 자네도 듣지 않았나? 에 비엥(그러니까), 첫 번째 사건을 계획한 배후 인물이 이 사건까지 계획했든지, 코즈 셀레브허(유명한 사건)를 다룬 기사 내용이 범인의 기억 속에 남아 있다 발현이 된 거라 이 말이야. 그 부분에 대해서는 나중에 확실히 단정지을 수 있겠지……."

그는 갑자기 하던 말을 멈추었다.

여러 가지 생각들이 내 머릿속에서 맴돌았다.

"하지만 르노 씨의 편지는 어떻게 된 겁니까? 비밀과 산티아고를 운운하지 않았습니까?"

"르노 씨의 사생활에는 의심할 여지 없이 분명 비밀이 있었지. 그것만큼은 확실하네. 그런데 내가 보기에 산티아고는 우리의 관심을 딴 곳으로 유도하기 위한 거짓 정보였어. 주변을 의심하지 못하도록 르노 씨가 주의를 돌리기 위해 쓴 거짓 정보일 수도 있고. 아, 걱정 말게, 헤이스팅스. 그를 협박했던 위험 요소는 산티아고가 아니라 가까운 이곳 프랑스에 있었으니까."

어찌나 진지하고 자신만만하게 이야기하는지 절로 수긍하지 않을 수 없었다. 하지만 나는 마지막으로 한 가지 이의를 제기했다.

"그럼 시신 근처에서 발견된 성냥개비와 담배꽁초는요? 그건 어떻게 된 겁니까?”

정말 재미있다는 표정이 푸아로의 얼굴을 환하게 밝혔다.

“미끼였지. 지로나 그런 종족을 위해 교묘하게 던져 놓은 미끼! 지로, 그 친구는 영리하고 나름대로 요령도 있지. 하지만 그건 훌륭한 사냥개도 마찬가지야. 어찌나 우쭐대는지. 몇 시간씩 기어 다니고서는 ‘제가 무엇을 발견했는지 아십니까?’ 이러면서 나한테 다시 묻지. ‘이걸 보면 무엇을 알 수 있죠?’ 그러면 나는 심오하고 깊은 진실을 알려 준다네. ‘아무것도 모르겠습니다.’ 그러면 지로는, 그 위대한 지로는 쾌재를 부르면서 속으로 생각하겠지. ‘멍청한 늙다리 같으니라고!’ 하지만 두고 보면 알 수 있을 거야.”

하지만 나는 다시 본론으로 돌아갔다.

“그럼 복면 괴한 운운했던 것은……?”

“죄다 거짓말이야.”

“그럼 실상은 어떻게 된 겁니까?”

푸아로는 어깨를 으쓱했다.

“르노 부인만 알고 있겠지. 하지만 부인은 이야기하지 않겠지. 아무리 어르고 협박해도 꿈쩍도 않을 거야. 아주 대단한 여자라네, 헤이스팅스. 첫눈에 남다른 여자인 줄 알아보았지. 좀 전에도 이야기했다시피 처음에 나는 부인이 범행에 관여하지 않았을까 의심했네. 나중에 생각을 바꾸었지만.”

“무엇 때문에 생각을 바꾼 겁니까?”

“남편의 시신을 보고 자연스럽게 정말로 슬퍼했기 때문이지. 장담하지만 괴로워하며 울부짖던 그녀의 모습은 연기가 아니었어."

"맞습니다. 그런 건 속일 수가 없는 부분이죠."

내가 기억을 더듬으며 말했다.

"여보게, 미안하지만 얼마든지 속일 수 있다네. 훌륭한 여배우가 슬픔을 연기하면 어찌나 진짜 같은지 넋을 빼앗기고 감동을 받지 않던가? 내 느낌과 의견이 아무리 강하더라도 스스로 납득하려면 다른 증거가 필요했네. 훌륭한 범인은 훌륭한 배우일 수 있으니까. 이 경우에 나는 내 느낌이 아니라 르노 부인이 정말 정신을 잃었다는, 논의의 여지가 없는 사실을 근거로 확신을 한 거야. 내가 직접 부인의 눈꺼풀을 뒤집어 보고 맥박을 쟀지. 눈속임이 아니라 정말 기절한 거였어. 때문에 비탄에 잠긴 그녀의 모습이 거짓이 아니라 진짜라고 확신하게 되었네. 게다가 사소한 부분을 한 가지 덧붙이자면 르노 부인은 굳이 쏟아지는 슬픔을 표현할 이유가 없었지. 남편의 사망 소식을 들었을 때 이미 한 차례 쓰러졌는데 시신을 보고 또 다시 그렇게 격렬한 반응을 보일 필요가 있겠나? 아니야, 르노 부인은 남편을 살해한 범인이 아니야. 그런데 왜 거짓말을 했을까? 그녀는 손목시계에 대해 거짓말을 했고 복면 괴한에 대해서도 거짓말을 했어. 세 번째 사항에 대해서도 거짓말을 했어. 대답해 보게, 헤이스팅스. 자네는 왜 문이 열려 있었다고 생각하나?"

내가 조금 곤혹스러워하며 대답했다.

"글쎄요. 실수한 것 아닐까요? 닫는 걸 깜빡 잊어버린 거죠."

푸아로는 고개를 젓고 한숨을 내쉬었다.

"그건 지로의 생각이지. 내가 보기에는 만족스러운 해답이 아니야. 지금으로서는 뭔지 모르겠지만 열려 있던 그 문 뒤에는 무언가 의미가 숨겨져 있어. 한 가지 분명한 사실이 있다면 범인들이 문으로 나가지 않았다는 거야. 범인들은 창문으로 나갔어."

"예?"

"틀림없어."

"하지만 창문 밑 화단에는 발자국이 없지 않았습니까."

"그렇지. 있어야 하는데 없었어. 헤이스팅스, 내 말 잘 듣게. 자네도 들었다시피 정원사인 오귀스트 영감은 그날 오후, 양쪽 화단에 꽃을 심었어. 그런데 한쪽 화단에는 커다란 징이 박힌 장화 자국이 가득한데 다른 쪽 화단에는 아무 흔적도 없었어. 이제 알겠나? 누군가 그 위를 지나갔고, 발자국을 없애기 위해 갈퀴로 화단을 평평하게 고른 거야."

"갈퀴는 어디서 구했을까요?"

푸아로가 답답하다는 듯이 말했다.

"삽과 정원용 장갑이 있던 데서 구했겠지. 쉽게 찾았을 거야."

"그런데 범인들이 창문으로 나갔다고 생각하는 이유가 뭡니까? 창문으로 들어와서 문으로 나갔을 가능성이 더 크지 않을까요?"

"물론 그럴 수도 있지. 하지만 창문으로 나갔을 것 같은 예감이 강하게 들거든."

"제가 보기에는 잘못 생각하는 것 같습니다."

"그럴 수도 있겠지, 몬 아미(친구)."

나는 푸아로의 추리로 인해 등장한 새로운 가설을 곰곰이 생각해 보았다. 그가 화단과 손목시계를 운운했을 때 왜 그러나 의아해했던 기억이 났다. 당시에는 쓸데없는 이야기인 줄 알았는데 이제 보니 사소한 단서를 가지고 사건을 둘러싼 수수께끼의 상당 부분을 파헤친 그의 솜씨가 얼마나 놀라운지 처음으로 실감이 갔다. 나는 뒤늦게나마 친구에게 경의를 표했다.

"그나저나 전보다 상당히 많은 것을 알게 되었지만 그래도 르노 씨를 살해한 범인이 누구인지 수수께끼를 해결하려면 아직도 갈 길이 멀었네요."

푸아로가 기분 좋게 말했다.

"그렇지. 사실 한참 멀었다고 할 수 있지."

묘하게 만족스러워하는 얼굴이라니 웬일인가 싶어 나는 미심쩍은 눈초리로 그를 물끄러미 쳐다보았다. 그는 나와 눈이 마주치자 미소를 지었다.

갑자기 한 줄기 빛이 내 머릿속을 스치고 지나갔다.

"푸아로! 르노 부인 말이에요. 이제 알겠어요. 부인은 누군가를 보호하고 있는 겁니다."

잠자코 있는 것을 보니 푸아로는 이미 예전부터 이런 짐작을 하고 있었던 게 분명했다.

그가 생각에 잠긴 채 대답했다.

"그럴 거야. 누군가를 보호하고 있든지 숨겨 주고 있든지 둘 중하나지."

우리는 아주 맛있게 점심을 먹었다. 우리 둘 다 아무 말 없이 식사에 집중하고 있은 지 얼마 지나지 않아 푸아로가 심술궂게 물었다.

"에 비엥(나 원)! 자네의 그 어처구니 없는 일 말이야. 어떻게 된건지 이야기하지 않을 작정인가?"

얼굴이 벌겋게 달아오르는 것이 느껴졌다.

"아, 오늘 아침에 있었던 일 말입니까?"

나는 애써 아무렇지도 않은 척 되물었다.

하지만 나는 푸아로의 상대가 되지 못했다. 그는 몇 분 만에 사건의 전말을 털어놓도록 유도하고는 눈을 반짝이며 내 이야기를 들었다.

"어허! 정말 낭만적인 이야기로군. 그 매력적인 아가씨의 이름이뭔가?"

나는 모른다고 솔직히 고백하는 수밖에 없었다.

"그러니 더욱 낭만적이군. 첫 번째 랑꽁트레(만남)는 파리를 출발한 기차 안에서, 두 번째 만남은 이곳에서. 여행은 연인들의 만남으로 끝이 난다, 이런 말도 있지 않던가?"

"푸아로, 농담 그만하세요."

"어제는 마드무아젤 도브뢰이, 오늘은 마드무아젤 신데렐라! 자네 안에는 회교도의 심장이 들어 있는 모양이야. 하렘을 만들어도 되겠어."

"얼마든지 놀리십시오. 도브뢰이 양은 대단한 미인이고, 저는 그 아가씨를 찬양해 마지않습니다. 그건 솔직하게 인정하죠. 하지만 신데렐라는 아무것도 아니에요. 다시 만날 것 같지도 않은걸요."

"다시 만날 수 없을 것 같다?"

그의 마지막 말은 질문에 가까웠고, 나를 흘끗 쳐다보는 그의 날카로운 눈길이 느껴졌다. 게다가 내 눈 앞에서 '파르 호텔'이라는 글자가 이글거렸고, '와서 저를 찾으세요.'라고 했던 그녀의 목소리와 '알겠습니다.'라고 반색을 하며 대답하는 내 목소리가 들렸다.

나는 대수롭지 않다는 투로 대답했다.

"와서 자기를 찾으라고 했지만 당연히 그럴 생각은 없습니다."

"그게 왜 당연하다는 건가?"

"그러고 싶지 않으니까요."

"신데렐라 양이 앙글레테르 호텔에 묵고 있다고 했던가?"

"아니요. 파르 호텔입니다."

"맞아, 내가 깜빡했군."

순간 불길한 예감이 내 머릿속을 스치고 지나갔다. 나는 푸아로에게 호텔 이름을 이야기한 적이 없었다. 하지만 나는 맞은편에 앉아 있는 그를 쳐다보며 안심했다. 그는 빵을 조그만 사각형 모양으로 깔끔하게 자르느라 여념이 없었다. 그 아가씨가 어느 호텔에 있는지 나한테 들었다고 착각한 것이 분명했다.

우리는 밖으로 나가 바다를 마주하고 커피를 마셨다. 푸아로는 담배를 한 대 피우고 주머니에서 시계를 꺼냈다.

"파리행 열차가 2시 25분에 출발하지. 이제 나서야겠네."

"파리라고요?"

내가 큰 소리로 물었다.

"그렇네, 몬 아미(친구)."

"파리에 가십니까? 왜요?"

그는 아주 심각한 말투로 대꾸했다.

"르노 씨의 살인범을 찾아보기 위해서지."

"범인이 파리에 있다고 생각하십니까?"

"파리에 있을 리 없다고 생각하네. 하지만 파리에서 찾아볼 게 있어. 자네는 이해가 안 되겠지만, 나중에 기회를 봐서 모두 이야기해주겠네. 오래 걸리지는 않을 거야. 아마 내일은 돌아오지 않을까 싶은데. 자네는 같이 가지 않는 게 좋겠어. 여기 남아서 지로를 감시해주게. 르노 씨의 아들과 친분도 쌓고."

"그러고 보니 두 사람의 관계를 어떻게 알았는지 물어볼 참이었습니다.”

“몬 아미(여보게), 내가 인간의 본능을 잘 알지 않나. 잭 르노 같은 청년과 미드무아젤 마르트와 같은 미인을 함께 놓아두면 결과야 뻔하지. 게다가 그 말다툼! 돈이나 여자 문제였을 텐데, 아들이 몹시 화를 내더라는 레오니의 말을 듣고 후자로 결론을 내렸지. 그렇게 추측을 했는데 맞은 거야.”

“도브뢰이 양이 르노 씨의 아들을 사랑하는 줄 진작 눈치챈 겁니까?”

푸아로는 빙그레 웃었다.

“좌우지간 그 아가씨의 걱정스러운 눈빛을 보았으니까. 난 마드무아젤 도브뢰이이라고 하면 늘 ‘걱정스러운 눈빛을 한 아가씨’가 생각난다네.”

그의 목소리가 어찌나 심각한지 불안할 지경이었다.

“그게 무슨 뜻입니까, 푸아로?”

“무슨 소리인지 조만간 알게 될걸세, 친구. 이제 출발해야겠군.”

“제가 기차역까지 배웅할게요.”

내가 자리에서 일어섰다.

“무슨 소리. 내가 허락하지 않겠네.”

그가 어찌나 강경하게 이야기를 하던지 놀란 얼굴로 푸아로를 멍하니 쳐다보는 수밖에 없었다. 그는 단호하게 고개를 끄덕였다.

“진심일세, 몬 아미(친구). 그럼 이만.”

푸아로가 떠나자 갑자기 할 일이 없어진 기분이 들었다. 나는 해

변으로 걸어 내려가 수영하는 사람들을 지켜보았다. 근사한 수영복을 입은 신데렐라가 그 속에서 신나게 놀고 있지 않을까 상상했지만 그녀의 모습은 어디에도 보이지 않았다. 나는 마을 저쪽 끝을 향해 하릴없이 모래사장을 걸었다. 문득 내 쪽에서 그 아가씨를 찾아가도 꼴불견은 아니라는 생각이 들었다. 오히려 그편이 결국에는 고민을 더는 일이 될 것이었다. 그러면 문제가 해결되고 더 이상 그 아가씨에 대한 걱정을 할 필요가 없게 된다. 내가 찾아가지 않으면 그 아가씨가 별장으로 나를 찾아올지도 모른다.

이런 생각이 들자 나는 해변을 등지고 뭍 쪽으로 걷기 시작했다. 아주 수수한 파르 호텔은 금세 찾을 수 있었다. 신데렐라의 진짜 이름도 모르는 너무나 곤혹스러운 상황이었기 때문에 나는 체면상 안으로 들어가 먼저 둘러보기로 했다. 어쩌면 그녀가 라운지에 있을지 모르는 일이었다. 안으로 들어갔지만 그녀의 모습은 보이지 않았다. 조금 기다렸지만 결국에는 조바심이 나를 이겼다. 나는 안내원을 옆으로 끌고 가 5프랑을 쥐어 주었다.

"여기에 투숙하고 있는 아가씨를 만나고 싶은데요. 키가 작고 까무잡잡한 젊은 영국 아가씨예요. 이름은 잘 모르겠고."

남자는 웃음을 참는 듯한 표정으로 고개를 저었다.

"그런 여자분은 여기 안 계십니다."

"하지만 그 아가씨가 여기 묵는다고 했는데요."

"선생님께서 착각하신 모양입니다. 아니면 그 여자분께서 착각을 했거나요. 그 아가씨에 대해 물어본 신사분이 또 한 분 계셨거든요."

"뭐라고요?"

놀란 내가 큰 소리로 물었다.

"그렇습니다, 선생님. 선생님께서 하신 말씀과 똑같은 여자분을 찾는 신사분이 계셨어요."

"어떻게 생긴 사람입니까?"

"키가 작고 잘 차려입은 아주 단정한 신사였습니다. 콧수염은 아주 빳빳하고 머리 모습이 특이하고 눈이 초록색이었습니다."

푸아로! 역까지 배웅하지 못하게 한 이유가 그것이었다. 이렇게 기막힐 수가! 내 일에 쓸데없이 참견하지 않으면 정말 고맙겠는데. 나를 돌봐 줄 보모라도 필요하다고 생각하는 건가?

안내원에게 고맙다고 말하고 호텔을 나섰지만 아직도 기분은 싱숭생숭했고 쓸데없이 참견하는 친구 때문에 화가 치밀어 올랐다.

그나저나 그 아가씨는 어디 있는 걸까? 나는 분노를 잠시 접고 열심히 머리를 굴렸다. 실수로 호텔 이름을 잘못 알려 준 모양인데……. 그런데 문득 이런 생각이 머릿속을 스치고 지나갔다. 정말 실수였을까? 일부러 이름을 감추고 엉뚱한 호텔을 가르쳐 준 건 아니었을까?

생각하면 할수록 두 번째 짐작이 맞다는 확신이 생겼다. 무슨 이유에서인지 그녀는 우연히 알게 된 사람을 친구로 발전시키고 싶지 않았던 것이다. 30분 전만 해도 내가 그런 입장이었지만 상황이 180도 달라지자 기분이 좋지는 않았다. 이 모든 정황이 매우 못마땅했기 때문에 나는 언짢은 마음을 달래며 주느비에브 별장으로 향했다. 하지만 집 쪽으로 가지 않고 헛간 옆 조그만 벤치로 걸어가 뚱한 얼굴로 앉아 있었다.

잠시 후 가까이에서 두런거리는 사람 목소리가 내 상념을 방해했다. 알고 보니 내가 앉아 있는 곳이 아니라 맞닿은 마르게리트 별장 뜰에서 나는 소리였다. 그 소리는 빠르게 내 쪽으로 다가오고 있었다. 말을 건네고 있는 아가씨는 그 아리따운 마르트였다.

"셰리(당신), 정말이에요? 우리 고민은 모두 끝난 거예요?"

잭 르노가 대답했다.

"그래, 마르트, 당신도 알잖아. 이제 그 무엇도 우리를 갈라놓을 수 없어. 마지막 걸림돌이 사라졌으니까. 그 무엇도 나한테서 당신을 빼앗아 갈 수 없어."

"그 무엇도라고요? 오, 잭, 잭……. 난 겁이 나요."

본의 아니게 남의 말을 엿듣게 되었으니 자리를 옮기는 수밖에 없었다. 벤치에서 일어서자 떨기나무 사이로 두 사람의 얼굴이 보였다. 내 쪽을 마주 보고 서 있는 두 사람은 남자가 여자의 눈을 들여다보며 감싸 안은 모습이었다. 까무잡잡하고 건장한 청년과 하얗고 젊은 여신이라니, 너무나 눈이 부신 한 쌍이었다. 두 젊은 인생에 먹구름을 드리운 끔찍한 비극에도 불구하고 그렇게 행복해하는 모습을 보고 있으려니 운명이 그들을 묶어 놓은 듯 했다.

하지만 그녀는 불안으로 가득 찬 표정이었고 잭 르노도 그 사실을 눈치를 챘는지 그녀를 더욱 바짝 끌어안으며 물었다.

"뭐가 그렇게 겁이 나? 이제 걱정할 게 뭐가 있다고."

그때 나는 그녀의 눈빛을 보았다. 푸아로가 말한 그 눈빛을. 그녀는 이렇게 중얼거리는 것 같았다.

"내가 걱정하는 건…… '당신'이에요."

덤불 아래에서 이상한 모습이 눈에 띄는 바람에 잭 르노의 대답은 듣지 못했다. 요즘 같은 초여름에 갈색 덤불이 있다니 희한한 일이었다. 내가 다가가자 갈색 덤불은 허둥지둥 뒤로 물러서더니 손가락을 입에 갖다 대면서 모습을 드러냈다. 지로 형사였다.

그는 계속 주의를 주면서 말소리가 들리지 않는 헛간 너머로 나를 데리고 갔다.

"거기서 뭘 하고 있었던 겁니까?"

"당신처럼 엿듣고 있었지요."

"하지만 난 일부러 그 자리에 있었던 게 아닙니다."

"아! 난 일부러 있었습니다."

늘 그렇듯 나는 이 사람을 싫어하면서도 동시에 그에게 감탄할 수밖에 없었다. 그는 업신여기는 표정으로 나를 위아래로 훑어보았다.

"당신이 방해하는 바람에 일을 망쳐 버렸어요. 조금만 더 있었더라면 쓸모 있는 정보를 들을 수 있었을 텐데. 그 구닥다리 영감님은 어쩌고 혼자 있습니까?"

"푸아로 씨는 파리에 가셨습니다."

내가 냉랭하게 대답했다.

형사는 한심하다는 듯이 손가락을 퉁겨 딱 소리를 냈다.

"파리에 갔다고요? 뭐, 잘됐군요. 그곳에 오래 있으면 있을수록 좋을 텐데. 그런데 거긴 뭐 하러 가셨답니까?"

그의 질문에서 불안해하는 기미가 느껴졌다. 나는 가슴을 쭉 펴고 차분하게 대답했다.

"함부로 알려 드릴 수 없는 문제인데요."

형사는 날카로운 눈초리로 나를 뚫어지게 바라보았다. 그러더니 퉁명스럽게 대꾸했다.

"그 양반, 당신한테 비밀로 할 만한 정신은 남아 있는 모양이로군요. 그럼 이만. 워낙 바쁜 몸이라."

그는 인사도 없이 몸을 홱 돌려 가 버렸다.

주느비에브 별장의 모든 것들이 답보 상태인 것처럼 보였다. 지로는 나와 함께 있는 것을 싫어하는 게 분명했고, 보아하니 잭 르노도 그런 눈치였다.

나는 마을로 돌아가 기분 좋게 멱을 감고 호텔로 돌아갔다. 그리고 내일이면 무슨 재미있는 일이 벌어지려나 궁금해하며 일찍 잠자리에 들었다.

다음 날 나는 전혀 예상치도 못했던 일과 마주쳤다. 식당에서 프티 데주네(간단히 먹는 늦은 아침식사)를 즐기고 있는데 밖에서 누군가와 이야기를 나누던 웨이터가 잔뜩 흥분한 얼굴로 내게 다가온 것이다. 그는 냅킨을 만지작거리며 잠시 머뭇거리다 불쑥 입을 열었다.

"선생님, 죄송하지만 주느비에브 별장에서 벌어진 일에 관계하고 있지 않으십니까?"

"그렇습니다만. 왜 그럽니까?"

나는 진지하게 대답했다.

"그런데 소식 못 들으셨습니까?"

"소식이라니?"

"간밤에 또 다른 살인 사건이 벌어졌다고 합니다."

"뭐라고요?"

나는 아침을 내팽개친 채 모자를 집어 들고 최대한 빨리 달려갔다. 또 다른 살인 사건이라니…… 푸아로도 없는데. 이런 끔찍한 일이 있나. 대체 누가 살해된 걸까?

나는 문으로 달려 들어갔다. 하인들이 차도에 나와서 손짓을 섞어 가며 이야기를 나누고 있었다. 나는 프랑수아즈를 붙잡았다.

"어떻게 된 겁니까?"

"아, 선생님! 선생님! 또 한 사람이 죽었답니다! 끔찍하기 짝이 없는 일이에요. 이 집에는 저주가 걸렸어요. 그렇다마다요, 저주라니까요! 신부님께 사람을 보내 성수를 가지고 와야 해요. 이 지붕 밑에서는 단 하룻밤도 더 못 있겠어요. 다음이 제 차례일지 누가 알아요?"

그녀는 성호를 그었다.

"그러게 말입니다. 그런데 대체 누가 살해된 겁니까?"

"저요? 저야 모르죠. 낯선 남자던데……. 가엾은 주인님이 발견된 데서 100미터도 안 떨어진 곳에 있는 한 헛간에서 발견됐답니다. 그뿐만이 아니에요. 칼에 찔렸어요. 그 똑같은 단검으로 심장을!"

나는 더 기다릴 것도 없이 방향을 바꿔 헛간 쪽으로 달려갔다. 보초를 서고 있던 두 사람이 옆으로 비켜 주자 나는 흥분을 달래며 안으로 들어갔다.

안은 어둑어둑했고 낡은 화분과 연장을 보관하는 조잡한 목조 건물이었다. 나는 쏜살같이 안으로 들어섰지만 눈앞에 펼쳐진 광경에 넋을 잃고 문지방에서 발걸음을 멈추었다.

지로 형사가 손전등을 들고 기어 다니며 바닥을 샅샅이 조사하고 있었다. 그는 내가 들어서자 눈살을 찌푸리며 올려다보더니 호탕하게 무시하려는 듯이 표정을 누그러트렸다.

"저쪽입니다."

형사가 손전등으로 한쪽 구석을 비추며 말했다.

나는 헛간을 가로질러 갔다.

죽은 남자가 바닥에 똑바로 누워 있었다. 중간 정도의 키에 까무잡잡했고 쉰 살 정도 되어 보였다. 단정하게 차려입은 감색 양복은 비싼 양복점에서 맞춘 것 같았지만 새것은 아니었다. 얼굴은 심하게 뒤틀려 있었고, 왼쪽에서 심장 바로 위에 꽂힌 단검의 칼자루가 까맣게 반짝였다. 어제 아침, 유리 항아리 안에 들어 있던 그 단검이었다.

지로 형사가 말했다.

"곧 의사가 올 거요. 그렇지만 필요 없어요. 사인이 분명하니까요. 남자는 심장을 칼에 찔렸고 즉사했을 겁니다."

"언제 일어난 겁니까? 어젯밤인가요?"

형사는 고개를 저었다.

"그럴 리 없을 겁니다. 의학적인 증거 없이 단언하면 안 되겠지만 죽은 지 12시간은 지난 것 같으니까요. 마지막으로 저 단검을 본 게 언제라고 했지요?"

"어제 아침 10시쯤입니다."

"그럼 그 후로 얼마 지나지 않아 범행이 저질러졌다고 보아야겠군요."

"하지만 여러 사람이 이 헛간 앞을 계속 지나갔을 텐데요."

지로 형사는 불쾌하다는 듯이 웃음을 터트렸다.

"넘겨짚기도 아주 잘하시는군! 헛간에서 살해되었다고 누가 그럽디까?"

"그게……."

나는 당황스러웠다.

“내…… 내가 보기에는 그렇다는 거죠.”

“저런, 훌륭한 탐정 납시었네! 남자를 보세요. 칼에 가슴을 찔린 사람이 저렇게 얌전하게 쓰러지겠습니까? 다리를 모으고 양팔을 옆구리에 가지런히 놓고 말입니까? 그럴 리 없죠. 게다가 똑바로 누워 있었다면 손을 들어서 막지도 않은 채 그냥 찔렸겠습니까? 이상한 일 아닙니까? 그리고 여기, 또 여길 보세요.”

그가 바닥을 따라 손전등을 비추었다. 고운 흙 위에 수상한 흔적이 불규칙적으로 남아 있었다.

“죽은 뒤 여기까지 끌려온 겁니다. 두 사람에 의해 반은 끌리고 반은 들려서. 밖은 흙이 단단해서 흔적이 남지 않았고, 이 안에 남은 흔적은 조심스럽게 지워 버렸죠. 하지만 둘 중 한 명은 여자였습니다.”

“여자였다고요?”

“그렇다니까요.”

“흔적을 지워 버렸는데 어떻게 압니까?”

“흐릿하기는 하지만 여자 발자국이 분명하게 남았으니까요. 그리고 이것도 있고.”

그는 몸을 앞으로 숙이더니 칼자루에서 무언가를 뽑아 보여 주었다. 푸아로가 서재의 안락의자에서 발견한 것과 비슷한 길고 검은 여자의 머리카락이었다.

그는 약간 비아냥대는 미소를 지으며 머리카락을 다시 단검에 감아 두었다.

"현장을 최대한 있는 그대로 보존해야 하니까요. 그래야 예심 판사가 좋아하지 않겠습니까? 자, 달리 눈에 띄는 게 있던가요?"

나는 고개를 젓는 수밖에 없었다.

"남자의 손을 보십시오."

나는 시키는 대로 했다. 손톱이 누렇게 갈라져 있었고 피부가 딱딱했다. 하지만 내 바람과는 달리 떠오르는 게 아무것도 없었다. 나는 고개를 들고 지로 형사를 쳐다보았다.

그가 내 표정에 대한 화답으로 말했다.

"그건 점잖은 신사의 손이 아닙니다. 반면에 옷은 부유한 사람의 차림새입니다. 희한하지 않습니까?"

"정말 희한하군요."

"그리고 옷에 무슨 표시가 하나도 없습니다. 이게 무슨 뜻이겠습니까? 이 남자는 신분을 속이려고 했습니다. 다른 사람으로 가장하고 있었던 겁니다. 이유가 무엇이었을까요? 무언가 두려워하는 게 있었을까요? 그걸 피하려고 변장한 걸까요? 아직은 알 수 없지만 한 가지는 분명합니다. 그는 우리가 지금 그에 대해 알아내려고 노력하는 것만큼이나 열심히 신분을 감추려고 애썼다는 겁니다."

그는 다시 한 번 시체를 내려다보았다.

"이번에도 칼자루에는 지문이 남아 있지 않았습니다. 범인이 이번에도 장갑을 낀 거죠."

"그럼 두 사건의 범인이 동일 인물이라고 생각합니까?"

내가 묻자 지로 형사는 알 수 없는 표정을 지었다.

"제 생각은 신경 쓰지 마세요. 두고 보면 알 테니까. 마르쇼!"

순경이 나타났다.

"부르셨습니까?"

"르노 부인은 어떻게 된 건가? 15분 전에 불렀는데."

"지금 아들과 함께 이리로 오고 있습니다, 형사님."

"좋아. 하지만 한 번에 한 명씩 들여보내게."

마르쇼는 경례를 붙이고 다시 사라졌다. 잠시 후 그는 르노 부인과 함께 나타났다.

"부인이 오셨습니다."

형사가 무뚝뚝하게 인사를 건네면서 앞으로 걸어갔다.

"이쪽입니다, 부인."

그는 맞은편으로 부인을 안내하더니 갑자기 옆으로 비켜섰다.

"여기 이 남자입니다. 아는 사람입니까?"

그는 매서운 눈빛으로 부인의 얼굴을 뚫어져라 쳐다보았다. 그녀의 생각을 읽고 사소한 태도의 변화라도 놓치지 않기 위해서였다.

하지만 르노 부인은 침착하기 짝이 없었다. 너무 침착하다 싶을 정도였다. 그녀는 당황스러워하거나 상대를 알아차리는 기색 없이 거의 무관심한 표정으로 시체를 내려다보았다.

"아뇨. 한 번도 본 적이 없어요. 모르는 사람입니다."

"확실합니까?"

"확실해요."

"부인이 말씀한 범인 중 한 명이 아니었을까요?"

그녀는 뜻밖의 질문을 받은 사람처럼 머뭇거리는 눈치를 보였다.

"아닌 것 같아요. 범인들은 수염을 기르고 있었어요. 예심 판사님은 그 수염이 가짜인 것 같다고 했지만…… 그래도 그 사람들은 아니에요."

이제 그녀는 확실하게 마음의 결정을 내린 모양이었다.

"분명히 아닙니다."

"알겠습니다, 부인. 이제 됐습니다."

그녀는 고개를 꼿꼿이 세우고 은빛 머리카락 위로 반짝이는 햇빛을 받으며 밖으로 걸어 나갔다. 뒤를 이어 잭 르노가 들어왔다. 그역시 너무나 심상한 태도로 모르는 사람이라고 말했다.

지로 형사는 계속 툴툴거리기만 했다. 좋아서 그러는 건지 분해서 그러는 건지, 나로서는 알 수 없었다. 그가 마르쇼를 불렀다.

"그 여자도 데리고 왔겠지?"

"네, 형사님."

"그럼 들어오라고 해."

'그 여자'란 도브뢰이 부인이었다. 그녀는 격렬하게 항의하며 분을 삭이지 못하는 모습으로 들어섰다.

"거부합니다! 이건 나에 대한 모욕이에요! 내가 이 사건과 무슨상관이 있다는 거죠?"

형사가 거칠게 대꾸했다.

"부인. 난 지금 한 개가 아니라 두 개의 살인 사건을 조사하고 있어요. 내가 알기로 이 두 사건 모두 부인이 저질렀을지도 모른단 말입니다.”

그녀는 치를 떨며 고함을 질렀다.

“어디서 감히 나를! 그렇게 말도 안 되는 억측으로 감히 나를 모욕하다니! 파렴치한 같으니라고!”

“파렴치한이라고요? 그럼 이건 뭡니까?”

그는 몸을 굽히고 다시 단검에 있는 머리카락을 풀어서 들어 보였다. 그가 도브뢰이 부인 쪽으로 다가갔다.

“이거 보이십니까, 부인? 부인의 머리카락과 똑같은지 어떤지 어디 한 번 대조해 볼까요?”

그녀는 입술이 새하얗게 질린 채 비명을 지르며 뒷걸음질 쳤다.

“이건 조작이에요. 난 두 사건 다 아무것도 몰라요. 나더러 연관 있다고 하는 사람이 거짓말을 하는 거라고요. 오, 몽 디외(하나님)! 어찌하면 좋습니까?”

“진정하세요, 부인. 아직까지는 부인을 범인으로 지목한 사람이 없으니까요. 하지만 이제 소란 피우지 말고 내가 하는 질문에 대답을 하는 편이 좋을 겁니다.”

지로가 냉랭하게 말했다.

“뭐든 묻고 싶은 것이 있으면 하세요.”

“죽은 사람을 보세요. 아는 얼굴입니까?”

도브뢰이 부인은 시체 쪽으로 다가가는 동안 혈색이 조금 돌아온 얼굴로 관심 반 호기심 반으로 피해자를 내려다보았다.

“모르는 사람이에요.”

어쩌나 심상하게 대답을 하던지 의심의 여지가 없었다. 지로 형사는 나가도 좋다는 뜻으로 고개를 끄덕였다.

"이대로 내보낼 작정입니까? 그게 현명한 처사일까요? 검은 머리카락은 분명히 부인의 것인데."

내가 나지막이 물었다.

"내 일에 참견할 것 없습니다. 철저하게 감시하고 있어요. 아직은 부인을 체포할 생각이 없습니다."

지로 형사가 쌀쌀맞게 대꾸했다. 그러더니 눈살을 찌푸리면서 시체를 물끄러미 내려다보았다.

"그런데 죽은 사람이 스페인 사람 같습니까?"

그가 난데없이 질문을 던졌다.

나는 피해자의 얼굴을 유심히 뜯어보았다.

"아뇨. 프랑스 사람이 아닐까 싶은데요."

형사는 못마땅하다는 듯이 투덜거렸다.

"내 생각도 그렇습니다."

지로 형사는 잠시 그 자리에 서 있다 나에게 옆으로 비키라는 듯 명령조로 손짓을 하더니 다시 한 번 기어 다니며 바닥을 조사하기 시작했다. 지로 형사는 정말 놀라운 위인이었다. 그 어떤 것도 그의 수색에서 벗어날 수 없었다. 그는 화분을 뒤집고 낡은 부대 속을 들여다보며 꼼꼼하게 바닥을 기어 다녔다. 한번은 문가에서 꾸러미를 발견하고 달려들었다 다 떨어진 외투와 바지에 불과하다는 사실을 알고는 으르렁거리며 바닥에 다시 내동댕이쳤다. 또 한번은 낡은 장갑에 관심을 보이는가 싶더니 끝내 고개를 저으며 옆으로 치웠다. 그러다 다시 화분들이 있는 곳으로 돌아가 다시 하나씩 꼼꼼하게 뒤집어 보기도 했다. 그는 결국 일어나 무엇인가를 골똘하게 생각하면서 고개를 저었다. 낙담하고 당혹스러워하는 얼굴이었다. 내 존재 따위는 잊어버린 것 같았다.

그때 밖에서 웅성거리는 소리가 들리는가 싶더니 예심 판사가 서기, 벡스 국장과 함께 의사를 대동하고 부산하게 들어왔다.

판사가 외쳤다.

"정말 엄청난 일이오, 지로 형사. 2차 범행이라니! 우리는 이 사건의 진상을 파악하지 못하고 있어요. 난해한 수수께끼가 도사리고 있는 겁니다. 그나저나 이번에는 피해자가 누굽니까?"

"다들 모르겠다고 하는군요, 판사님. 신원이 아직 파악되지 않았습니다."

"시체는 어디 있습니까?"

의사가 물었다.

지로가 옆으로 약간 비켜섰다.

"저쪽 구석에 있습니다. 보면 아시겠지만 가슴을 찔렸어요. 어제 아침에 도난당한 단검이 쓰였습니다. 제가 보기에는 단검을 훔치자마자 범행을 저지른 것 같은데 그거야 선생님께서 밝혀 주실 부분이고. 칼은 마음대로 만지셔도 됩니다. 지문이 남아 있지 않으니까요."

의사가 피해자 옆에 무릎을 꿇고 앉았고 형사는 예심 판사 쪽으로 고개를 돌렸다.

"이런 문제는 별것 아니죠, 안 그렇습니까? 제가 해결하고 말 겁니다."

예심 판사가 웅얼거렸다.

"그런데 피해자의 신원을 아는 사람이 없다……. 범인 중 한 명일 수도 있지 않을까요? 저들끼리 사이가 틀어졌을지도 모르잖습니까."

지로 형사는 고개를 흔들었다.

"이 남자는 프랑스인입니다. 장담할 수 있어요……."

그때 당황한 표정으로 무릎을 꿇고 검시를 하고 있던 의사가 두 사람의 대화에 끼어들었다.

"이 사람이 어제 아침에 살해되었다고 했습니까?"

"단검이 도난당한 시점을 기준으로 추정한 겁니다. 물론 그 이후에 살해되었을 수도 있습니다."

지로 형사가 말했다.

"그 이후라고요? 천만의 말씀! 이 남자는 최소한 48시간 이전에 사망했습니다. 그보다 더 이전일 수도 있고요."

우리는 모두 놀라서 멍한 얼굴로 서로를 쳐다보았다.

의사의 말이 어찌나 뜻밖이었던지 우리는 모두 잠시 아연실색했다. 고작 24시간 전에 도둑맞은 칼에 찔린 남자가 여기 누워 있는데, 뒤랑 선생의 주장에 따르면 최소한 48시간 이전에 사망했다는 것이다. 이 모든 게 정말 괴상하기 짝이 없었다.

의사의 폭탄선언으로 인한 충격이 채 가시지 않았을 때 나에게 전보 한 통이 배달되었다. 호텔에서 별장으로 보낸 것이었다. 나는 전보를 열어 보았다. 12시 28분에 메를랭빌에 도착하는 열차를 타고 돌아온다는 푸아로의 전보였다.

시계를 보았더니 천천히 기차역으로 가서 그를 마중하기에 넉넉한 시간이었다. 새롭게 등장한 이 사건의 놀라운 국면을 지금 당장 푸아로에게 알리는 것이 무엇보다 시급한 일이라는 생각이 들었다.

푸아로는 분명 파리에서 원하던 것을 쉽게 찾은 모양이었다. 이렇게 빨리 돌아오는 것이 그 증거였다. 몇 시간이면 충분했던 것이다. 내가 전해 줄 이 갑작스러운 뉴스를 그는 어떻게 받아들일지 궁금해졌다.

열차가 몇 분 연착되기에 나는 플랫폼을 왔다 갔다 하릴없이 걸었다. 그러다가 참극이 벌어지던 날 저녁에 막차를 타고 메를랭빌을 떠난 사람에 대해 알아보는 것도 괜찮겠다는 생각이 들었다.

나는 똑똑해 보이는 짐꾼에게 다가가 어렵지 않게 말을 붙일 수 있었다. 그는 그런 강도 살인범들이 멀쩡하게 돌아다니다니 경찰의 치욕이라며 열을 냈다. 내가 범인들이 야간 열차를 타고 떠났을지 모른다고 하자 그는 딱 잘라 그럴 리 없다고 강하게 부정했다. 외국인 두 명이라면 분명 눈에 띌 수밖에 없었다는 것이다. 그 열차의 탑승객이라야 20명 정도에 불과했으니 못 보고 지나갔을 리 없다고 했다.

어쩌다 그런 생각이 떠올랐는지 모르겠다. 아마 너무나 불안해하던 마르트 도브뢰이의 말투 때문이었을 것이다. 나는 느닷없이 이런 질문을 던졌다.

"르노 씨의 아들 말입니다. 그 사람은 그 열차를 타지 않았죠?"

"그럼요. 도착한 지 30분 만에 다시 출발하면 너무 우스운 일이죠."

나는 대답의 의미를 알아차리지 못한 채 그를 멍하니 쳐다보고 있었다. 그러다 문득 깨달았다.

"그러니까 잭 르노 씨가 그날 저녁, 메를랭빌에 왔다는 겁니까?"

심장이 조금씩 쿵쾅거리기 시작했다.

"네. 하행선 막차를 타고 11시 40분에 도착했죠."

머리가 어지러웠다. 그러니까 마르트가 안절부절못하며 걱정하던 이유가 이것이었다. 잭 르노는 사건 당일 밤 메를랭빌에 있었던 것이다. 그런데 그는 왜 말을 하지 않았을까? 아니, 셰르부르에 있었던 것처럼 믿도록 내버려 둔 이유가 무엇일까? 거리낌 없고 어린아이 같은 그의 모습을 떠올려 보면 이 사건과 관계가 있다고 믿기는 어려웠다. 그런데 왜 이렇게 중요한 문제에 대해 침묵을 지켰을까? 한 가지 분명한 사실이 있다면 마르트는 처음부터 알고 있었다는 것이다. 그렇기 때문에 그녀는 불안해했고 푸아로에게 용의자가 있는지 적극적으로 물어본 것이다.

열차가 도착하는 바람에 내 생각은 중단됐다. 잠시 후에 나는 푸아로를 맞았다. 그는 표정이 밝았다. 환한 얼굴로 소리를 지르며 내가 포옹을 꺼리는 영국인이라는 사실도 잊은 채 플랫폼에서 나를 덥석 껴안았다.

"몽 셰르 아미(친애하는 내 친구여), 성공했네. 완벽하게 성공했어!"

"그래요? 그렇다니 다행입니다. 그런데 여기에서 일어난 최근 소식은 들으셨습니까?"

"내가 무슨 수로 들었겠나. 수사에 진전이 있었던 모양이군. 용감한 지로가 범인이라도 체포했나? 한 명이 아니라 두 명 모두? 하지만 내가 그 사람 콧대를 납작하게 만들어 주지! 그런데 날 어디로 데리고 가는 건가? 호텔로 가는 것 아니었나? 수염을 다듬어야 하는데. 더운 날씨에 여행을 하느라 축 늘어졌거든. 외투에 분명 먼지도 묻었을 테고. 그리고 넥타이도 손질을 해야 한다네.”

나는 그의 불평을 가로막고 나섰다.

“친애하는 푸아로 선생님. 그런 건 신경 쓰지 마세요. 지금 당장 별장으로 가야 합니다. 살인 사건이 또 일어났단 말입니다.”

그렇게 경악한 얼굴은 내 평생 처음이었다. 그의 입이 쩍 벌어졌다. 의기양양하던 태도가 깡그리 사라졌다. 그는 입을 다물지 못한 채 나를 멍하니 쳐다보았다.

“지금 뭐라고 했나? 살인 사건이 또 벌어졌다고? 그렇다면 내가 착각했군. 성공한 게 아니었어. 나는 지로에게 비웃음을 당해도 싸네. 그럴 만도 하지.”

“그럼 전혀 예상하지 못한 겁니까?”

“내가? 전혀 못 했네. 이제 내 가설이 무너졌어. 모든 게 수포로 돌아갔어. 아, 이런!”

그는 하던 말을 딱 멈추고 가슴을 두드렸다.

“그럴 리가 없어. 내가 틀렸을 리가 없어! 사실을 체계적으로 순서에 맞게 정리하면 딱 한 가지 이야기가 나오는데. 내 생각이 분명 맞아. 내 생각이 맞은 거라고!”

“하지만······.”

그가 내 말허리를 잘랐다.

“잠깐만 내 생각이 분명히 맞네. 그러니까 새롭게 등장한 이 살인 사건이 가능해지려면······ 가능해지려면······. 그래, 부탁일세. 잠깐 만 아무 말도 말아 주게.”

그는 잠시 묵묵히 생각하더니 평소의 모습으로 돌아가, 조용하지만 자신 있는 목소리로 말했다.

"피해자는 중년의 남성이야. 시체는 사건 현장 근처의 헛간에서 발견되었고, 사망한 지 적어도 48시간이 넘었을 걸세. 그리고 르노 씨와 비슷하게 칼에 찔렸을 가능성이 높네. 등을 찔리지는 않았을 수도 있지만."

이번에는 내가 경악할 차례였다. 정말로 나는 입을 쩍 벌리고 말았다. 푸아로를 알고 지낸 세월 동안 이 정도로 나를 놀라게 한 것은 처음이었다. 그러자 당연히 의혹이 생겼다.

"푸아로, 지금 나를 놀리고 있군요. 이미 다 알고 있으면서 말입니다."

그는 나무라는 표정으로 나를 진지하게 쳐다보았다.

"내가 왜 그런 짓을 하겠나? 나는 아무 소리도 듣지 못했네. 그 소식이 나한테 얼마나 충격이었는지 자네도 보지 않았나."

"그런데 도대체 무슨 수로 그걸 다 아는 겁니까?"

"그럼 내 말이 맞는 겐가? 그런 줄 알고 있었지. 작은 회색 뇌세포일세, 친구. 작은 회색 뇌세포! 뇌세포들이 가르쳐 준 거야. 바로 그런 식이라면 두 번째 살인은 있을 법한 이야기지. 이제 전부 이야기해 주겠나? 여기서 왼쪽으로 돌아가면 골프장을 가로지르는 지름길을 통해 주느비에브 별장 뒤편으로 훨씬 빨리 갈 수 있네."

우리는 그가 말한 길을 따라 걸었고, 그동안 나는 알고 있는 모든 것을 들려 주었다. 푸아로는 열심히 귀를 기울였다.

"단검이 상처에 꽂혀 있었다고 했나? 그것 참 희한하군. 분명 똑같은 칼이었고?"

"분명합니다. 그러니까 불가능한 일이라는 겁니다."

"세상에 불가능한 일이 어디 있나? 단검이 두 자루일 수도 있는 법인데."

나는 눈썹을 치켜세웠다.

"가능성이 전혀 없는 것 아닐까요? 그렇다면 너무나도 엄청난 우연의 일치일 겁니다."

"헤이스팅스, 평소처럼 아무 생각 없이 말을 하고 있군. 똑같은 흉기가 두 개 존재할 가능성이 정말 낮은 경우도 있지. 하지만 이번 사건은 그런 경우가 아니야. 이 사건에서 쓰인 흉기는 잭 르노가 주문해서 만든 전쟁 기념품이거든. 생각해 보면 딱 하나만 만들었을 가능성은 정말 낮지 않을까? 자기가 쓰려고 추가로 한 자루 정도를 만들었을 가능성이 크겠지."

"하지만 그런 이야기는 아무도 하지 않았습니다."

내가 이의를 제기했다.

푸아로의 말투에 강의하는 듯한 분위기가 끼어들기 시작했다.

"여보게, 사건을 수사할 때는 '이야기된 것'만 참작해서는 안 되는 걸세. 중요한 일이라고 굳이 모든 것을 언급할 이유는 없거든. 마찬가지로 어떤 일들은 언급하지 '말아야 할' 분명한 이유도 있는 법이고. 둘 중에 어느 쪽일지 자네가 선택하게."

나는 아무 말도 하지 않았다. 본의 아니게 감동을 받은 것이다. 조금 뒤에 우리는 그 유명한 헛간에 도착했다. 사람들이 모두 모여 있었고, 인사를 주고받은 뒤 푸아로는 수사를 시작했다.

지로의 수사 방식을 목격한 나로서는 관심이 쏠릴 수밖에 없었다. 그런데 푸아로는 주변을 대충 훑어보고는 그만이었다. 그가 자세히 살펴본 물건은 문가에 있던 해진 외투와 바지뿐이었다. 지로 형사의 입술에 경멸의 미소가 떠올랐고, 푸아로는 그걸 눈치채기라도 한 것처럼 헌옷 꾸러미를 다시 바닥에 내동댕이쳤다.

"정원사가 입던 헌 옷일까요?"

푸아로가 지로에게 물었다.

"물론입니다."

푸아로는 시체 옆에 무릎을 꿇었다. 그의 손가락은 민첩하지만 체계적으로 움직였다. 그는 옷감을 살펴보고, 라벨이 전혀 없는 것을 확인하고 흡족해했다. 장화는 특별히 꼼꼼하게 관찰했고, 지저분하고 깨진 손톱도 마찬가지였다. 그는 손톱을 살피면서 지로 형사에게 재빨리 물었다.

"봤습니까?"

"그럼요, 봤습니다."

이렇게 대답하는 지로 형사의 얼굴은 여전히 의미를 알 수 없는 표정이었다.

갑자기 푸아로의 얼굴이 딱딱하게 굳어졌다.

"뒤랑 박사님!"

의사가 대답과 함께 앞으로 걸어 나왔다.

"입에 거품이 있습니다. 보셨습니까?"

"이런! 솔직히 거품이 있는 줄 몰랐습니다."

"하지만 지금은 보이지요?"

"그래요, 물론입니다."

푸아로는 다시 지로에게 질문을 던졌다.

"당신도 틀림없이 봤겠지요?"

그는 대답이 없었다. 푸아로는 수사를 계속했다. 단검은 시체 옆 유리 항아리 속에 보관되어 있었다. 푸아로는 단검을 살펴본 뒤 상처를 유심히 관찰했다. 고개를 들었을 때 그의 두 눈은 내가 잘 아는 초록색으로 반짝이고 있었다.

"이것 참 이상한 상처로군! 전혀 출혈이 없어요. 옷에 혈흔도 없고. 칼날도 살짝 변색이 되었을 뿐입니다. 어떻게 생각하십니까, 무슈 르 독퇴흐(의사 선생님)?"

"정말 이례적인 일이군요."

"이례적인 일이 전혀 아닙니다. 아주 단순한 이치죠. 이 남자는 '죽은 뒤' 칼에 찔린 겁니다."

웅성대는 사람들을 손짓으로 잠재우며 푸아로는 지로 형사 쪽으로 고개를 돌리고 덧붙였다.

"지로 씨는 내 생각에 동의하겠지요. 그렇지 않습니까?"

실제 생각이 어땠는지는 모르겠지만 지로 형사는 눈 하나 꿈쩍하지 않고 푸아로의 의견을 받아들였다. 그는 침착하면서도 거의 냉소적인 투로 대꾸했다.

"물론입니다."

놀랍고 흥미진진하다는 웅성거림이 다시 터져 나왔다. 오테 판사가 크게 외쳤다.

"그런데 이거야 원! 죽은 사람을 찌르다니! 이렇게 야만적일 수가! 전대미문의 사건이군! 도저히 참을 수 없는 증오 때문에 일어난 사건 같군요."

"판사님, 아닙니다. 아주 냉정하게 계획된 일입니다. 어떤 인상을 심어 주기 위해서 말이지요."

"어떤 인상이라고요?"

"거의 성공할 뻔했습니다만……."

푸아로가 애매모호하게 대답했다.

벡스 국장이 곰곰이 생각하는 눈치더니 푸아로에게 물었다.

"그럼 이 남자는 어떤 식으로 살해된 겁니까?"

"살해된 게 아닙니다. 그냥 죽은 겁니다. 제 짐작이 맞다면 간질 발작으로 죽었을 겁니다."

푸아로의 주장이 또다시 상당한 소란을 야기했다. 뒤랭 박사가 다시 무릎을 꿇고 앉아 면밀히 조사한 뒤 마침내 자리에서 일어섰다.

"푸아로 씨, 선생님의 말씀이 맞는 것 같습니다. 제가 처음부터 잘못 짚었습니다. 칼에 찔렸다는 명백한 사실 때문에 다른 징후를 못 보고 지나쳤군요."

이 시간만큼은 푸아로가 영웅이었다. 예심 판사는 아낌없이 찬사를 늘어놓았다. 푸아로는 점잖게 응수하고, 우리 둘 다 점심 식사를 아직 못 했을 뿐 아니라 여행의 노독을 풀고 싶다는 핑계를 들어 양해를 구했다. 막 헛간을 나서려는 순간 지로 형사가 우리 곁으로 다가왔다.

그가 은근히 비웃는 투로 말했다.

"한 가지 더 있습니다, 푸아로 씨. 이게 칼자루에 감겨 있었습니다. 여자 머리카락 말입니다."

"여자 머리카락이라고요? 누구 머리카락일까요?"

"저도 그게 궁금합니다."

지로는 고개를 숙여 인사를 한 다음 우리와 헤어졌다.

호텔로 걸어가는 동안 푸아로가 생각에 잠긴 채 말했다.

"지로라는 친구, 정말 집요하군. 날 어떤 식으로 골탕 먹이려는 생각인지 궁금하군. 여자 머리카락이라고?"

푸짐한 점심상이었지만 푸아로는 멍하니 건성으로 먹는 것처럼 보였다. 식사를 마친 뒤 객실로 올라간 나는 수수께끼 같은 파리 여행 이야기를 들려 달라고 졸랐다.

"좋아, 해 주고 말고. 내가 파리에 간 이유는 '이것' 때문이었지."

푸아로가 주머니에서 작고 빛이 바랜 신문지 조각을 꺼냈다. 어떤 여자의 사진을 복제한 것이었다. 그가 신문지 조각을 건네주었다. 나는 신음을 내뱉었다.

"누구인지 알아보겠나?"

나는 고개를 끄덕였다. 아주 오래된 사진이었고 머리 모양도 달랐지만, 누가 보아도 어떤 여자와 닮은 얼굴이었다. 나는 탄성을 내

질렀다.

"마담 도브뢰이 아닙니까?"

푸아로가 미소를 지으며 고개를 끄덕였다.

"아주 정확한 것은 아니야. 당시에는 그 이름을 쓰지 않았으니까. 그건 악명 높은 베롤디 부인의 사진이라네."

베롤디 부인! 한순간에 모든 기억이 되살아났다. 전 세계의 이목이 집중되었던 살인 사건.

'베롤디 사건.'

베롤디 사건

이 이야기가 시작되기 20년쯤 전, 리옹 출신의 아르놀 베롤디 씨가 아름다운 아내와 아직 갓난아이였던 딸을 데리고 파리에 도착했다. 포도주 판매 회사의 말단 직원이었던 베롤디 씨는 살집 좋고 선량하며, 매력적인 아내에게는 헌신적인, 모든 면에서 평범한 중년의 남자였다. 그가 근무한 곳은 조그만 회사였고 실적이 좋았지만 말단 직원에게까지 월급을 많이 주지는 않았다. 그들은 조그만 아파트에서 아주 검소하게 살았다.

그런데 베롤디 씨는 평범했을지 몰라도 부인은 낭만이라는 이름의 붓질로 채색된 빛나는 인물이었다. 젊고 아름다운 데다 몸가짐도 너무나 매력적이었던 베롤디 부인은, 그녀에게 출생에 얽힌 흥미진진한 비밀이 있다는 소문까지 퍼지기 시작하자 당장 그 일대에서 떠들썩한 화제가 되었다. 떠도는 이야기에 따르면 그녀는 러시아 대공의 사생아라고 했다. 어떤 사람들 말로는 러시아가 아니라 오스트리아 대공이 아버지고, 귀족과 천민의 만남이기는 했지만 합법적인 결혼이라고 했다. 어쨌거나 잔 베롤디가 흥미진진한 비밀의 주인공이라는 데에는 모두들 이견이 없었다.

베롤디 가족의 친구와 지인들 중에 젊은 변호사 조르주 코노가 있었다. 매력적인 베롤디 부인은 순식간에 그의 마음을 완전히 사로잡아 버렸다. 부인은 젊은 청년을 조심스럽게 부추기기는 했지만 중년의 남편에 대한 애정도 잊지 않고 강조했다. 그럼에도 불구하고 시샘에 가득 찬 많은 사람들이 아무 주저 없이 코노를 그녀의 애인으로 지목했고, 더러는 애인이 코노 말고도 또 있다고 떠들어 댔다.

베롤디 가족이 파리에 온 지 3개월 정도 됐을 때 무대에 등장한 또 한 명의 저명인사가 있었다. 그의 이름은 하이럼 P. 트랩으로 미국 태생의 엄청난 부자였다. 그는 황홀하고 신비로운 베롤디 부인을 소개받자마자 당장 그녀의 매력에 노예가 되었다. 엄격하게 선을 지키기는 했지만 누가 보아도 분명할 만큼 그녀에 대한 찬사를 아끼지 않았다.

이 무렵부터 베롤디 부인은 점점 대담해지기 시작했다. 그녀는 몇몇 친구들에게 남편 때문에 너무 걱정이 된다고 털어놓았다. 남편이 여러 정치적인 사건에 가담하게 되었고, 전 유럽에 영향을 미칠 만큼 중요한 '비밀' 문서를 안전하게 보관하는 임무를 맡았다는 것이었다. 추적자들을 따돌리기 위해 남편이 서류를 맡게 된 것인데, 베롤디 부인은 파리 혁명파의 몇몇 주요 인물들과 마주친 적이 있기 때문에 걱정이 된다고 말했다.

11월 28일에 뜻밖의 참사가 벌어졌다. 날마다 베롤디의 집으로 출근해 청소와 요리를 해 주던 가정부는 아파트 문이 훤하게 열려 있는 것을 보고 깜짝 놀랐다. 그녀는 침실에서 나는 희미한 신음 소리를 듣고 안으로 들어갔다. 그러자 끔찍한 광경이 눈에 들어왔다. 손과 발이 묶인 베롤디 부인이 간신히 재갈을 풀고 바닥에 누워 갸날프게 신음 소리를 내고 있었던 것이다. 베롤디 씨는 심장을 칼에 찔린 채 침대 위 피 웅덩이 속에 쓰러져 있었다.

베롤디 부인의 이야기는 명료했다. 갑자기 잠에서 깨어 보니 복면을 한 남자 두 명이 위에서 그녀를 내려다보고 있었다는 것이다. 두 사람은 비명을 지르는 그녀의 입을 막으며 손발을 묶고 재갈을 물렸다. 그리고 베롤디 씨에게 그 유명한 '비밀'을 내놓으라고 요구했다.

하지만 대담한 포도주 판매 회사 직원은 딱 잘라 거절했다. 그러자 화가 난 범인 한 명이 이성을 잃고 그의 가슴을 칼로 찔렀다. 그들은 베롤디 씨가 가진 열쇠로 방 한구석에 있던 금고를 열고 종이 뭉치를 가지고 사라졌다. 두 사람 모두 수염이 텁수룩하고 복면을 쓰고 있었지만 베롤디 부인이 보기에는 분명히 러시아 사람이었다.

사건은 그 즉시 세상을 떠들썩하게 만들었다. 시간은 흘러갔지만 수염을 기른 정체 모를 두 남자는 잡히지 않았다. 사람들의 관심이 사라지기 시작했을 무렵 깜짝 놀랄 만한 일이 발생했다. 베롤디 부인이 남편을 살해한 혐의로 체포, 기소된 것이었다.

재판은 각계각층의 관심을 불러일으켰다. 피고의 나이와 미모, 베일에 둘러싸인 과거만으로도 코즈 셀레브허(세간의 관심을 끄는 유명한 사건)가 되기에 충분했다.

잔 베롤디의 부모는 리옹 교외에서 과일 장사를 하던 착실하고 평범한 사람들이었던 것으로 밝혀졌다. 그리고 러시아 대공, 왕실의 음모, 정치적인 사건 등의 이야기의 진원지는 부인이었다. 그녀의 모든 생활상이 잔인하게 파헤쳐졌다. 살인 동기는 하이럼 P. 트랩 씨를 통해 밝혀졌다. 트랩 씨는 사건과 무관함을 주장하는 데 최선을 다했지만, 사정없이 반대 신문을 당하자 부인을 사랑했고 만약 그녀에게 남편이 없었다면 청혼했을 거라고 인정했다. 두 사람의 관계가 정신적인 수준에 머물렀다는 사실이 분명해지자 재판은 피고에게 더욱 불리하게 돌아갔다. 남자 쪽의 고결한 천성 때문에 애인이 되지 못하자 잔 베롤디가 나이 많고 평범한 남편을 제거하고 부유한 미국인의 아내가 될 잔인한 계획을 세웠다는 것이었다.

베롤디 부인은 재판 내내 침착하고 차분하게 검찰 측과 대치했다. 그녀의 진술은 변함이 없었다. 자신은 왕실 핏줄인데, 아주 어렸을 때 과일 장수의 딸과 바뀌었다고 끝까지 격렬하게 주장했다. 황당하고 전혀 근거가 없는 주장이었음에도 불구하고 수많은 사람들이 그녀의 말을 절대적으로 믿었다.

하지만 검찰 측은 냉정했다. 그들은 복면을 쓴 '러시아 사람들'은 지어낸 인물이라고 반박하고, 베롤디 부인과 애인인 조르주 코노가 실제 범인이라고 주장했다. 조르주 코노에게도 체포 영장이 발부되었지만 그는 영리하게도 이미 자취를 감춘 뒤였다. 증거 조사 결과 베롤디 부인을 묶었던 밧줄은 쉽게 풀 수 있을 만큼 헐거웠던 것으로 밝혀졌다.

　재판이 끝나 갈 무렵 파리에서 검찰관 앞으로 편지가 한 통 날아왔다. 발신인은 조르주 코노였다. 이 편지에서 코노는 자신의 소재를 밝히지 않은 채 범행 일체를 자백했다. 그는 베롤디 부인의 사주로 끔찍한 짓을 저질렀다고 말했다. 범행 계획은 둘이서 세웠다. 남편이 부인을 학대하는 것으로 확신하고 쌍방향이 될 줄 알았던 그녀에 대한 열정에 눈이 멀어 범행을 계획하고, 사랑하는 여인을 증오스러운 구속에서 해방시키기 위해 끔찍한 범행을 저지른 것이었다. 그런데 사건 후 비로소 하이럼 P. 트랩의 이야기를 듣고 그는 사랑했던 여인에게 배신을 당했다는 사실을 알게 되었다. 그녀가 자유를 원했던 이유는 그가 아니라 부유한 미국인과 결혼하기 위해서였다. 도구로 이용당했다고 생각한 코노는 이제 그는 질투의 화신이 되어 처음부터 끝까지 부인의 사주로 움직였을 뿐이라고 그녀를 비난하고 나섰다.

　이 시점에 이르자 베롤디 부인은 진가를 발휘했다. 그녀는 아무 망설임 없이 기존의 주장을 번복하고, '러시아 사람들'은 완벽한 가공의 인물이라고 자백했다. 진범은 조르주 코노였다. 그는 열정에 눈이 멀어 범행을 저지르고 나서 입을 다물지 않으면 끔찍한 복수를 하겠다고 맹세했다. 그녀는 협박에 겁이 난 나머지 요구에 응했고, 사실대로 이야기하면 공범으로 체포되지 않을까 걱정이 되기도 했다고 진술했다. 하지만 남편의 살인범과는 그 정도의 관계일 뿐이었고, 범인이 그런 편지를 쓴 것도 자신의 그런 태도에 대한 복수라고 했다. 베롤디 부인은 코노와 결코 범행을 모의한 적이 없다고 엄숙하게 맹세했다. 그리고 운명의 그날 밤에 눈을 떠보니 조르주 코노가 피로 얼룩진 칼을 들고 서서 그녀를 내려다보고 있었다고 말했다.

허술하기 짝이 없는 주장이었다. 베롤디 부인의 이야기는 신빙성이 거의 없었다. 하지만 배심원 앞에서 펼친 진술이 걸작이었다. 아이와 여자로서의 명예, 아이를 위해 이름을 더럽히고 싶지 않은 소망을 이야기하는 그녀의 두 뺨 위로 눈물이 흘러내렸다. 조르주 코노는 자신의 애인이었고, 그렇기 때문에 어쩌면 그녀는 이 사건에 대해 도덕적으로 책임이 있을 수도 있었다. 하지만 하나님의 이름을 걸고 맹세하건대 그 이상은 아니었다. 그녀가 쉰 목소리로 말하길 코노를 고발하지 않은 것은 중대한 잘못이지만 그런 상황이었으면 어떤 여자라도 마찬가지였을 거라고 했다. 그녀는 그를 사랑했다. 그런데 어떻게 자기 손으로 그 남자를 단두대로 보낼 수 있단 말인가? 그녀는 많은 죄를 지었지만 범인으로 기소된 이 끔찍한 범행에 대해서만큼은 결백했다.

어찌 되었건 그녀의 말솜씨와 인간적인 매력은 성공을 거두었다. 베롤디 부인은 유례없는 환호 속에 무죄 석방되었다.

경찰의 엄청난 노력에도 불구하고 조르주 코노는 잡히지 않았다. 베롤디 부인에 관해서도 더 소식이 들리지 않았다. 아이를 데리고 파리를 떠나 새 인생을 시작했던 것이다.

베롤디 사건의 전말은 지금까지 소개한 그대로이다. 물론 이렇게 상세한 부분들까지 모조리 내 머릿속에 남아 있지는 않았다. 그럼에도 불구하고 나는 그 사건을 제법 정확하게 기억하고 있었다. 당시 상당한 관심을 불러일으켰고 영국 언론에서 상세하게 다루었기 때문에 주요 부분들은 쉽게 기억이 났다.

나는 그때 흥분한 나머지 모든 문제가 해결된 게 아닐까 생각했다. 스스로 인정하다시피 나는 충동적인 성격이다. 푸아로는 결론부터 내리는 내 습관을 안타까워하지만 이번에는 이론의 여지가 없었다. 푸아로의 주장이 이로써 멋들어지게 입증되었다는 생각이 당장 내 뇌리를 스치고 지나갔던 것이다.

"축하드립니다. 이제야 모든 걸 알겠습니다."

푸아로는 평소처럼 꼼꼼하게 담배에 불을 붙였다. 그러고는 고개를 들었다.

"모든 걸 알겠다니, 몬 아미(이 친구야), 정확히 뭘 알았다는 건가?"

"도브뢰이 부인, 그러니까 베롤디가 르노 씨를 살해한 것 아닙니까. 두 사건의 공통점이 확실한 증거죠."

"그럼 자네가 생각하기에는 베롤디 부인이 유죄였다는 건가? 사실은 남편의 살인을 묵인한 죄가 있다?"

나는 눈을 휘둥그레 떴다.

"당연하죠? 안 그런가요?"

푸아로는 방 저쪽 끝으로 걸어가 멍하니 의자를 바로 놓은 뒤 생각에 잠긴 채 말했다.

"그렇지. 내 생각도 그래. 하지만 '당연'할 것까지야 없지. 원칙적으로 말하자면 베롤디 부인은 무죄야."

"그 사건이야 그럴지 모르죠. 하지만 이번에는 아닙니다."

푸아로는 다시 자리에 앉아서 나를 빤히 처다보았다. 생각에 빠진 듯한 표정이 그 어느 때보다 두드러졌다.

"그러니까 헤이스팅스, 자네는 마담 도브뢰이가 무슈 르노를 살해했다고 생각하나?"

"그렇습니다."

"어째서?"

어찌나 갑작스런 반문이었던지 어안이 벙벙했다.

"어째서냐고요?"

나는 말을 더듬었다.

"어째서라면, 아, 그야……."

막상 할 말이 없었다.

푸아로가 나를 보며 고개를 끄덕였다.

"그것 보게. 당장 말문이 막히지. 마담 도브뢰이(편의상 그렇게 부르도록 하겠네.)가 왜 무슈 르노를 살해하려 했겠나? 대체 그럴 만한 동기라고는 찾아볼 수가 없는데. 그녀의 입장에서는 무슈 르노의 죽음으로 인해 생기는 이익이 없어. 애인이었건 협박범이었건 잃는 것밖에 없지. 동기 없는 살인은 없는 법이야. 첫 번째 사건의 경우에는 달랐지. 남편의 자리를 대신하려고 기다리는 부유한 애인이 있었으니까."

"돈이 살인의 유일한 동기는 아니지 않습니까."

내가 이의를 제기했다.

"맞는 말씀."

푸아로가 순순히 동의했다.

"그 밖에도 두 가지 동기를 들 수 있는데, 그 중 하나가 치정 살인이야. 그리고 드물기는 하지만 세 번째 동기로 들 수 있는 것이 신념을 위한 살인, 즉 범인이 일종의 정신 착란을 일으킨 경우지. 살인광이나 종교적 광신이 이런 범주에 속하네. 지금 이 사건에서는 배제할 수 있는 동기지만."

"하지만 치정 살인의 경우는 어떻습니까? 그것도 배제할 수 있을까요? 마담 도브뢰이가 르노 씨의 애인이었고, 그의 애정이 식어 버린 것을 눈치챘거나 어떤 식으로건 질투를 느꼈다면 한순간 화가 나서 살인을 저지를 수도 있지 않았을까요?"

푸아로는 고개를 저었다.

"만약 마담 도브뢰이가 르노 씨의 애인이었다 해도 그가 싫증이 날 만큼 많은 시간이 흐른 것은 아니야. 그리고 자네는 부인의 성격을 잘못 알고 있어. 부인은 엄청난 정신적 스트레스를 유발할 수 있는 여자이고 대단한 배우야. 그런데 객관적으로 보았을 때 부인의 생활 방식은 외모와 전혀 딴판일세. 자세히 분석해 보면 동기와 실행 면에서 냉정하고 계산적인 면모를 보여 왔거든. 부인은 남편의 살인을 공모했던 젊은 애인과 자신의 인생을 결부시키지 않았지. 부인의 목표는 부유한 미국인이었네. 만약 그녀가 살인을 저지른다면 이득이 있기 때문일세. 그런데 이번 경우에는 이득이 없어. 게다가 무덤은 무슨 수로 설명할 텐가? 그건 남자가 한 일이야."

"공범이 있었을지 모릅니다."

나는 소신을 쉽게 꺾고 싶지 않았다.

"다른 부분으로 넘어가 볼까? 자네는 두 사건의 공통점 운운했지. 그런데 그 공통점이 뭔가, 친구?"

나는 어리둥절한 표정으로 그를 멍하니 쳐다보았다.

"아니 공통점을 이야기한 사람은 당신이잖습니까? 복면을 한 남자며 비밀이며 문서며!"

푸아로는 엷게 미소를 지었다.

"그렇게 화부터 내지 말게. 부탁이야. 내가 부인하는 것은 아니니까. 두 이야기가 비슷하기 때문에 두 사건은 서로 연결이 될 수밖에 없지. 하지만 이제 아주 흥미로운 부분 하나를 생각해 보게. 그런 이야기를 한 사람이 마담 도브뢰이였다면 모든 게 아주 쉬운 일이었겠지. 그런데 실제로는 마담 르노가 그 이야기를 했지. 그렇다면 마담 르노가 마담 도브뢰이와 공모한 걸까?"

내가 천천히 말했다.

"그건 아닐 겁니다. 만약 공모한 일이었다면 부인은 세계에서 가장 위대한 명배우겠죠."

푸아로가 신경질적으로 대꾸했다.

"쯧쯧쯧! 또다시 논리가 아니라 감정을 앞세우는군. 범인을 굳이 명배우로 만들고 싶으면 르노 부인이 명배우라고 가정을 하게. 하지만 그럴 필요가 있을까? 나는 여러 가지 이유에서 르노 부인이 마담 도브뢰이와 공모했을 리 없다고 생각하네. 그 이유 가운데 몇 가지는 이미 자네한테도 하나씩 알려 주었지. 나머지는 뻔한 이유들이고. 따라서 둘이 공모했을 가능성을 제외하면 진실에 아주 가까이 접근하게 되는데, 늘 그렇듯이 아주 묘하고 흥미진진한 진실이 기다리고 있네."

나는 소리를 질렀다.

"푸아로! 당신만 알고 저는 모르는 게 뭡니까?"

"몬 아미(친구여), 추리는 자네 힘으로 해야지. 자네는 '사실에 접근하는 길'을 알고 있지 않은가. 회색 뇌세포를 동원하게. 지로가 아니라 에르퀼 푸아로처럼 머리를 쓰란 말이야."

"하지만 자신 있으십니까?"

"난 지금까지 여러 면에서 바보 같았지. 하지만 드디어 모든 것을 분명히 알게 되었네."

"모든 걸 알고 있는 겁니까?"

"무슈 르노가 나를 보내 찾으려 했던 것을 찾았지."

"그럼 이제 범인도 알고 있겠네요?"

"한 명은 알고 있네."

"그게 무슨 말씀이세요?"

"우리는 지금 동문서답을 하고 있어. 사건은 하나가 아니고 둘이 아닌가. 첫 번째 사건은 해결했지만, 두 번째는 에 비엥(글쎄)……아직은 솔직히 자신이 없다네."

"하지만 푸아로, 헛간의 그 남자는 자연사라고 하지 않았습니까?"

푸아로가 특유의 신경질적인 반응을 보였다.

"쯧쯧쯧! 자네 아직도 이해를 못 했군. 범인이 없어도 범죄는 벌어질 수 있지만 사건이 두 개면 시신도 두 개여야 하지 않겠나."

어찌나 앞뒤가 안 맞는 헛소리처럼 들리던지 나는 걱정스러운 눈빛으로 그를 쳐다보았다. 하지만 푸아로는 너무나도 정상적인 모습이었다. 그는 갑자기 자리에서 일어서더니 창가 쪽으로 걸어갔다.

"저기 오는군."

"누구 말입니까?"

"무슈 잭 르노 말이야. 이쪽으로 와 달라는 쪽지를 별장으로 보냈거든."

나는 그 말을 듣고 다른 생각이 떠올라서 사건 당일 밤에 잭 르노가 메를랭빌에 있었던 사실을 아느냐고 물었다. 빈틈없는 친구의 허를 찌르는 것이 내 목적이었지만 그는 여느 때처럼 모르는 게 없었다. 푸아로도 이미 기차역에서 물어보았던 것이다.

"당연한 이야기겠지만 우리만 그런 생각을 한 것은 아닐 거야, 헤이스팅스. 그 잘난 지로도 분명 물어보았겠지."

"설마……."

나는 이야기를 꺼내려다 멈추었다.

"아닙니다. 그럼 너무 끔찍한 일이에요!"

푸아로가 미심쩍은 듯한 표정으로 쳐다보았지만, 나는 더 이상 아무 말도 하지 않았다. 생각해 보니 이 사건과 직접적으로나 간접적으로나 연관이 있는 여자는 모두 일곱 명이었다. 르노 부인, 마담 도브뢰이와 그녀의 딸, 정체불명의 손님, 세 명의 하녀. 그런데 고려 대상이 못 되는 오귀스트 영감을 제외하면 남자는 잭 르노 한 명뿐이었다. 그리고 무덤은 분명 남자가 판 것이었다.

잭 르노가 방으로 들어왔기 때문에 갑자기 떠오른 끔찍한 생각을 더 이상 발전시킬 시간적 여유가 없었다.

푸아로가 사무적인 태도로 그를 맞이했다.

"앉으시지요. 신경 쓰이게 해서 정말 죄송하지만 알다시피 별장의 분위기는 저하고 별로 맞지 않아서요. 지로 형사와는 모든 면에서 의견이 다르니 말입니다. 그가 나를 대하는 태도가 그다지 예의 바르지 못하니 조그만 단서 하나라도 알리고 싶지 않은 심정을 이해해 주십시오."

“물론입니다. 그 지로라는 사람은 정말 기분 나쁜 인간이더군요. 그자의 콧대를 납작하게 만드는 사람이 등장하면 저도 반가울 겁니다.”

“그럼 제가 사소한 부탁을 하나 해도 되겠습니까?”

“말씀만 하십시오.”

“지금 역으로 가서 기차를 타고 다음 정거장인 아발라크로 가세요. 사건 당일 밤, 그곳 휴대품 보관소에 외국인 두 명이 여행용 가방을 맡긴 적이 있나 물어봐 주십시오. 조그만 역이니 분명 기억할 겁니다. 그래 주실 수 있으시겠습니까?”

“물론입니다.”

그는 기꺼이 일을 처리할 자세가 되어 있었지만 약간 어리둥절한 표정이었다.

푸아로의 설명이 이어졌다.

“아시겠지만 나와 이 친구는 다른 곳에 볼일이 있습니다. 15분 뒤에 출발하는 열차가 있습니다. 지로 형사가 눈치채지 못하게 별장에 들르지 말고 떠나는 게 좋겠군요.”

“알겠습니다. 지금 곧장 역으로 가겠습니다.”

그가 자리에서 일어섰다. 하지만 푸아로의 질문이 그의 발목을 잡았다.

“잠깐만, 무슈 르노. 저로서는 이해가 안 되는 부분이 하나 있습니다. 사건 당일 밤에 메를랭빌에 있었다는 이야기를 오늘 아침 오테 씨에게 하지 않은 이유가 뭔가요?”

잭 르노의 얼굴이 벌겋게 달아올랐다. 그는 가까스로 흥분을 가라앉혔다.

"선생님께서 착각을 하신 모양이네요. 저는 오늘 아침에 예심 판사께 말한 것처럼 셰르부르에 있었습니다."

푸아로가 고양이처럼 실눈을 뜨고 초록색 눈빛을 번뜩이며 그를 쳐다보았다.

"그럼 정말 이상한 착각이로군요. 기차역 직원들도 그렇게 알고 있으니 말이지요. 그쪽에서 말하길 11시 40분 열차를 타고 왔다고 하던데."

잭 르노는 잠시 망설이더니 결심한 눈치를 보였다.

"그랬던들 뭐 어떻습니까? 지금 저더러 아버지의 살인에 가담했다고 추궁하는 건 아니겠죠?"

그는 고개를 뒤로 젖히고 거만하게 물었다.

"이곳에 온 이유를 듣고 싶은데요."

"간단합니다. 제 약혼녀인 마드무아젤 도브뢰이를 보고 싶었거든요. 저는 언제 돌아올지 모르는 긴 여행을 앞두고 있었습니다. 그러니 떠나기 전에 그녀를 만나 변함없는 제 마음을 확인시켜 주고 싶었습니다."

"그래서 그녀를 만났습니까?"

푸아로의 시선은 잭 르노의 얼굴 위에 줄곧 머물러 있었다.

르노는 한참 침묵을 지키다 입을 열었다.

"만났습니다."

"그런 다음에는?"

"막차가 이미 떠났더군요. 생보베까지 걸어가서 자동차 정비 공장 문을 두드려 차를 빌려 타고 세르부르로 돌아갔습니다."

"생보베? 15킬로미터나 되는 거리인데 먼 길을 걸었군요."

"그게…… 좀 걷고 싶었습니다."

푸아로는 납득이 간다는 표시로 고개를 끄덕였다. 잭 르노는 모자와 지팡이를 집어들고 떠났다. 그 즉시 푸아로가 벌떡 일어섰다.

"헤이스팅스, 서두르게. 뒤쫓아 가야 하니까."

우리는 사냥감과 신중하게 거리를 유지하며 메를랭빌 거리를 따라 그의 뒤를 밟았다. 하지만 그가 기차역 쪽으로 모퉁이를 돌자 푸아로는 발걸음을 멈추었다.

"이제 됐네. 미끼를 물었군. 이제 아발라크 역으로 가서 상상 속의 외국인들이 맡긴 가공의 여행용 가방이 있나 묻겠지. 그렇다네, 몬 아미(친구). 모두 내가 꾸며 낸 이야기였어."

"방해가 되지 않도록 멀리 보낸 거군요!"

"헤이스팅스, 통찰력이 대단하군. 이제 주느비에브 별장으로 가 볼까?"

지로 형사, 행동을 개시하다

별장에 도착하자 푸아로는 두 번째 시체가 발견된 헛간 쪽으로 향했다. 하지만 안으로 들어가지 않고, 앞에서도 소개했다시피 헛간 과 몇 미터 거리에 놓인 벤치에서 발걸음을 멈추었다. 그는 잠깐 동 안 벤치를 물끄러미 응시하다 주느비에브 별장과 마르게리트 별장 의 경계선 역할을 하는 산울타리 쪽으로 조심스럽게 걸음을 옮겼 다. 그러다 고개를 끄덕이며 원래 자리로 되돌아오더니 다시 산울 타리 쪽으로 다가가 두 손으로 덤불을 헤쳤다.

그가 어깨 너머로 내게 말했다.

"운이 좋으면 마드무아젤 마르트가 정원에 나와 있을지 모르겠 군. 그 아가씨와 이야기를 나누고 싶은데 마르게리트 별장으로 찾 아가고 싶지는 않으니 말이야. 아, 다행이야. 저기 보이는군. 저기, 마드무아젤! 잠시만요, 엉 모멍 씰 부 쁠데(잠시만 시간을 내주시겠습니까)?”

옆으로 다가가 보니 그가 부르는 소리를 듣고 조금 놀란 마르트 도브뢰이가 산울타리 쪽으로 급히 달려오고 있었다.

“괜찮으시다면 잠깐 이야기를 나눠 주실 수 있으시겠습니까, 마드무아젤?”

“물론이지요, 푸아로 선생님.”

순순히 허락했지만 그녀는 불안하고 두려워하는 눈빛이었다.

“예심 판사와 함께 집으로 찾아뵈었을 때 나중에 저를 뒤쫓아 나왔던 거 기억합니까? 용의자가 있느냐고 여쭈셨지요.”

“선생님은 칠레인 두 명을 말씀하셨고요.”

마르트 도브뢰이는 숨을 죽이고 있는 듯한 목소리였고, 왼손을 가슴에 대고 있었다.

“똑같은 질문을 다시 한 번 해 주시겠습니까?”

“그게 무슨 말씀이세요?”

“똑같은 질문을 다시 하시면 이번에는 다르게 대답을 드리려고 합니다. 용의자가 있지만 칠레인은 아니라고요.”

“누구인가요?”

열린 입술 사이로 희미하게 묻는 소리가 새어 나왔다.

“무슈 잭 르노입니다.”

“예?”

반문은 비명에 가까웠다.

“잭이라고요? 말도 안 돼요. 누가 감히 그 사람을 의심하는데요?”

"지로 형사입니다."

"지로 형사!"

그녀의 얼굴이 잿빛으로 변했다.

"저는 그 사람이 무서워요. 잔인하잖아요. 그 사람은 아마…… 아마……."

마르트 도브뢰이는 이쯤에서 말을 멈추었다. 용기를 끌어모으고 결단을 내리는 표정이 떠올랐다. 그 순간 그녀가 전사라는 사실이 느껴졌다. 푸아로도 마르트 도브뢰이를 똑바로 응시하고 있었다.

"잭 르노 씨가 사건 당일 밤에 여기 있었던 것을 알고 계시지요?"

"예. 그랬다고 하더군요."

마르트가 기계적으로 대답했다.

"그걸 숨기려고 했다니 현명하지 못한 처사였어요."

푸아로가 과감하게 이야기했다.

그녀가 신경질적으로 대답했다.

"예, 맞아요. 하지만 후회하느라 시간을 낭비하면 안 되잖아요. 그 사람을 구할 방법을 찾아야죠. 그 사람은 물론 결백해요. 하지만 악명이 자자한 지로 같은 사람한테는 소용 없죠. 지로 형사는 누군가를 체포하려 들 테고, 그 누군가는 잭이 될 테니까요."

"정황이 불리합니다. 알고 계시지요?"

마르트가 푸아로의 얼굴을 똑바로 쳐다보았다.

"전 어린아이가 아니에요, 무슈. 저도 용감해질 수 있고, 사실을 직시할 수 있어요. 그 사람은 결백합니다. 우리가 구해야 해요."

마르트는 필사적인 말투로 이야기하더니 생각에 잠긴 얼굴로 눈살을 찌푸리고는 입을 다물었다.

푸아로가 그녀를 빈틈없이 관찰하면서 입을 열었다.

"마드무아젤, 저희한테 말씀하시지 않고 숨기시는 게 있으시죠?"

마르트는 당황한 표정으로 고개를 끄덕였다.

"예. 있어요. 그런데 믿으실지 모르겠어요. 하도 터무니없는 이야기라."

"뭔지 얘기해 보세요, 마드무아젤."

"지로 형사가 저기 있는 남자의 신원을 아느냐며 나중에 저를 불러서 물었어요."

마르트가 고개로 헛간 쪽을 가리키며 말했다.

"모르는 사람이었어요. 그 당시에는 그랬죠. 그런데 생각을 해 보니까……."

"해 보니까?"

"이상한 일이지만 거의 확실해요. 말씀드릴게요. 르노 씨가 살해되던 날 아침에 여기 이곳을 걷고 있었는데, 남자들끼리 말다툼을 하는 소리가 들리더군요. 덤불을 헤치고 살펴봤죠. 한 사람은 르노 씨였고 다른 남자는 꾀죄죄한 누더기 차림에 험상궂게 생긴 부랑자였어요. 그 부랑자가 우는 소리를 하다 협박을 하다 그러고 있더군요. 돈을 달라고 하는 것 같았는데, 그때 집에서 엄마가 부르는 바람에 자리를 떴어요. 그게 전부예요. 그런데 그 부랑자와 헛간에서 발견된 사람이 같은 사람인 것이 거의 확실해요."

푸아로가 탄식을 내뱉었다.

"그런데 그때는 왜 그런 이야기를 하지 않았습니까?"

"처음에는 어디선가 본 것 같다는 생각만 들었거든요. 옷차림도 달랐고 형편이 좋아진 것 같았어요."

집 쪽에서 누군가 부르는 목소리가 들렸다.

"엄마예요. 이제 가 봐야겠어요."

마르트가 조그맣게 속삭였다. 이 말과 함께 그녀는 나무 사이로 자취를 감추었다.

"이쪽으로 오게."

푸아로는 내 팔을 잡고 별장 쪽으로 몸을 돌렸다.

"어떻게 생각하세요? 정말일까요? 아니면 애인에게 쏠린 의혹의 눈길을 돌리기 위해 그 아가씨가 지어낸 이야기일까요?"

내가 호기심 어린 목소리로 물었다.

"참, 묘한 이야기로군. 하지만 나는 100퍼센트 진실일 거라고 생각하네. 마드무아젤 마르트는 또 다른 부분에서 자기도 모르는 사이에 진실을 폭로했네. 본의 아니게 잭 르노의 거짓말을 들통나게 만들었지. 내가 사건 당일 밤에 마르트 도브뢰이를 만났느냐고 물었을 때 잭 르노가 망설였던 것 자네도 눈치챘나? 그는 아무 말도 없다 '예.'라고 대답했지. 내가 보기에는 거짓말이 아닐까 싶더군. 나는 그가 마드무아젤 마르트에게 미리 주의를 주기 전에 만나야겠다고 생각했지. 그리고 몇 마디 만에 원하던 정보를 얻을 수 있었네. 잭 르노가 그날 밤에 여기 있었던 것을 알고 있느냐고 물었을 때 그</p>

녀는 이렇게 대답했지. '그랬다고 하더군요.' 자, 헤이스팅스, 잭 르노는 사건이 있던 날 밤, 여기서 무엇을 하고 있었을까? 마드무아젤 마르트를 만나지 않았다면 대체 누굴 만난 걸까?"

나는 아연실색한 얼굴을 하고 큰 소리로 외쳤다.

"푸아로……. 설마 그런 청년이 자기 아버지를 살해했다고 생각하는 건 아니겠죠?"

"몬 아미(친구), 자넨 끝까지 구제불능일 정도로 감상적이구먼! 난 보험금을 노리고 자기 자식을 죽인 어머니들도 본 적이 있지. 그런 사건을 목격하고 나면 무엇이건 믿게 된다네."

"그럼 동기가 뭡니까?"

"물론 돈이지. 잭 르노는 아버지가 죽으면 재산의 절반을 물려받을 줄 알고 있었던 걸 잊지 말게."

"하지만 그 부랑자는 어떻게 된 겁니까?"

푸아로는 어깨를 으쓱했다.

"지로였다면 공범이라고 말했겠지. 아들의 범행을 도운 뒤 유유히 빠져나간 파리의 불량배일 거라고."

"단검에 감겨 있던 머리카락은요? 여자 머리카락이었는데요?"

푸아로는 거리낌 없이 씩 웃었다.

"아하! 그거야 지로가 벌인 장난의 결정체 아닌가? 그가 보기에는 여자 머리카락이 아닐 테니까. 요즘 젊은이들은 포마드를 써서 앞머리를 뒤로 완전히 빗어 넘기지. 그러니까 제법 긴 머리카락도 있을 것 아닌가."

"정말 그렇게 생각합니까?"

푸아로는 알 듯 말 듯한 미소를 짓고 있었다.

"아니야. 내가 알기로 그건 여자 머리카락이야. 그리고…… 주인이 누구인지도 알고 있지."

"도브뢰이 부인이군요."

내가 딱 부러지게 잘라 말했다.

"그럴지도 모르지."

푸아로가 나를 묘한 눈초리로 쳐다보며 말했다. 하지만 나는 짜증을 내지 않았다.

"이제 어쩔 생각입니까?"

주느비에브 별장 현관으로 들어가며 내가 물었다.

"잭 르노의 소지품을 살펴볼 생각이야. 그를 몇 시간 동안 멀리 보낸 것도 그 때문이네."

푸아로는 깔끔하고 체계적으로 하나씩 서랍을 열어 안의 내용물을 검사한 뒤 정확하게 원위치로 되돌려 놓았다. 너무나 지루하고 재미없는 작업이었다. 푸아로는 옷깃, 잠옷, 양말까지 훑어보았다. 잠시 후 밖에서 덜커덩거리는 소리가 들렸다. 나는 창가로 다가가자마자 정신이 번쩍 들었다.

"푸아로! 자동차 한 대가 지금 막 들어왔어요. 안에 지로와 잭 르노, 경관 두 명이 타고 있고요."

푸아로는 화가 나서 으르렁거렸다.

"시크르 토네르(제기랄)! 그 지로라는 작자는 조금도 기다릴 줄을 모르는군! 마지막 서랍의 물건은 제대로 되돌려 놓지 못하겠군. 어서 서둘러.”

그는 서랍 속의 물건을 바닥 위로 마구 쏟아 냈다. 대부분 넥타이와 손수건이었다. 그런데 푸아로가 갑자기 쾌재를 부르면서 정사각형 모양의 조그만 종이 위로 달려들었다. 사진이었다. 그는 사진을 주머니 속에 쑤셔 넣고 나머지 물건들을 허둥지둥 서랍 속에 다시 집어넣은 뒤 내 팔을 잡고 방 밖으로 나가 계단을 내려갔다. 지로 형사가 그의 포로를 빤히 지켜보면서 현관에 서 있었다.

“안녕하시오, 지로 형사. 그런데 이게 어찌 된 일입니까?”

지로 형사가 잭 르노를 향해 고개를 끄덕였다.

“저자가 도주하려 했지만 내가 더 빨랐죠. 그는 아버지인 폴 르노 씨의 살인범으로 체포되었습니다.”

푸아로는 빙글 몸을 돌려 청년을 마주 보았다. 현관문에 힘 없이 기대고 선 잭 르노의 얼굴이 백지장처럼 창백했다.

“죄 옴므(젊은이), 뭐 할 말은 없습니까?”

잭 르노는 돌처럼 굳은 얼굴로 그를 쳐다보았다.

“없습니다.”

회색 뇌세포를 동원하다

나는 어안이 벙벙했다. 잭 르노가 유죄라니 조금 전까지도 믿을 수가 없었다. 푸아로가 물었을 때도 분명히 자신이 무죄를 주장할 줄 알았다. 그런데 하얗게 질린 얼굴로 힘없이 기대고 선 그가 자기 입으로 꼼짝없이 죄를 시인하는 모습을 보고 있으려니 더 이상 믿지 않을 수가 없었다.

하지만 푸아로는 형사 쪽으로 고개를 돌렸다.

"무슨 근거로 이 젊은이를 체포한 겁니까?"

"내가 그걸 말할 것 같습니까?"

"도의상 그래야 할 것 같습니다만."

지로가 미심쩍은 눈초리로 그를 쳐다보았다. 그는 무례하게 거절해 버리고 싶은 마음과 적수에게 승리한 기쁨을 만끽하고 싶은 마음 사이에서 고민하는 중이었다.

"내가 실수를 했다고 생각하는 모양이죠?"

지로가 빈정거렸다.

"그랬다 하더라도 놀라운 일은 아닐 듯 싶군요."

푸아로가 적의를 드러내며 대답했다.

지로의 얼굴이 시뻘겋게 변했다.

"에 비엥(참나), 그럼 이리로 오세요. 직접 판단을 해 보시죠."

지로가 응접실 문을 홱 열어젖히자 우리는 두 경관에게 잭 르노를 맡긴 채 안으로 들어갔다.

지로가 모자를 테이블에 내려놓고 상당히 비아냥거리는 투로 입을 열었다.

"자, 무슈 푸아로, 지금부터 형사가 하는 일에 대해 잠깐 설명을 드리겠습니다. 요즘 형사들은 어떤 식으로 수사를 하는지에 대해서 말입니다."

푸아로가 경청할 자세를 취하며 말했다.

"비엥(그렇군요), 저는 그럼 구세대가 얼마나 열심히 들을 수 있는지를 보여드리지요."

그는 뒤로 몸을 기대고 지그시 눈을 감았다가 이내 잠시 뜨고 말을 꺼냈다.

"잠이 든 게 아닐까 걱정할 것 없어요. 정신 바짝 차리고 귀를 기울일 테니까."

"물론 칠레인 어쩌고 하는 헛소리는 금세 간파했습니다. 두 남자가 가담한 것은 맞지만 정체 모를 외국인이 아니었으니까요. 모두

다 눈속임이었던 겁니다.”

“지금까지는 아주 그럴듯하군요, 친애하는 지로 씨. 성냥이니 담배꽁초니 하는 교묘한 속임수도 있었는데 말입니다.”

지로는 눈을 부라렸지만 설명을 계속했다.

“무덤을 파려면 남자가 있어야 합니다. 그런데 이 사건으로 이득을 보는 남자는 없지만 이득을 볼 거라고 생각했던 남자는 있었죠. 잭 르노가 아버지와 말다툼을 벌였다는 이야기와 어떤 식으로 협박을 했는지 들었으니 동기는 확정이 된 겁니다. 이제 방법인데, 잭 르노는 그날 밤 메를랭빌에 있었습니다. 그 사실을 숨겼기 때문에 의혹이 도리어 확신으로 굳어졌죠. 그런데 두 번째 피해자가 등장했습니다. ‘똑같은 칼에 찔린’ 피해자가 말입니다. 그 칼이 언제 도난당했는지 우리는 알고 있습니다. 정확한 시간은 여기 있는 헤이스팅스 대위께서 알려 줄 수 있을 겁니다. 셰르부르에서 도착한 잭 르노야말로 칼을 슬쩍할 수 있는 유일한 인물이었죠. 집 안의 다른 사람들은 모두 설명이 끝났고요.”

푸아로가 말허리를 자르며 끼어들었다.

“틀렸습니다. 칼을 슬쩍할 수 있었던 사람은 한 명이 더 있습니다.”

“무슈 스토너 말입니까? 그 사람은 칼레에서 이 집 현관까지 곧장 차를 타고 왔습니다. 아! 저를 믿으세요. 전부 조사했으니까. 잭 르노는 기차를 타고 왔습니다. 그런데 도착 후 이 집에 등장하기까지 한 시간의 공백이 있어요. 그는 분명히 헤이스팅스 대위와 일행이 헛간을 나서는 것을 보고 슬그머니 안으로 들어가 단검을 집어 들고 헛간에서 공범을 찌른 뒤……."

"그 사람은 이미 죽은 상태였지요."

형사는 어깨를 으쓱했다.

"어쩌면 몰랐을지 모릅니다. 잠을 자는 줄 알았겠죠. 두 사람은 분명 만났습니다. 어쨌거나 잭 르노는 이 명백한 두 번째 살인이 사건을 아주 복잡하게 만들 줄 알고 있었습니다. 상황은 그의 예상대로 되었고."

"하지만 지로 씨까지 속이지는 못했지요."

푸아로가 나지막이 중얼거렸다.

"지금 나를 비웃고 있군요. 하지만 반론의 여지가 없는 마지막 증거를 제시하지요. 마담 르노의 이야기는 거짓말이었습니다. 처음부터 끝까지 날조된 이야기였단 말입니다. 우리도 알다시피 마담 르노는 남편을 사랑했습니다. 하지만 범인을 보호하기 위해 거짓말을 했죠. 여자는 어떤 사람을 위해 거짓말을 할까요? 가끔은 자기 자신을 위해, 대부분은 사랑하는 남자를 위해 합니다. 그리고 자식들을 위해서는 '항상' 거짓말을 하죠. 이번이 그 마지막 경우이고, 이야말로 반론의 여지가 없는 증거입니다. 당신도 그건 부인할 수 없을 겁니다."

지로는 상기된 얼굴을 하고 의기양양하게 말을 멈추었다. 푸아로는 그를 계속 쳐다보았다.

"여기까지입니다. 어떻게 생각하십니까?"

"당신이 간과한 부분이 하나 있군요."

"그게 뭡니까?"

"잭 르노는 골프장이 어떻게 설계되어 있는지 잘 알고 있었을 겁니다. 그러니까 인부들이 벙커를 만들기 시작하면 시체가 그 즉시 발견될 거라는 사실을 알고 있었죠."

지로는 크게 웃음을 터트렸다.

"참 바보 같은 말씀을 하는군요! 그는 시체가 발견되길 바랐던 겁니다. 시신이 발견되어야 사망 처리가 되고 유산을 물려받을 것 아닙니까."

푸아로가 자리에서 일어나는 순간 눈에서 초록빛이 번뜩였다. 그가 아주 나지막이 물었다.

"그럼 뭐 하러 묻었겠습니까? 생각해 보세요. 잭 르노 입장에서 시체가 당장 발견되는 편이 좋았다면 애초에 무덤을 왜 팠을지."

형사는 아무 대답이 없었다. 미처 예상치 못한 질문이었던 것이다. 그는 중요한 문제가 아니라는 듯 어깨를 으쓱할 따름이었다.

푸아로가 문 쪽으로 걸어가자 나도 그의 뒤를 따랐다.

"간과한 것이 한 가지 더 있군요."

푸아로가 어깨 너머로 말했다.

"대체 뭡니까?"

"납관 조각."

푸아로는 말을 마치고는 나와 함께 밖으로 나갔다.

잭 르노는 아직도 하얗게 질린 얼굴을 하고 현관에 있었지만 우리가 응접실에서 나오자 휙 고개를 들었다. 바로 그때 계단에서 발자국 소리가 들렸다. 르노 부인이 내려오는 소리였다. 그녀는 두 경관 사이에 서 있는 아들을 보자마자 그 자리에 얼어붙었다. 그녀가 더듬더듬 입을 열었다.

"잭……. 잭, 이게 무슨 일이냐?"

잭 르노는 굳은 표정으로 어머니를 올려다보았다.

"엄마, 이 사람들이 저를 체포했어요."

"뭐?"

그녀는 외마디 비명을 지르더니 누가 부축할 겨를도 없이 비틀거리다 쿵 쓰러졌다. 나와 푸아로가 달려가 그녀를 일으켰다. 잠시 후 푸아로가 다시 자리에서 일어섰다.

"계단 모퉁이에 머리를 심하게 부딪혔네. 가벼운 뇌진탕을 일으킨 것 같아. 지로가 부인의 진술을 듣고 싶더라도 기다려야겠군. 적어도 일주일 동안은 의식을 회복하지 못할 테니."

드니즈와 프랑수아즈가 달려오자 푸아로는 두 사람에게 부인을 맡기고 별장을 나섰다. 그는 생각에 잠긴 얼굴로 눈살을 찌푸린 채 고개를 숙이고 걸었다. 나는 한동안 말을 아끼다 드디어 질문을 던졌다.

"모든 정황이 불리한데도 잭 르노가 무죄일지 모른다고 생각하는 겁니까?"

푸아로는 대답이 없다 한참 뒤에서야 심각하게 입을 열었다.

"나도 잘 모르겠네, 헤이스팅스. 그럴 가능성도 있지. 물론 지로의 생각은 틀렸네. 처음부터 끝까지 틀렸어. 잭 르노가 유죄 판결을 받는다면 지로의 주장 때문이 아니라, 그의 주장에도 불구하고 유죄 판결을 받는 걸세. 그리고 그의 입장에서 가장 불리한 정황은 나 말고 아는 사람이 없지."

"그게 뭡니까?"

"자네도 회색 뇌세포를 동원해 나처럼 사태를 분명하게 파악하면 뭔지 알 수 있을 거야, 친구."

이것이야말로 가장 짜증 나는 대답이었다. 그는 내가 입을 열 겨를도 주지 않고 이야기를 계속했다.

"이 길을 따라 바다까지 걸어갈까? 작은 언덕에 앉아서 바다를 내려다보며 이번 사건을 훑어보세. 자네도 내가 아는 모든 것을 알게 될 테지만, 내가 손을 잡고 끌어 주기보다 자네 힘으로 진실을 밝히는 것이 좋지 않겠나?"

우리는 푸아로의 말대로 풀이 파릇파릇한 언덕에 자리를 잡고 앉아 바다를 내려다보았다.

푸아로가 격려하는 투로 말했다.

"여보게, 생각을 해 봐. 생각을 정리해 보란 말이야. 체계적으로 순서에 맞춰. 그것이 성공의 비결이지."

나는 그의 말대로 순순히 사건의 세부 사항들을 거꾸로 더듬어 보았다. 그런데 갑자기 곤혹스러운 발상 하나가 한 줄기 빛처럼 뇌리를 스치고 지나갔다. 나는 전율을 느끼며 가설을 발전시켜 나갔다.

"생각이 난 모양이군, 몬 아미(친구)! 좋았어. 진전이 있는 거야."

나는 자세를 바로잡고 파이프에 불을 붙였다.

"푸아로. 지금까지 우리가 이상하게 부주의했던 것 같습니다. 물론 저라고 해야 더 맞겠지만 '우리'라는 단어를 쓰겠습니다. 당신도 입을 꾹 다물고 있었던 책임이 있으니까요. 다시 한 번 말하지만 우리는 이상하게 주의를 소홀히 하고 있었어요. 우리가 잊고 있었던 사람이 있었단 말입니다."

"그 사람이 누구인가?"

푸아로가 눈을 반짝이며 물었다.

"조르주 코노!"

놀라운 결론

그 순간 푸아로는 나를 따뜻하게 포옹했다.

"앙팡(마침내)! 자네 힘으로 해냈어. 훌륭해! 추리를 계속해 보게. 자네 말이 맞았어. 조르주 코노를 잊다니 우리가 실수한 거지."

푸아로의 인정을 받다니 어찌나 기분이 좋던지 추리가 이어지지 않을 정도였다. 하지만 결국 나는 생각을 정리하고 이야기를 계속했다.

"조르주 코노는 20년 전에 사라졌지만 죽었다고 생각할 하등의 이유가 없습니다."

"오키느멍(그렇다마다). 계속해."

푸아로가 맞장구를 쳤다.

"따라서 살아 있다고 가정할 수 있습니다."

"그렇지."

“아니면 최근까지 살아 있었어요.”

“드 뮤 엉 뮤(일취월장이로군)!”

나는 점점 더 신바람이 났다.

“그의 신세가 처량해졌다고 가정해 보죠. 전과자, 깡패, 부랑자가 되었다고 말입니다. 그러다 우연히 그가 메를랭빌로 흘러 들어옵니다. 그리고 사랑해 마지않았던 여인을 만납니다.”

“어허! 또 그 감상주의.”

푸아로가 주의를 주었다.

“미움이 있는 곳에서 사랑이 싹튼다.”

나는 어디에선가 들은 말을 인용했다.

“아무튼 그곳에서 그는 가명으로 살고 있는 그녀와 마주칩니다. 하지만 그녀에게는 영국에서 건너온 새로운 애인 르노 씨가 있었죠. 과거의 악몽이 되살아난 조르주 코노는 르노 씨와 말다툼을 벌입니다. 그리고 르노 씨가 애인을 만나러 올 때까지 숨어서 기다리다 등 뒤에서 칼로 찌르죠. 하지만 자신이 저지른 짓에 경악하며 무덤을 파기 시작합니다. 이때 마담 도브뢰이가 애인을 찾으러 나옵니다. 부인과 코노는 한바탕 소동을 벌이죠. 그러다 코노가 부인을 헛간으로 끌고 가는데, 그곳에서 갑자기 간질 발작을 일으키고 쓰러집니다. 이 시점에서 잭 르노가 등장합니다. 도브뢰이 부인은 그에게 사건의 전말을 털어놓으며 과거의 추문이 되살아날 경우 딸에게 미칠 끔찍한 영향을 운운합니다. 아버지를 살해한 범인이 죽었으니 조용히 덮고 지나가자고요. 잭 르노는 이에 동의하고 집으로 들어가 어머니를 설득하는 데 성공합니다. 르노 부인은 도브뢰이 부인이 아들에게 한 이야기를 듣고, 자신에게 재갈을 물리고 손발을 묶도록 허락합니다. 자, 푸아로. 어떻습니까?"

나는 사건을 성공적으로 재구성했다는 자부심에 얼굴을 붉히며 뒤로 몸을 젖혔다.

푸아로는 생각에 잠긴 표정으로 나를 쳐다보았다.

"자네는 아무래도 영화 시나리오 작가가 되어야겠군."

한참 만에 그가 내뱉은 말이었다.

"그러니까……."

"자네가 들려준 이야기는 영화 소재로서는 괜찮을지 모르겠지만…… 평범한 일상과는 닮은 구석이 전혀 없지 않은가."

"물론 세부적인 부분이 허술하다는 건 인정합니다만……."

"도가 지나쳤어. 세부적인 부분들을 너무 무시했단 말이야. 두 사람의 옷차림은 어떻게 된 건가? 코노가 피해자를 살해한 뒤 그의 양복을 벗겨 갈아입고 단검을 다시 꽂은 건가?"

나는 씩씩대며 이의를 제기했다.

"그건 중요한 문제가 아닙니다. 그날 일찌감치 도브뢰이 부인을 협박해 옷가지와 돈을 받아 냈을지도 모르지 않습니까."

"협박이라고? 정말 그렇게 생각하나?"

"물론이죠. 부인의 정체를 르노 일가에게 폭로하겠다고 협박했을 수도 있습니다. 그러면 딸을 결혼시키겠다는 모든 희망이 물거품이 될 테니까요."

"틀렸네, 헤이스팅스. 칼자루를 쥐고 있는 쪽이 부인인데 협박이라니. 조르주 코노는 살인범으로 여전히 쫓기는 신세라는 걸 잊었나? 부인이 입만 뻥끗하면 단두대 신세 아닌가?"

나로서는 내키지 않지만 인정하는 수밖에 없었다.

"그럼 당신의 가설은 물론 세부적인 부분까지 정확하겠죠?"

나는 심술궂게 물었다.

"내 가설은 진실이야. 그리고 진실은 정확할 수밖에 없지. 자네 가설에는 근본적인 오류가 있네. 상상력이 지나치다 보니 한밤중의 밀회며 열정적인 러브신 속에서 길을 잃게 된 거지. 하지만 사건을 조사할 때는 일상에 발을 붙이고 있어야 해. 일례로 내 방식을 보여 줄까?"

푸아로가 조용히 말했다.

"좋습니다. 한번 보여 주시죠."

푸아로는 허리를 꼿꼿하게 펴고 앉아서 주요 포인트를 강조하기 위해 집게손가락을 흔들어 대며 이야기를 시작했다.

"자네와 마찬가지로 조르주 코노라는 기본적인 사실에서부터 출발하겠네. 마담 베롤디가 법정에서 '러시아 사람들' 운운했던 것은 자네도 알다시피 거짓말이었지. 부인에게 범행을 묵인한 죄가 없다면 그것은 부인의 주장대로 자기 혼자 꾸민 이야기였을 거야. 그런데 만약 부인이 유죄라면 그 이야기를 꾸민 장본인은 부인 아니면 조르주 코노였겠지.

이제 우리가 조사 중인 이 사건에서도 똑같은 이야기가 등장하지. 그런데 자네에게도 이미 지적했다시피 여러 가지 정황상 마담 도브뢰이가 만들어 낸 이야기일 가능성이 매우 낮지 않은가. 그렇다고 보았을 때 이것은 조르주 코노의 머리에서 나온 이야기라는 가설이 성립되네. 즉 조르주 코노가 르노 부인을 공범 삼아 범행을 계획한 거지. 사람들의 이목은 부인에게 집중되어 있지만, 그 뒤에 정체를 알 수 없는 인물이 숨어 있는 거야.

이제 중요한 대목들을 시간의 순서에 따라 나열하면서 르노 사건을 처음부터 꼼꼼하게 점검해 볼까? 자네, 수첩하고 연필 가지고 있나? 잘됐군. 그럼 가장 먼저 적어야 할 사항이 무엇일까?"

"르노 씨의 편지가 도착한 것 아닐까요?"

"우리 입장에서는 그것이 시초이지만 사건의 출발점으로 삼기에는 적합하지 않지. 내가 보기에 가장 최초로 꼽을 만한 주요 포인트는 여러 사람들이 증언했다시피 메를랭빌에 도착한 직후 르노 씨가 보인 변화가 아닐까 싶네. 마담 도브뢰이와의 관계와 그녀에게 건넨 거액의 현금도 염두에 두어야겠지. 그 시점에서 5월 23일로 곧장 건너뛸 수 있겠군."

푸아로는 잠깐 말을 멈추고 헛기침을 하더니 받아 적으라는 신호를 보냈다.

"5월 23일. 르노 씨가 마르트 도브뢰이 양와 결혼하겠다는 아들과 말다툼을 벌이다. 아들이 파리로 떠나다.

5월 24일. 르노 씨가 전 재산을 부인에게 넘기겠다고 유언장을 고치다.

6월 7일. 부랑자와 마당에서 다투는 광경을 마르트 도브뢰이 양이 목격하다.

르노 씨가 도와 달라는 편지를 에르퀼 푸아로 씨에게 보내다.

잭 르노에게 앙조라 호를 타고 부에노스아이레스로 가라는 전보를 치다.

운전기사 매스터스에게 휴가를 주다.

그날 저녁 어떤 숙녀가 방문. 그녀를 배웅하며 이런 말을 남기다. '알겠소…… 알겠어요…… 그러니 제발 나가 주시오!'"

푸아로는 이쯤에서 말을 멈추었다.

"헤이스팅스, 이런 사실들을 하나씩 검토하고 전체와 연관지어 생각하면서 새로운 발상이 떠오르지 않는지 살펴보게."

나는 시키는 대로 열심히 노력했다. 그리고 잠시 후 머뭇거리며 입을 열었다.

"첫 번째 주요 포인트의 경우에는 협박이냐, 이 여자에 대한 애정이냐의 문제가 될 것 같습니다."

"당연히 협박이겠지. 스토너 씨가 그의 성격과 습관에 대해서 뭐라고 했는지 자네도 듣지 않았나?"

"르노 부인은 생각이 달랐습니다."

내가 이의를 제기했다.

"마담 르노의 증언은 믿을 만한 게 못 된다는 걸 우리 모두 알고 있지 않은가? 그 부분에 대해서는 스토너 씨를 믿어야 하네."

"그래도 르노 씨가 벨라라는 여자와 바람을 피웠다면 마담 도브뢰이와 또다시 바람을 못 피울 것도 없지 않습니까?”

“그렇지. 그건 나도 인정해. 그런데 그게 사실이었을까?”

“편지가 있잖아요, 푸아로. 그 편지의 존재를 잊었군요?”

“아니, 잊지 않았네. 그런데 그 편지의 수신자가 르노 씨라고 생각하는 이유가 뭔가?”

“그의 주머니 속에 들어 있었고, 그리고……”

“그게 전부지!”

푸아로가 말을 잘랐다.

“그 편지에는 받는 사람의 이름이 없었어. 우리는 고인의 외투 주머니 속에 들어 있었으니 그에게 배달된 편지라고 생각했지. 그런데 내가 보기에 그 외투는 뭔가 이상했네, 몬 아미(친구). 나는 길이를 재어 보고 너무 길다는 이야기를 했었지. 그 말을 듣고도 짐작이 가는 게 없던가?”

“그냥 별 뜻 없이 하는 말인 줄 알았습니다.”

내가 솔직히 털어놓았다.

“허, 켈 이데(도대체 무슨 생각으로)! 자네는 내가 나중에 잭 르노 씨의 외투 길이도 재어 보는 걸 봤지? 에 비엥(그런데), 잭 르노 씨의 외투는 너무 짧더란 말이지. 이 두 가지 사실에 세 번째 사실, 그러니까 잭 르노가 파리로 떠나던 날 서둘러 집을 나섰다는 사실을 결부시키면 무슨 생각이 떠오르나?”

푸아로가 무슨 말을 하려는지 서서히 감이 잡혔다.

“알겠습니다. 그 편지의 수신자는 아버지가 아니라 아들이었습니다. 잭 르노가 흥분한 상태에서 서둘러 출발하느라 외투를 잘못 입고 나간 거죠."

푸아로가 고개를 끄덕였다.

"프레시제멍(바로 그거야)! 이 부분은 나중에 다시 이야기하도록 하지. 지금 당장은 그 편지가 아버지하고는 아무 상관이 없다는 데 만족하고 다음 사건으로 넘어가겠네."

내가 수첩에 적힌 내용을 읽었다.

"'5월 23일. 르노 씨가 마르트 도브뢰이 양과 결혼하겠다는 아들과 말다툼을 벌이다. 아들이 파리로 떠나다.' 이 부분에 대해서는 별달리 할 말이 없고, 다음 날 유언장의 내용을 바꾼 이유도 뻔해 보입니다. 말다툼의 직접적인 결과였겠죠."

"몬 아미(친구), 원인에 있어서는 나도 동의하네. 그런데 무슈 르노가 유언장을 고친 정확한 동기가 무엇이었을까?"

나는 놀라워하며 눈을 휘둥그레 떴다.

"그야 당연히 아들한테 화가 났기 때문이죠."

"그런데도 파리에 있는 아들 앞으로 애정 어린 편지를 보냈단 말인가?"

"그건 잭 르노가 한 말이고 편지를 증거로 제시하지는 못하지 않았습니까?"

"그럼 그 부분은 넘어가지."

"이제 사건 당일입니다. 그날 아침에 있었던 일들을 어떤 순서에 따라 나열했는데 합당한 이유가 있습니까?"

"확인해 보았더니 나한테 보내는 편지와 전보를 같은 시각에 부쳤더군. 운전사 매스터스는 그 직후에 하루 쉬어도 좋다는 통보를 받았고. 내가 보기에 부랑자와 말다툼을 벌인 것은 그 이전에 있었던 일인 것 같네."

"마담 도브뢰이에게 다시 묻기 전에는 장담할 수 없는 문제 아닐까요?"

"그럴 필요 없네. 확실하니까. 헤이스팅스, 그 이유를 모르겠다면 자넨 아무 것도 모르는 거야."

나는 잠깐 동안 그를 물끄러미 쳐다보았다.

"그렇죠! 내가 바보였습니다. 그 부랑자가 조르주 코노였다면 르노 씨는 그와 한바탕 부딪친 뒤 위험을 감지했을 테니까요. 르노 씨는 조르주 코노에게 매수되지 않았을까 의심스러운 매스터스를 따돌린 뒤 아들에게 전보를 치고 당신한테 편지를 부친 거죠."

희미한 미소가 푸아로의 입가에 떠올랐다.

"그가 편지에서, 나중에 르노 부인이 한 이야기와 똑같은 표현을 쓴 게 이상하지 않은가? 만약 산티아고 운운한 것이 속임수였다면 왜 굳이 산티아고를 들먹였고, 아들까지 거기로 보냈을까?"

"지금은 영문을 모르겠지만 나중에 적절한 설명이 나오지 않을까요? 이제 저녁으로 넘어가면 이 집을 찾아온 정체불명의 숙녀가 등장합니다. 프랑수아즈가 줄기차게 주장했던 것과 달리 마담 도브뢰이가 아니라면 누구인지 솔직히 정말 모르겠습니다."

푸아로는 고개를 저었다.

"이 친구야, 그 기발한 머리는 어디로 간 건가? 수표 조각과 벨라 듀빈이라는 이름을 어디에선가 들어 본 것 같다고 했던 스토너 씨의 증언을 종합해 보면 벨라 듀빈이야말로 잭 르노에게 편지를 보낸 주인공의 이름이고, 그날 밤에 주느비에브 별장을 찾아온 사람도 당연히 그 여자였겠지. 잭을 만나러 왔는지 처음부터 아버지를 만날 작정이었는지 그건 모르겠지만 이렇게 된 일이 아닐까 싶어. 여자가 잭에게 받은 편지를 보이며 잭이 자기 남자라고 주장하자 르노 씨는 수표로 해결하려 들었겠지. 여자는 화를 내며 수표를 찢어버렸을 테고. 편지 내용을 보면 정말 사랑에 빠진 여자가 아니면 쓸 수 없는 표현들로 가득한데, 돈을 주겠다고 했으니 분개할 수밖에. 결국 르노 씨는 여자를 쫓아내지만, 이때 한 말이 아주 의미심장하네."

"'알겠소…… 알겠어요…… 그러니 제발 나가 주시오!'"
내가 다시 한 번 반복했다.

"표현이 좀 격하다는 것 말고는 뭐가 이상한지 모르겠는데요?"

"그것으로 충분하지. 르노 씨는 여자가 제발 나가 주길 바랐던 거야. 왜 그랬을까? 그 여자와의 대화가 불쾌했기 때문만은 아니야. 그게 아니라 무슨 이유로 시간에 쫓기고 있었기 때문에 시간이 아까웠던 거지."

"무슨 이유였을까요?"
내가 어리둥절해하며 물었다.

"그걸 우리가 알아내야 해. 무슨 이유였을까? 그런데 나중에 손목시계가 등장하지. 이것 역시 이번 사건에서 시간이 아주 중요한 역할을 한다는 사실을 시사하는 증거야. 이제 실제 사건이 벌어진 시점으로 시시각각 다가가고 있군. 벨라 듀빈이 나간 시각이 10시 30분이었고, 손목시계에 따르면 범행이 저질러졌거나 시도된 시각이 12시 이전이었지. 이렇게 사건 이전의 모든 정황을 살펴보니 제자리를 찾지 못한 문제가 딱 하나 남았군. 의사의 증언에 따르면 부랑자는 발견 당시 최소 48시간 이전에 사망했고, 여기에 24시간이 추가돼 최대 72시간 전에 사망했을 수도 있다고 했지. 나는 지금까지 자네와 이야기한 사실들을 근거로 사망 시각을 6월 7일 아침으로 잡겠네.”

나는 멍하니 그를 쳐다보았다.

“하지만 어째서요? 이유가 뭡니까? 그걸 어떻게 아십니까?”

“그래야 사건의 순서를 논리적으로 설명할 수 있기 때문이지. 몬 아미(이 친구야), 내가 지금까지 자네를 한 걸음씩 인도하지 않았나. 이렇게 불 보듯 뻔한 사실을 아직도 모르겠단 말인가?”

“제가 보기에는 전혀 뻔하지 않은데요. 조금 전에는 길이 보이는 가 싶더니 이젠 사방이 깜깜합니다. 제발 르노 씨를 살해한 범인이 누구인지 어서 빨리 알려 주세요.”

“나도 그건 아직 잘 모르겠네.”

“하지만 불 보듯 뻔하다고 하지 않았습니까?”

“동문서답을 하고 있군. 지금 우리는 두 가지 사건을 조사 중이라는 사실을 명심하게. 그러니까 앞에서도 이야기했다시피 시체가 두

구 필요하지. 자, 자, 느 부 임파샹테즈 파(조바심내지 말게). 내가 다 설명할 테니. 먼저 심리학을 적용해 보면 르노 씨는 관점과 행동의 현격한 변화를 세 차례 보여 주었지. 따라서 심리적인 전환점이 세 군데 존재하는 걸세. 첫 번째는 메를랭빌에 도착하자마자, 두 번째는 어떤 문제를 가지고 아들과 말다툼을 벌인 뒤, 세 번째는 6월 7일 아침. 이유도 세 가지야. 첫 번째 이유는 마담 도브뢰이 부인과의 대면이야. 두 번째 이유도 부인과 간접적으로 상관이 있다고 볼 수 있지. 르노 씨의 아들과 부인의 딸 사이의 혼인 문제였으니까. 그런데 세 번째 이유는 아직 밝혀지지 않았네. 우리가 추리를 해야 하는 부분이지. 자, 몬 아미(친구), 자네는 이 범행을 계획한 사람이 누구라고 생각하는가?”

“조르주 코노.”

나는 푸아로를 예의 주시하며 미심쩍은 투로 대답했다.

“그렇지. 그런데 지로가 무슨 격언처럼 말하길 여자는 자기 자신을 위해, 사랑하는 남자를 위해, 자식을 위해 거짓말을 한다고 하지 않던가. 부인에게 거짓말을 시킨 사람이 조르주 코노라고 해 보자고. 잭 르노가 조르주 코노일 수 없기 때문에 세 번째 경우는 논외가 되지. 범행을 계획한 사람이 조르주 코노이기 때문에 첫 번째 경우도 마찬가지고. 그러니까 결론은 두 번째가 될 수밖에 없네. 마담 르노는 사랑하는 사람, 즉 조르주 코노를 위해 거짓말을 한 거야. 자네도 동의하나?”

“예, 상당히 논리적이라고 생각합니다.”

“좋았어! 르노 부인은 조르주 코노를 사랑한다. 그럼 조르주 코노가 누구겠나?”

“부랑자죠.”

“마담 르노가 그 부랑자를 사랑했다는 증거가 있나?”

“없어요. 하지만……..”

“됐네. 사실로 뒷받침할 수 없는 가설에 집착하지 말게. 그 대신 르노 부인이 ‘정말로’ 사랑했던 사람이 누구였는지 생각해 보게.”

나는 어리둥절한 표정으로 고개를 저었다.

“마 위(이런), 자네도 알고 있지 않은가. 르노 부인이 시신을 보았을 때 정신을 잃고 쓰려졌을 정도로 사랑했던 사람이 누구인가?”

나는 멍하니 쳐다보다 속삭이듯 내뱉었다.

“남편?”

푸아로가 고개를 끄덕였다.

“남편 또는 조르주 코노. 좋을 대로 부르게.”

나는 정신을 차렸다.

“하지만 그건 말도 안 됩니다.”

“어째서 말도 안 된다는 건가? 조금 전에 의견이 일치했다시피 마담 도브뢰이는 조르주 코노를 협박할 수 있는 입장이었네.”

“맞습니다. 하지만……..”

“그리고 부인은 무슈 르노를 아주 효과적으로 협박했지.”

“그럴지도 모릅니다. 하지만……..”

“그리고 우리가 르노 씨의 청년기와 어린 시절에 대해 전혀 모른다는 것도 사실 아닌가. 그가 22년 전에 프랑스계 캐나다인으로 갑자기 등장했다는 것도 사실이고.”

“맞습니다. 하지만 제가 보기에는 한 가지 분명한 사실을 잊고 계시는 것 같습니다.”

내가 좀 더 단호한 목소리로 말했다.

“그게 뭔가?”

“범행을 계획한 사람이 조르주 코노라고 하지 않았습니까? 그러면 그 사람이 자신의 살인 사건을 계획했다는 말도 안 되는 결론에 이르게 됩니다.”

“에 비엥. 몬 아미(그렇네, 친구).”

푸아로가 차분하게 대답했다.

“그게 그자가 벌인 일이야.”

푸아로는 조심스러운 목소리로 설명을 시작했다.

"자신의 죽음을 계획하다니 자네 입장에서는 희한하게 들리겠지. 상상 속에서나 있음 직한 일로 치부하고 그보다 열 배쯤 신빙성 있는 이야기로 돌아가고 싶을 만큼 이상한 일이겠지. 무슈 르노가 자신의 죽음을 계획한 것은 맞지만, 자네가 미처 알아차리지 못한 부분이 있네. 실제로 죽을 생각은 아니었다는 거지."

나는 어리둥절한 채로 고개를 저었다.

푸아로가 다정하게 말했다.

"사실은 정말 간단한 문제라네. 좀 전에도 이야기했듯이 무슈 르노가 계획한 범행은 범인은 없어도 되지만 시체는 있어야 하는 경우였지. 이번에는 다른 관점에서 사건을 재구성해 볼까?

조르주 코노는 법망을 피해 캐나다로 달아났다네. 그곳에서 다른 이름으로 결혼을 하고, 마침내 남미에서 막대한 재산을 모았지. 하지만 모국에 대한 향수가 남아 있었어. 20년이라는 세월이 지나 외모도 상당히 바뀌었고 그렇게 저명한 인물이 되었으니 오래전에 법망을 피해 달아난 도주자와 연관지어 생각할 사람이 어디 있겠나. 그러니 돌아와도 안전할 거라고 생각했겠지. 그는 영국에 둥지를 틀었지만 여름은 프랑스에서 보낼 계획이었네. 그런데 재수가 없었는지 아니면 뒤에서 인간의 말로를 결정하는 정의의 여신이 그에게 대가를 치르게 할 작정이었는지 하필이면 메를랭빌에 오게 된 거야. 프랑스 전역에서 그를 알아보는 딱 한 사람이 사는 그곳에 말일세. 물론 마담 도브뢰이의 입장에서야 노다지였겠지. 부인은 재빨리 금광 캐내기에 착수했고, 그는 부인의 손아귀에 놀아나는 수밖에 없었네. 그로 인한 출혈은 상당했지.

그런데 이때 불가피한 사건이 벌어졌어. 잭 르노가 거의 날마다 마주치는 아리따운 아가씨와 사랑에 빠져 결혼을 하겠다고 선포한 것이지. 이 일로 분노가 폭발한 아버지는 아들이 그 사악한 여자의 딸과 결혼하는 것만큼은 무슨 일이 있어도 막겠다고 결심을 하게 되었네. 잭 르노는 아버지의 과거를 전혀 몰랐지만 마담 르노는 모두 알고 있었지. 부인은 성격이 다부지고 남편을 열렬히 사랑하는 여자였어. 두 사람은 함께 의논을 했어. 그리고 무슈 르노가 보기에 달아날 방법은 단 한 가지, 죽음뿐이었네. 그는 죽은 것처럼 위장하고 다른 나라로 몸을 피해 가명으로 새로운 인생을 시작하고, 부인은 잠깐 동안 미망인 역할을 하다 합류하기로 했지. 그러자면 부인이 전 재산을 관리해야 하기 때문에 유언장 내용을 바꾼 걸세. 애초에 시체는 어떻게 마련할 작정이었는지 그건 나도 잘 모르겠군. 미술 실습용 해골을 구해 불을 지르거나 뭐 그럴 생각이었겠지. 그런데 계획을 완성하고 얼마 되지 않았을 때 요행스러운 사건이 벌어졌네. 난폭하고 입이 험한 부랑자 하나가 마당으로 들어온 거야. 르노 씨가 부랑자를 내쫓으려고 몸싸움을 벌이고 있을 때 부랑자가 갑자기 간질 발작을 일으키더니 쓰러지는 게 아닌가. 그렇게 부랑자가 죽자 르노 씨는 부인을 불렀지. 두 사람은 부랑자를 헛간으로 끌고 갔고……. 우리도 알고 있듯 헛간 바로 앞에서 몸싸움이 벌어졌으니까……. 엄청난 기회가 저절로 굴러 들어왔다는 사실을 깨닫게 되었지. 남자는 르노 씨와 닮은 구석이 전혀 없었지만 전형적인 중년의 프랑스 남자였으니 그것으로 충분했네.

두 사람은 집 안에서 목소리가 들리지 않는 근처 벤치에 앉아 사태를 의논하지 않았을까 싶군. 두 사람의 계획은 급조된 것이었어. 신원 확인은 전적으로 마담 르노의 증언을 통해 이루어져야 했지. 잭 르노와 그의 밑에서 2년 동안 일한 운전사는 멀리 보내야 했고. 프랑스 하녀들은 시체 근처에 다가갈 리 없었고, 어쨌거나 르노 씨는 세세한 부분에는 신경 쓰지 않는 사람들을 속일 수 있는 조치를 마련해 두었지. 매스터스에게 휴가를 주고, 잭에게 전보를 보내고, 자신이 꾸민 이야기를 그럴듯하게 만들 곳으로 부에노스아이레스를 선정하고……. 그는 별로 유명하지 않은 나이 많은 탐정이 있다는 내 소문을 듣고 도와 달라는 편지까지 보냈다네. 실제로 그랬듯이 내가 등장해 편지를 내보이면 예심 판사에게 엄청난 인상을 심어 줄 수 있다는 점을 계산에 넣은 행동이었네. 물론, 실제로도 그랬고.

두 사람은 부랑자에게 르노의 양복을 입히고, 너덜너덜한 그의 외투와 바지는 집 안으로 들일 수 없으니 헛간 문가에 방치했지. 그런 다음 르노 부인의 진술에 신빙성을 더하기 위해 단검으로 가슴을 찔렀네. 그날 밤에 르노 씨는 먼저 아내에게 재갈을 물리고 손발을 묶은 뒤 삽을 들고 그 뭐라더라? 벙커? 아무튼 그게 만들어질 지점에 무덤을 파기로 했지. 시체가 발견되어야 마담 도브뢰이가 의심을 하지 않을 테니 말이야. 게다가 시간이 어느 정도 지나면 신원 확인에 따르는 위험 부담도 많이 줄어들 테고. 작업이 모두 끝나면 르노 씨는 부랑자의 옷을 입고 역으로 달려가 12시 10분 열차를 타고 아무도 모르게 떠날 생각이었지. 범행은 두 시간 뒤에 저질러진 것으로 위장이 될 테니 그를 의심할 사람은 아무도 없지.

그런데 공교롭게도 벨라라는 아가씨가 찾아왔으니 얼마나 짜증이 났겠나. 그의 계획은 1분 1초가 중요했으니 말이야. 하지만 그는 최대한 빨리 아가씨를 내보내고 다시 작업에 몰두했지. 범인들이 그쪽으로 나간 듯한 인상을 풍길 수 있도록 앞문을 살짝 열어 놓고. 마담 르노에게 재갈을 물리고 손발을 묶고. 밧줄을 느슨하게 묶는 바람에 공범으로 의심을 산 22년 전의 실수는 반복하지 않았지만, 그때와 똑같은 이야기를 부인에게 연습시켰으니 무의식적으로 회귀하는 인간의 심리를 보여 주는 셈이었지. 날씨는 쌀쌀했고, 그는 죽은 남자와 함께 묻을 생각으로 속옷 위에 코트를 입었네. 하지만 그는 창문으로 나간 뒤 화단을 평평하게 다지는 바람에 자신에게 가장 불리한 증거를 남겼지. 그러고는 아무도 없는 골프장으로 가서 땅을 팠는데…… 그때…….'

"예?"

"그때 그토록 오랫동안 피해 다니던 정의의 심판을 받게 된 거지."

푸아로가 엄숙하게 말했다.

"정체불명의 인물이 뒤에서 그를 찌른 거야. 헤이스팅스, 이제 내가 왜 '두 가지' 사건이라고 했는지 알겠지? 르노 씨가 오만하게도 우리에게 수사를 의뢰했던 첫 번째 사건은 해결이 되었네. 하지만 그 뒤에 더욱 난해한 수수께끼가 숨어 있지. 이 수수께끼는 해결하기가 쉽지 않을 거야. 범인이 영리하게도 르노 씨가 마련해 놓은 장치를 이용했기 때문이야. 너무나 복잡하고 어려운 수수께끼지."

내가 감탄했다.

"놀랍군요! 정말 대단해요. 이 세상에서 그 수수께끼를 해결할 사람은 당신밖에 없을 겁니다."

내 칭찬을 듣고 기분이 좋았는지 그는 난생 처음으로 당황해하는 기색을 보였다.

푸아로는 겸손하게 보이려고 애를 쓰는 눈치였지만 성공을 거두지는 못했다.

"가여운 지로, 물론 모두 다 아둔한 머리 때문에 그렇게 된 건 아니야. 라 모베즈 샹스(운이 나빴던 경우)도 한두 번은 있었으니까. 일례로 단검에 감겨 있던 검은색 머리카락을 들 수 있겠지. 오해를 하기에 충분했으니까."

"솔직히 말하면 지금도 나는 잘 모르겠습니다. 대체 그게 누구 머리카락이었습니까?"

내가 천천히 말을 꺼냈다.

"당연히 마담 르노의 머리카락이었지. 그래서 라 모베 샹스(악운)라고 한 거야. 원래 검었을 머리가 이제 거의 모두 하얗게 세어 버렸으니까. 흰머리였다 하더라도 지로는 아무 문제없이 잭 르노의 머리카락이라고 결론을 내렸겠지만. 늘 그런 식이지. 가설에 들어맞도록 사실을 왜곡하거든.

마담 르노가 의식을 회복하면 이 사실들을 모두 이야기하겠지. 아들이 범인으로 체포될 수도 있다는 생각은 하지 못했을 테니. 그녀는 아들이 앙조라 호를 타고 안전하게 항해 중인 줄 알고 있었을 거야. 부알라 엉 팜므(아, 여기 한 여자가 있다. 나폴레옹이 괴테를 만났을 때 "여기 한 남자가 있다."는 말을 남겼다고 한다―옮긴이)! 그 강인함, 그 침착함! 그녀가 저지른 실수는 딱 한 가지였지. 뜻밖에 돌아온 아들을 보고 '어쨌거나 지금은 상관없게 되었지.'라고 한 것이야. 실수를 알아차린 사람은 아무도 없었지. 이 말의 의미를 파악한 사람도. 이 딱한 부인에게 얼마나 끔찍한 역할이 맡겨진 것인가. 시신의 신원을 확인하러 갔는데, 지금쯤 멀리 떠난 줄 알았던 남편의 싸늘한 주검과 마주쳤을 때 얼마나 충격이 컸을까. 그러니 정신을 잃을 수밖에. 하지만 이후로도 슬픔과 절망을 억누르며 굳세게 자기 역할에 충실해야 했으니 또 얼마나 괴로웠겠나. 그녀는 실제 범인을 추적하는 데 도움이 될 만한 단서를 단 한마디도 흘릴 수 없었어. 아들을 위해 폴 르노가 살인범 조르주 코노라는 사실을 감추어야 했으니까. 심지어는 결국 마담 도브뢰이가 남편의 애인이었다고 공식적으로 시인까지 하지 않았나. 협박의 기미를 들켰다가는 치명적일 수 있을 테니 말이야. 예심 판사가 남편의 과거에 미심쩍은 부분이 있느냐고 물었을 때 부인이 얼마나 현명하게 대답했는지 자네도 기억이 날 테지? ‘그렇게 낭만적인 구석은 없을 거예요, 판사님.’ 서글픈 조소가 어린 그 완벽하고 너그러운 말투. 그 즉시 오테 씨는 바보처럼 신파조로 접근했다고 생각하게 되었지. 그래, 부인은 대단한 여자야! 비록 범죄자를 사랑했지만 몸과 마음을 다한 사랑이었지.”

푸아로는 생각에 잠겼다.

“궁금한 게 한 가지 더 있습니다. 납관은 어떻게 된 건가요?”

“모르겠나? 알아볼 수 없도록 피해자의 얼굴을 훼손하는 데 쓰려던 도구였어. 애초에 나는 이 납관 조각을 보고 방향을 제대로 잡게 되었네. 그런데 그 멍청한 지로는 성냥개비를 찾는답시고 납관을 죄다 밟아 놓았지. 내가 60센티미터짜리 단서도 6센티미터짜리 단서만큼이나 값진 거라고 하지 않던가? 헤이스팅스, 이제 우리는 처음부터 다시 시작해야 해. 누가 르노 씨를 살해했을까? 그날 밤 12시 직전에 별장 근처에 있었던 사람, 그의 죽음으로 이득을 볼 사람. 이야말로 잭 르노에게 딱 들어맞는 조건이지. 범행은 사전 계획 없이 저질러졌을 수도 있네. 그리고 그 단검!”

나는 그 소리를 듣고 움찔했다. 그 부분은 미처 생각하지 못했던 것이다.

"물론 부랑자에게 꽂혀 있던 두 번째 칼이 르노 부인의 단검이겠죠. 그러니까 두 개가 있었던 걸까요?"

"그렇지. 두 개가 똑같이 생겼으니 잭 르노의 칼이라고 보는 게 타당하겠지. 그런데 날 골치 아프게 만드는 부분은 이게 아니야. 여기에 대해서는 나도 생각이 있으니까. 그의 입장에서 볼 때 가장 불리하게 작용하는 부분은 역시 심리적인 측면이네. 핏줄 말일세, 몬 아미(친구). 핏줄! 그 아버지에 그 아들이라고 잭 르노는 결국 조르주 코노의 아들 아닌가."

말투가 어찌나 심각하고 진지한지 나도 모르게 깊은 감명을 받았다.

"아까 여기에 대해서는 생각이 있다니 무슨 말입니까?"

푸아로는 대답 대신 대형 회중시계를 들여다보며 물었다.

"칼레를 출발하는 배가 오후 몇 시에 있나?"

"5시쯤일 겁니다."

"잘됐군. 딱 맞출 수 있겠어."

"영국에 가려고요?"

"그렇네."

"왜요?"

"혹시 모를 증인을 찾기 위해서지."

"누구 말입니까?"

푸아로는 묘한 미소를 지으면서 대답했다.

"벨라 듀빈 양."

"하지만 무슨 수로 찾겠다는 겁니까? 그 아가씨에 대해 조금이라도 아는 것이 있습니까?"

"아무것도 없지. 하지만 추측은 얼마든지 가능해. 그녀의 이름은 벨라 듀빈이 분명하고, 스토너 씨가 말하길 어디에선가 들어 보았지만 르노 집안과 관계된 인물은 아니라고 했으니 배우일 가능성이 크지. 잭 르노는 돈 많은 스무 살의 젊은이일세. 분명 무대가 첫사랑의 본거지일 거야. 무슈 르노가 돈으로 해결하려 했던 것과도 부합되고. 그 아가씨를 찾는 것은 별 어려움이 없을 것 같네. 특히 '이것'도 있고 하니."

푸아로는 잭 르노의 서랍에서 꺼낸 사진을 내밀었다. 한쪽 구석에 '사랑을 담아서, 벨라.'라고 적혀 있었지만 나의 시선을 사로잡은 것은 그 문구가 아니었다. 이 정도면 닮은 게 아니었다. 내 눈에는 틀림없었다. 말할 수 없는 재앙이 들이닥친 것처럼 등줄기에 오한이 느껴졌다.

그것은 신데렐라의 얼굴이었다.

나는 사진을 쥔 채 잠깐 동안 얼어붙은 듯 앉아 있었다. 그러다 모든 용기를 동원하여 아무렇지도 않은 척 사진을 돌려주었다. 사진을 건네며 푸아로를 흘끗 훔쳐보았다. 눈치챘을까? 하지만 다행스럽게도 그는 다른 곳을 보고 있었던 것 같았다. 내 태도가 이상했더라도 알아차리지 못한 게 분명했다.

그는 자리에서 벌떡 일어섰다.

"지체할 시간 없네. 얼른 출발해야겠어. 좋았어. 바다도 잔잔하겠지."

출발 당시에는 서두르느라 생각할 겨를이 없었지만, 일단 배에 오르자 나는 푸아로의 감시를 피해 정신을 수습하고 상황을 냉정하게 따져 보았다. 푸아로는 어디까지 알고 있고, 이 아가씨를 찾으려는 이유가 뭘까? 잭 르노가 범행을 저지르는 광경을 그녀가 보았을지 모른다고 생각하는 걸까? 아니면 그녀를……. 하지만 그건 말도 안 되지. 그 아가씨는 르노 씨에게 아무런 감정이 없을 뿐 아니라 그가 죽기를 바랄 이유도 없는데. 그런데 무엇 때문에 현장을 다시 찾은 걸까? 나는 알고 있는 사실들을 조심스럽게 검토해 보았다. 그녀는 나와 헤어진 그날 바로 칼레에서 기차를 탔을 것이다. 배에서 보지 못한 이유도 그 때문이었다. 만약 칼레에서 저녁을 먹고 메를 랭빌행 기차를 탔다면 프랑수아즈가 말한 그 무렵에 주느비에브 별장에 도착했을 것이다. 10시 직후에 집을 나선 다음 무엇을 했을까? 호텔에 갔거나 칼레로 돌아갔겠지. 그런 다음에는? 사건은 화요일 오후에 벌어졌다. 목요일 아침에 그녀는 다시 한 번 메를랭빌을 찾 았다. 줄곧 프랑스에 있었던 걸까? 아무래도 그랬을 것 같았다. 떠 나지 않은 이유가 뭘까? 잭 르노를 만날 수 있을지 모른다는 희망 때문에? 나는 그녀에게 잭 르노가 배를 타고 부에노스아이레스로 가는 중이라고 알려 주었다. 당시에는 우리 모두 그런 줄 알고 있었 다. 어쩌면 그녀는 앙조라 호가 출발하지 않았다는 사실을 알고 있 었을지 모른다. 그런데 그 사실을 알고 있었다면 잭을 만났다는 이 야기가 된다. 그래서 푸아로가 그녀를 찾는 걸까? 잭 르노는 마르트 도브뢰이 양을 만나려고 돌아왔을 때 자신이 잔인하게 차 버린 벨 라 듀빈과 맞닥뜨리게 된 걸까?

서광이 비치기 시작했다. 만약 그랬던 거라면 잭에게 필요한 알 리바이가 생길지 모른다. 하지만 이런 상황에서 그가 침묵을 지키 는 이유는 설명하기 어려웠다. 왜 당당하게 밝히지 못하는 걸까? 예전의 애정 관계가 마르트 도브뢰이 양의 귀에 들어가면 어떻하나 두려운 걸까? 나는 불만스럽게 고개를 서었다. 두 사람의 관계는 순진한 풋사랑에 불과했고, 땡전 한 푼 없고 게다가 그를 끔찍이 사랑하는 프랑스 아가씨가 그만한 이유로 백만장자의 아들을 외면할 리 없다는 생각도 들었다.

푸아로가 도버를 바라보며 기운차게 미소 짓는 모습으로 다시 나타났고, 런던까지의 여행은 아무 일 없이 끝났다. 도착하고 보니 9시가 넘은 시각이었다. 나는 곧장 숙소로 돌아가 다음 날 아침까지 푹 쉬는 게 좋지 않을까 싶었다.

하지만 푸아로의 생각은 달랐다.

"시간이 없어, 몬 아미(친구). 체포 소식은 모레나 되어야 영국 신문에 실리겠지만 그래도 시간이 없어."

왜 그런지 이해가 되지는 않았지만 나는 무슨 수로 아가씨를 찾을 생각이냐고 물었다.

"배우 에이전트로 일하는 조지프 애런스라고 자네도 들어 본 적 있지? 모른다고? 일본 레슬링 선수 문제로 내 도움을 받은 적이 있지. 아주 사소한 사건이었는데 나중에 이야기해 주겠네. 그 사람이라면 어디에서 원하는 정보를 얻을 수 있을지 알려 줄 거야."

애런스 씨의 소재를 파악하기까지 얼마간의 시간이 걸렸고, 우리는 자정이 지난 뒤에야 그를 찾을 수 있었다. 그는 푸아로를 열렬히 환대했고 무슨 수로든 돕겠다고 나섰다.

"이 바닥이야 훤하죠."

그가 환하게 얼굴을 빛내며 말했다.

“에 비엥(다행입니다), 애런스 씨. 벨라 듀빈이라는 젊은 아가씨를 찾고 있는데.”

“벨라 듀빈이라. 이름은 들어 보았는데 당장 생각이 나지는 않네요. 뭐 하는 아가씨입니까?”

“그건 잘 모르겠지만 여기 사진이 있습니다.”

애런스 씨는 사진을 유심히 쳐다보다 잠시 후 얼굴을 빛냈다. 그가 허벅지를 때리며 외쳤다.

“알겠다! 덜시벨라 키즈 아닙니까?”

“덜시벨라 키즈?”

“예. 자매예요. 곡예사 겸 댄서 겸 가수죠. 실력이 제법 좋아요. 쉬고 있으면 모를까 그게 아니면 이 근처 어딘가에 있을 겁니다. 지난 2~3주 동안에는 파리에 있었죠.”

“어디 있는지 알아봐 줄 수 있으시겠습니까?”

“그야 아주 쉬운 일이죠. 숙소에 계시면 아침에 연락드리겠습니다.”

우리는 이 약속을 끝으로 그와 작별인사를 나누었다. 그는 약속을 잘 지키는 사람이었다. 다음 날 오전 11시쯤 되었을 때 휘갈겨 쓴 쪽지 한 장이 우리에게 전달되었다.

덜시벨라 키즈는 코번트리의 팰리스에 있습니다. 행운을 빕니다.

우리는 그 길로 당장 코번트리로 출발했다. 푸아로는 극장에 물어

보지 않고 그날 저녁에 예정된 버라이어티 공연의 좌석을 예약했다.

내 기분 때문에 그렇게 느껴졌을지 모르겠지만 공연은 말로 표현할 수 없을 만큼 지루했다. 일본인 가족이 위태위태하게 줄을 탔고, 초록색 연미복 차림에 공을 들여 반질반질하게 머리를 손질한, 유행의 첨단에 선 남자들이 만담을 늘어놓으며 신기한 춤을 추었다. 뚱뚱한 프리마 돈나가 인간에게 허락된 음역의 꼭대기에서 노래를 불렀고, 어느 코미디언은 조지 로비(본명은 조지 에드워드 웨이드. '웃음의 총리'로 알려졌던 영국의 희극 배우 —옮긴이)를 흉내 내려다 망신을 당했다.

드디어 덜시벨라 키즈의 차례가 찾아왔다. 심장이 미칠 듯이 두근거렸다. 그녀의 모습이 보였다. 한 명은 머리가 옅은 황갈색이고 또 한 명은 검은색인 점만 다를 뿐 몸집에서부터 짧고 복슬복슬한 치마, 큼지막한 나비 모양 리본까지 똑같았다. 두 사람은 한 쌍의 활기 넘치는 아이들처럼 보였다. 그들이 노래를 부르기 시작했다. 목소리가 가늘고 너무 통속적이기는 했지만 신선하고 진솔하고 매력적이었다.

실력도 상당했다. 춤은 깔끔했고 제법 그럴듯한 곡예도 선보였다. 노래 가사는 분명하고 외우기 쉬웠다. 막이 내리자 박수갈채가 터졌다. 덜시벨라 키즈의 공연은 분명 성공이었다.

갑자기 더 앉아 있지 못할 것 같은 기분이 들었다. 나가서 바람을 쏘여야 했다. 나는 푸아로에게 이제 그만 나가자고 했다.

"먼저 가게, 몬 아미(친구). 난 공연이 재미있어서 끝까지 보아야겠어. 나중에 만나도록 하지."

극장에서 호텔까지는 고작 몇 걸음 거리였다. 나는 응접실로 올라가 위스키와 탄산수를 주문해 마시면서 텅 빈 벽난로를 물끄러미 쳐다보았다. 문이 열리는 소리가 들리자 나는 푸아로겠거니 생각하며 고개를 돌리다 벌떡 자리에서 일어섰다. 문가에 신데렐라가 서 있었다. 그녀는 가쁜 숨을 몰아쉬며 더듬더듬 말을 꺼냈다.

"앞에 앉아 있는 거 봤어요. 친구분이랑 둘이서. 나가려고 자리에서 일어섰을 때 밖에서 기다리다 뒤를 밟았어요. 코번트리는 어쩐 일이세요? 오늘 밤에 극장은 왜 찾아온 거죠? 옆에 있던 그 사람은…… 탐정인가요?"

그녀는 어깨에서 흘러내리는 무대 의상을 망토로 감싸며 그 자리에 서 있었다. 붉은 화장 밑으로 하얗게 질린 뺨이 보였고 목소리에서 공포가 느껴졌다. 바로 그 순간 나는 알 수 있었다. 푸아로가 무슨 이유로 그녀를 찾으려 했는지, 그녀가 무엇을 두려워하는지, 그리고 내 본심은 무엇인지…….

"맞아요."

내가 부드럽게 말했다.

"그 사람…… 저를 찾고 있나요?"

그녀가 속삭임에 가까운 목소리로 물었다.

내가 대답을 못 하고 잠깐 동안 망설이자 그녀는 커다란 의자 옆으로 쓰러지더니 격렬하게 흐느끼기 시작했다.

나는 옆에 무릎을 꿇고 앉아 그녀의 손을 잡고 얼굴 위로 쏟아진 머리카락을 넘겨 주었다.

"울지 말아요. 제발 울지 말아요. 여기 있으면 안선해요. 내가 지켜 줄게요. 울지 말아요, 내 사랑. 울지 말아요. 난…… 나는 모든 걸 알고 있어요."

"아뇨, 모를 거예요!"

"알고 있다니까요."

잠시 후 흐느낌이 잦아들자 내가 물었다.

"당신이 단검을 가지고 간 거죠?"

"예."

"그래서 나한테 현장을 구경시켜 달라고 했던 거요? 기절한 척했던 것도 그 때문이었고?"

그녀는 다시 한 번 고개를 끄덕였다.

"단검은 왜 가지고 간 거죠?"

그녀의 대답은 어린아이처럼 순진했다.

"지문이 남아 있을지 모르잖아요."

"하지만 장갑을 끼고 있었던 걸 잊어버렸어요?"

그녀는 당황한 사람처럼 고개를 젓다 천천히 말을 이었다.

"절…… 경찰에 넘길 건가요?"

"맙소사! 그럴 리가요."

그녀는 한참 동안 진지하게 내 눈을 들여다보더니 자기 목소리에 겁이 난 사람처럼 조그맣게 물었다.

"왜요?"

　사랑을 고백하기에는 이상한 장소였고 이상한 시점이었다. 그리고 세상에, 나는 사랑이 그런 식으로 찾아올 줄 꿈에도 몰랐다. 하지만 나는 꾸밈없이 담담하게 대답했다.

“신데렐라, 당신을 사랑하니까요.”

“그럴 리 없어요……. 그럴 리 없어……. 다 알면서…….”

　그녀는 부끄럽다는 듯이 고개를 숙이고 쉰 목소리로 중얼거리다가 문득 정신을 차리고 나를 똑바로 쳐다보며 물었다.

“어디까지 알고 있는 거죠?”

“그날 밤에 르노 씨를 만나러 왔던 것을 알고 있어요. 르노 씨가 수표를 주자 당신은 화를 내며 찢어 버렸죠. 그러고는 집을 나와서…….”

“계속해 보세요. 그런 다음에는요?”

“잭 르노가 그날 밤에 온다는 걸 알고 있었는지 아니면 혹시 만날 수 있을까 싶어 기다렸는지 그건 모르겠지만, 아무튼 당신은 기다렸죠. 어쩌면 비참한 마음에 정처 없이 걸었을 수도 있고. 어쨌든 12시 직전까지 당신은 그 집 근처에 있다 골프장에서 한 남자를 보았고…….”

　나는 또다시 말을 멈추었다. 그녀가 방으로 들어서는 순간 퍼뜩 내린 결론인데, 시간이 지날수록 더욱 그럴듯한 그림처럼 느껴졌다. 죽은 르노 씨가 입고 있던 외투의 독특한 무늬가 생생히 떠올랐고, 응접실로 달려 들어온 아들이 어찌나 아버지와 닮았던지 한순간 죽은 사람이 살아 돌아왔나 싶어 깜짝 놀랐던 생각도 났다.

"계속해 보세요."

그녀는 거듭해서 나를 재촉했다.

"그 사람은 등을 보이고 있었지만 당신은 그를 알아보았죠. 아니, 알아보았다고 생각했어요. 걸음걸이며 행동이 낯익었고 외투 무늬도 그랬으니까요."

나는 잠깐 말을 멈추었다 다시 계속했다.

"당신은 잭 르노에게 보낸 한 편지에서 협박을 했죠. 그런데 그곳에서 그의 모습이 보이자 분노와 질투심으로 이성을 잃고…… 찌른 겁니다. 그 사람을 죽일 마음은 없었을 거예요. 단 한 순간도 그걸 의심한 적은 없습니다. 하지만 신데렐라, 당신이 그를 죽인 겁니다."

그녀는 양손에 얼굴을 묻고 목멘 소리로 말했다.

"맞아요…… 맞아요…… 그 말을 들으니까 이제 다 알겠어요."

그러더니 내 쪽으로 홱 고개를 돌렸다.

"그런데도 날 사랑한다고요? 내가 무슨 짓을 저질렀는지 다 알면서 어떻게 나를 사랑할 수 있죠?"

나는 조금 지친 목소리로 대답했다.

"나도 잘 모르겠어요. 사랑이란 그런 것 같아요. 어쩔 수 없는 거죠. 나도 노력했어요. 당신을 처음 만난 그날부터. 하지만 너무 강력했어요."

그러자 전혀 생각지도 못했던 때, 그녀가 갑자기 바닥 위로 몸을 내던지더니 미친 듯이 흐느끼며 울부짖었다.

"안 돼요! 어떻게 해야 좋을지 모르겠어요. 어느 쪽으로 가야 할지 모르겠어요. 도와주세요, 도와주세요. 어떻게 하면 좋을지 알려 주세요!"

나는 다시 그녀의 옆에 무릎을 꿇고 앉아 최선을 다해 달래 주었다.

"날 무서워하지 말아요, 벨라. 제발 날 무서워하지 말아요. 난 당신을 사랑합니다. 그건 사실이에요. 하지만 그 대가로 뭘 바라는 게 아니에요. 그저 당신을 도울 수 있도록 해 줘요. 그 사람을 아직도 사랑한다면 사랑하세요. 하지만 그 사람이 도울 수 없으니 내가 도울게요."

그녀는 내 말을 듣고 석상처럼 굳어 버린 듯했다. 그녀는 양손에 파묻었던 얼굴을 들고 나를 물끄러미 쳐다보고는 속삭이듯 물었다.

"그렇게 생각하세요? 내가 잭 르노를 사랑한다고 생각하세요?"

그녀는 반쯤 울고 반쯤 웃으며 내 목을 세차게 끌어안더니 촉촉하게 젖은 사랑스러운 얼굴을 나에게 갖다 댔다.

"당신을 사랑하는 만큼은 아니에요. 당신을 사랑하는 만큼은 절대 아니에요."

내 뺨을 스치고 지나간 그녀의 입술이 나의 입술에 닿았고, 믿을 수 없을 만큼 달콤하고 뜨거운 입맞춤이 한 번, 또 한 번 이어졌다. 그 격정과 경이로움을…… 나는 잊지 못할 것이다. 죽을 때까지 잊지 못할 것이다!

문 쪽에서 무슨 소리가 들리기에 우리는 고개를 들었다. 푸아로 가 거기 서서 우리를 쳐다보고 있었다.

나는 조금도 망설이지 않았다. 나는 벌떡 그에게 달려가 두 팔을 붙잡고 그녀에게 말했다.

"서둘러요! 최대한 빨리 여길 빠져 나가요. 내가 붙잡고 있을 테니까."

그녀는 나를 한 번 쳐다본 뒤 우리 곁을 지나 밖으로 달아났다. 나는 푸아로를 단단히 붙잡고 있었다.

푸아로가 부드럽게 말했다.

"몬 아미(이 친구), 이런 일에 제법 솜씨가 있군. 힘센 장정이 잡고 있으니 내가 어린아이처럼 꼼짝 못 하는 신세가 됐어. 하지만 불편하고 조금 우습게 느껴지는데. 우리 앉아서 진정하는 게 어떻겠나?"

"쫓아가지 않을 겁니까?"

"몽 디외(세상에)! 그럴 리가! 내가 지로인가? 이제 그만 놓아주게."

기민함 면에서는 내가 상대도 안 되기 때문에 나는 의심스러운 눈초리로 푸아로를 예의 주시하며 잡았던 손을 놓았다. 그는 가볍게 팔을 주무르며 안락의자 속에 몸을 묻었다.

"흥분하면 황소 같은 힘을 발휘하는군, 헤이스팅스! 에 비엥(그것 참). 자네, 오랜 친구한테 이래도 되는 건가? 그 아가씨의 사진을 보여 주었을 때 누군지 알아차렸으면서 한마디 말도 않다니."

"내가 알아차렸다는 걸 눈치챘으면 내 말을 들을 필요도 없었잖습니까?"

내가 쓸쓸하게 물었다. 그러니까 푸아로는 처음부터 알고 있었다. 나는 단 한 순간도 그를 속이지 못했다.

"쯧쯧! 자네는 내가 눈치챘다는 걸 몰랐지. 그리고 오늘 밤에는 그렇게 고생해서 찾아 놓은 아가씨를 도망가게 만들었고. 그것 참! 헤이스팅스, 이것 하나만 묻겠네. 앞으로 나를 도울 생각인가 아니면 방해할 생각인가?”

잠깐 동안 나는 대답을 하지 않았다. 오랜 친구와 헤어질 생각을 하니 너무나도 가슴이 아팠다. 하지만 굳이 분류하자면 나는 방해 세력이었다. 과연 용서받을 수 있을까? 푸아로는 지금까지 이상하리만치 침착했지만 그게 다 놀라운 자제력 때문이었다.

“미안합니다. 지금까지 내가 한심하게 굴었던 거 인정합니다. 하지만 어쩔 수 없을 때도 있는 겁니다. 앞으로는 저도 제 갈 길을 가야 하니까요.”

푸아로는 여러 번 고개를 끄덕였다.

“이해하네.”

비웃는 듯하던 눈빛은 어느덧 사라졌고 놀라울 만큼 진지하고 다정한 목소리였다.

“그런 거지, 친구. 안 그런가? 사랑이 찾아온 게지. 자네가 생각했던 것처럼 근사한 깃털을 달고 당당하게 찾아온 것이 아니라 안타깝게도 피 흘리는 발을 하고서. 내가 경고를 했었지. 이 아가씨가 칼을 가지고 갔다는 사실을 알았을 때 내가 주의를 주었지. 자네도 기억할 거야. 하지만 이미 너무 늦었어. 그런데 자네, 어디까지 알고 있는 건가?”

나는 그의 눈을 똑바로 쳐다보았다.

“푸아로, 이제는 당신이 무슨 말을 하더라도 놀라지 않을 겁니다.

무슨 뜻인지 아시겠죠? 하지만 듀빈 양을 계속 추격할 생각이라면 한 가지만 분명히 알아 두십시오. 그녀가 이 사건에 연루되어 있다거나 그날 밤 르노 씨를 찾아온 정체불명의 여인이라고 생각한다면 착각하고 있는 겁니다. 나는 그날 그녀와 함께 프랑스에서 영국까지 여행했고 그날 저녁 빅토리아에서 헤어졌습니다. 그러니까 그녀는 메를랭빌에 갈 수 없는 입장이었죠.”

푸아로는 생각에 잠긴 눈빛으로 나를 쳐다보았다.

“아! 법정에서도 그렇게 맹세할 수 있겠나?”

“물론입니다.”

푸아로는 자리에서 일어나 고개를 숙였다.

“사랑이여, 영원하라! 사랑이 기적을 낳는군. 자네가 정말 기발한 생각을 해냈어. 심지어 에르퀼 푸아로를 능가할 만큼!”

긴장의 순간이 지나가자 후유증이 찾아왔다. 나는 의기양양한 기분으로 잠자리에 들었지만 잠에서 깨어나 생각해 보니 위기를 모면했다고 볼 수 없는 상황이었다. 내가 급조한 알리바이에 허점은 없었다. 내가 푸아로에게 말한 증언을 고집하면 벨라가 체포될 가능성은 없어 보였다.

하지만 조심스럽게 움직일 필요성이 있었다. 푸아로는 가만히 누워서 패배를 받아들일 사람이 아니었다. 그는 가장 뜻밖의 방식으로 가장 뜻밖의 순간에 역습을 가할 것이다.

다음 날 아침 우리는 아무 일도 없었던 것처럼 식당에서 만났다. 푸아로의 쾌활한 성격은 여전했지만 전에 없던 거리감이 희미하게 느껴졌다. 아침 식사가 끝나자 나는 산책을 나가겠다고 했다. 심술궂은 눈빛이 푸아로의 눈을 반짝 스치고 지나갔다.

"정보를 찾으려는 거라면 번거롭게 우왕좌왕할 필요 없네. 자네가 알고 싶어 하는 것을 내가 모두 알려 줄 수 있으니까. 덜시벨라 자매는 공연을 취소하고 어딘지 모를 곳으로 떠났네."

"정말입니까?"

"날 믿게, 헤이스팅스. 오늘 아침에 일어나자마자 알아보았으니까. 어쨌거나 자네도 예상했던 일 아닌가?"

사실 이런 상황에서는 그럴 수밖에 없는 일이었다. 신데렐라는 나 덕분에 시간을 조금 얻었으니 추격자의 손길이 닿지 않는 곳으로 지체 없이 떠났을 것이다. 내가 의도하고 계획했던 그대로였다. 그런데 나는 새로운 난관에 봉착하고 말았다.

내가 급조한 반론을 알려 주어야 하는데 그녀와 연락할 수단이 없었던 것이다. 그녀가 이런저런 방법을 통해 나에게 연락을 보낼 수도 있겠지만 그럴 가능성은 낮아 보였다. 푸아로가 메시지를 가로채면 다시 한 번 추격에 나설 테니 여기에 따르는 위험 부담을 그녀가 모를 리 없었다. 당분간 완벽하게 자취를 감추는 것이 그녀로서는 유일한 방책이었다.

그런데 푸아로는 무얼 하고 있는 걸까? 나는 유심히 관찰했다. 그는 순진무구한 분위기를 풍기며 생각에 잠긴 사람처럼 먼 곳을 물끄러미 바라보고 있었다. 마음을 놓기에는 너무 평온하고 무심한 모습이었다. 푸아로와 함께 지내며 터득한 사실이지만, 그는 위험해 보이지 않을 때일수록 위험한 인물이었다. 그는 심란해하는 내 눈빛을 알아차리고는 다정하게 미소를 지었다.

"어리둥절한 모양이지, 헤이스팅스? 내가 왜 추격전을 펼치지 않나 싶어서?"

"뭐…… 그렇습니다."

"자네라면 추격전을 펼쳤겠지. 그럴 법도 해. 하지만 나는 영국 속담에 나오는 것처럼 건초 더미에서 바늘을 찾으려고 시골길을 분주하게 오르락내리락하는 사람이 아니야. 아니고말고. 마드무아젤 벨라 듀빈을 그냥 보내겠네. 때가 되면 찾을 수 있을 테니까. 그때까지는 기다리는 것으로 만족할 생각이야."

나는 의심스러운 눈빛으로 그를 쳐다보았다. 나를 속이려는 걸까? 이런 상황에서도 그가 칼자루를 쥐고 있다니 짜증이 났다. 우월감이 조금씩 사그라졌다. 그녀를 도망치게 했고 경솔했던 행동의 대가를 모면할 수 있는 묘안도 만들었는데 마음을 놓을 수가 없었다. 너무나도 평온한 푸아로의 모습 때문에 천 갈래 만 갈래로 신경이 곤두섰다.

내가 조심스럽게 이야기를 꺼냈다.

"앞으로의 계획이 어떻게 되는지 물어보면 안 되는 거겠죠? 이젠 그럴 권리가 없는 거죠?"

"천만의 말씀. 우리 둘 사이에 무슨 비밀이 있다고. 지금 당장 자네와 함께 프랑스로 돌아갈 생각이네."

"'저와 함께'라고요?"

"그렇다니까! 이 든든한 푸아로와 헤어질 처지가 아니라는 걸 자네도 잘 알 텐데. 안 그런가, 친구? 하지만 영국에 있고 싶으면 있어도 상관없네."

나는 고개를 저었다. 그는 성곽을 꿰뚫고 있었다. 나는 그와 헤어질 계제가 전혀 아니었다. 그런 일이 벌어진 뒤에도 여전히 자신감을 보일 줄은 예상하지 못했지만, 그래도 앞으로의 행동을 체크하는 정도는 내가 할 수 있는 일이었다. 벨라를 유일하게 위협하는 요소가 푸아로였다. 지로와 프랑스 경찰은 그녀에게 관심도 없었다. 무슨 일이 있더라도 나는 푸아로의 곁에 머물러야 했다.

내가 이런 생각을 하는 동안 푸아로는 나를 유심히 쳐다보더니 만족스럽다는 듯이 고개를 끄덕였다.

"내 말이 맞지 않나? 게다가 비엥 앙탕듀(뻔하지)! 자네는 얼마 안 가 들통날 가짜 수염 같은 것으로 변장을 하고는 내 뒤를 밟을 거 아닌가? 그러니 차라리 함께 여행하는 쪽이 훨씬 나을 거야. 그런 자네를 비웃는 사람이 있으면 내 마음도 몹시 언짢을 테니까 말이야."

"알겠습니다. 하지만 미리 말씀드리지만……."

"알고 있네. 알고 있다고. 자네는 나의 적이란 말이지? 좋을 대로 하게나. 난 조금도 걱정 없으니까."

"공정하고 정당한 대결이라면 저도 상관없습니다."

"영국인답게 페어플레이에 대한 열정으로 넘치는군! 이제 마음의 부담이 덜어졌으면 당장 떠나세. 우물쭈물할 시간 없으니까. 영국에 머문 시간이 짧았지만 이 정도면 충분했어. 알고 싶었던 걸 알게 되었으니 말이야."

가벼운 말투였지만 그 밑에 숨겨진 위협이 느껴졌다.

“하지만……."

내가 입을 열었다 멈추었다.

“하지만…… 그렇다니까! 자네는 지금 자네 역할에 만족하고 있지. 나는 잭 르노 생각뿐이고.”

잭 르노! 그 이름을 듣고 나는 깜짝 놀랐다. 나는 지금까지 완전히 잊고 있었다. 단두대의 그림자가 어렴풋이 보이는 감옥 속에 갇힌 잭 르노를. 지금의 내 역할을 조금 더 사악한 관점에서 바라보았다. 나는 벨라를 구할 수 있었다. 하지만 그러는 와중에 무고한 사람을 사지로 내몰 수도 있었다.

나는 흠칫 놀라며 이런 생각을 떨쳐 버렸다. 그럴 리 없었다. 그는 무죄로 석방될 것이다. 분명 석방될 것이다. 하지만 서늘한 두려움이 다시 찾아왔다. 만약 석방되지 않으면? 그럼 어떻게 한다? 내가 양심의 가책을 견딜 수 있을까? 생각만 해도 끔찍하다! 결국 그렇게 될까? 결단이 필요했다. 벨라냐 잭 르노냐. 내 자신이야 어떻게 되건 말건 사랑하는 여자를 구하고 싶은 것이 내 심정이었다. 하지만 남을 희생시켜야 한다면 이야기가 달라진다.

그녀는 뭐라고 할까? 분명히 기억하건대 나는 잭 르노가 체포되었다는 말을 한 적이 없었다. 그녀는 과거의 연인이 저지르지도 않은 끔찍한 죄를 뒤집어쓰고 감옥에 갇힌 사실을 아직 모르고 있었다. 이 사실을 알게 되면 그녀는 어떻게 할까? 그를 희생시켜서라도 자기 목숨을 구하려고 할까? 경솔한 행동은 금물이었다. 그녀가 나서지 않더라도 잭 르노는 무죄로 석방될 것이다. 그렇다면 다행이다. 하지만 그렇지 않다면? 대답이 불가능한 끔찍한 문제였다. 그녀의 경우에는 극형을 면할 수 있을 것이다. 사건의 정황이 전혀 달라질 테니까. 그녀는 질투심과 극단적인 도발 때문이었다고 주장하며 젊음과 미모의 덕을 볼 수 있을 것이다. 비극적인 실수로 인해 아들이 아니라 르노 씨가 벌을 받았지만 범행 동기는 마찬가지일 것이다. 하지만 법원이 아무리 아량을 베푼다 해도 장기 복역은 불가피했다.

벨라는 보호를 받아야 한다. 이와 동시에 잭 르노도 살려야 한다. 무슨 수로 두 개의 목적을 달성할 수 있을지 나로서는 알 수 없었다. 하지만 나는 푸아로를 굳게 믿었다. 그는 방법을 알고 있다. 그는 무슨 일이 있더라도 무고한 사람을 구할 것이다. 진실이 아니라 핑계를 찾아야 한다. 어렵겠지만 푸아로가 어떻게든 찾을 것이다. 그러면 벨라가 아무런 의심을 받지 않는 상태에서 잭 르노가 풀려날 테고 모든 게 만족스럽게 끝날 것이다.

나는 머릿속으로 수없이 그렇게 되뇌었지만 가슴 밑바닥에는 서늘한 두려움이 여전히 남아 있었다.

우리는 저녁에 배로 영국에서 건너왔고, 다음 날 아침 무렵 잭 르노가 갇혀 있는 생토메르에 도착했다. 푸아로는 그 길로 오테 판사를 찾아갔다. 나의 동행을 반대하는 눈치가 아닌 듯하기에 나도 따라나섰다.

여러 가지 형식과 사전 절차를 거친 뒤 우리는 예심 판사의 방으로 안내되었다. 그는 따뜻하게 우리를 맞았다.

"영국으로 돌아가셨다고 들었습니다, 푸아로 씨. 그게 아니었다니 다행입니다."

"영국에 다녀오기는 했지만 잠깐 들른 정도였지요. 부차적이지만 조사할 만한 문제가 있어서 말입니다."

"그래, 가 보니 어떻던가요?"

푸아로는 어깨를 으쓱했다. 판사는 한숨을 쉬며 고개를 끄덕였다.

"아무래도 우리는 물러나야 할 모양입니다. 저 망나니 같은 지로 형사가 태도는 고약해도 머리 하나는 똑똑하니 말입니다. 실수할 가능성도 거의 없어 보입니다."

"그렇게 생각하십니까?"

이번에는 예심 판사가 어깨를 으쓱할 차례였다.

"솔직히 말해서, 물론 우리 둘 사이의 비밀입니다만…… 달리 결론을 내릴 수 있겠습니까?"

"판사님, 솔직히 제가 보기에는 불분명한 부분들이 많은 것 같습니다."

"예를 들자면……?"

하지만 푸아로는 유혹에 넘어가지 않았다.

"아직 구체적으로 정리하지는 않았습니다. 전반적으로 그런 느낌이라는 얘기지요. 저는 그 청년이 마음에 듭니다. 그 청년이 그렇게 끔찍한 범죄를 저질렀다고 생각하려니 안타까울 따름입니다. 그나저나 이 문제에 대해서 당자는 뭐라고 합니까?"

예심 판사는 눈살을 찌푸렸다.

"저로서는 그 청년이 이해가 안 됩니다. 자기 변호라고는 조금도 할 줄 모르는 모양이에요. 질문에 대한 대답을 듣기가 어찌나 어려운지 모릅니다. 전면적으로 부정만 할 뿐 그 외에는 고집스럽게 침묵을 지키고 있어요. 내일 다시 심문을 하는데 참석하시겠습니까?"

우리는 적극적으로 그 제안에 응했다.

예심 판사가 한숨을 내쉬며 말했다.

"아주 참담한 사건입니다. 마담 르노가 참 안됐다 싶어요."

"부인은 좀 어떻습니까?"

"아직 의식 불명입니다. 어떻게 보면 잘된 일이지요. 덕분에 고충을 피하고 있으니 말입니다. 의사들이 말하길 위험하지는 않다는데, 그래도 의식을 회복하면 최대한 안정을 취해야 된다고 합니다. 머리를 부딪힌 것도 부딪힌 것이지만 충격 때문에 그렇게 된 것이니까요. 만약 정신병이라도 생기면 얼마나 끔찍한 일입니까? 물론 그렇다 하더라도 놀랄 일은 아니겠지만."

오테 판사는 고개를 젓고 뒤로 몸을 기대며 우울한 상상 속으로 빠져들었다.

잠시 후 그는 몸을 일으키더니 움찔하며 입을 열었다.

"그러고 보니 생각난 게 있습니다. 푸아로 씨 앞으로 온 편지가 있었는데. 어디 보자, 내가 그걸 어디 뒀더라?"

그는 서류 더미를 뒤지다 드디어 편지를 발견하고 푸아로에게 건넸다.

"푸아로 씨에게 전달될 수 있게 겉봉에 제 이름이 적혀 있었습니다. 그런데 주소를 안 남긴 채 떠나셔서서 전할 길이 없더군요."

푸아로는 호기심 어린 눈초리로 편지를 유심히 살펴보았다. 길고 비스듬한 외국인의 글씨였고 분명 여자 필체였다. 푸아로는 편지를 열어 보지 않고 주머니에 넣은 다음 자리에서 일어섰다.

"그럼 내일 뵙겠습니다. 판사님의 친절과 호의에 정말 감사드립니다."

“천만의 말씀입니다. 언제든지 말씀만 하십시오.”

막 긴물을 나서려는 찰나 우리는 지로 형사와 마주쳤다. 그는 그 어느 때보다 말쑥한 모습으로 싱글벙글거렸다.

“아하! 무슈 푸아로. 영국에서 돌아오신 겁니까?”

그가 유쾌하게 외쳤다.

“보시다시피.”

“사건의 종결이 얼마 남지 않은 것 같은데요.”

“동감입니다, 무슈 지로.”

푸아로가 고분고분한 목소리로 대답했다. 기가 죽은 듯한 그의 태도가 상대방에게는 즐거움을 선사하는 모양이었다.

“시시한 범인 같으니라고! 자기 변호를 할 생각도 안 하다니. 이 얼마나 이례적인 일입니까?”

“너무 이례적이라 이유를 생각하게 되지요. 안 그런가요?”

푸아로가 부드럽게 물었다.

하지만 지로는 그의 말을 듣고 있지 않았다. 그는 즐거운 듯 지팡이만 휘둘러 댔다.

“그럼 좋은 하루 되십시오. 잭 르노의 유죄를 드디어 인정하셨다니 저로서는 기쁠 따름입니다.”

“인정하다니? 잭 르노는 무죄입니다.”

지로는 잠깐 동안 물끄러미 쳐다보다 의미심장하게 머리를 가볍게 치며 갑자기 웃음을 터트렸다.

“토케(미쳤군)!”

푸아로가 허리를 꼿꼿하게 폈다. 험악한 눈빛이 그의 눈에서 번뜩였다.

"무슈 지로, 사건을 수사하는 내내 당신의 태도는 무례하기 짝이 없었습니다. 한 수 가르쳐 드려야겠군요. 내가 당신보다 먼저 르노 씨의 살인범을 찾는다는 데 500프랑을 걸겠습니다. 받아들이시겠습니까?"

형사는 대책 없다는 얼굴로 그를 쳐다보며 또다시 중얼거렸다.

"토케(미쳤군)!"

"어서 대답하십시오. 받아들이시겠습니까?"

푸아로가 다그쳤다.

"난 그쪽 돈을 뺏고 싶은 마음이 없습니다."

"걱정 마시오. 그럴 일은 없을 테니!"

"아, 그렇다면 좋습니다. 받아들이지요. 그리고 지금 내 태도가 무례했다고 하셨습니까? 그런데 한 번인가 두 번인가 당신의 태도도 짜증이 나더군요."

"듣던 중 반가운 소리군요. 안녕히 가십시오, 지로 씨. 가세, 헤이스팅스."

길을 따라 걷는 동안 나는 아무 말도 하지 않았다. 마음이 무거웠다. 푸아로는 자신의 의도를 너무 명백하게 드러냈다. 경솔한 행동의 대가로부터 벨라를 구할 수 있을지 그 어느 때보다 내 능력이 의심스러웠다. 재수 없게 지로와 마주치는 바람에 푸아로는 자극을 받고 다시금 결의를 다지게 되었다.

누군가 갑자기 내 어깨에 손을 얹었다. 고개를 돌려 보니 가브리엘 스토너 씨였다. 우리가 발걸음을 멈추고 인사를 건네자 스토너 씨는 호텔까지 같이 걸어가도 되겠느냐고 물었다.

"여긴 어쩐 일이십니까, 스토너 씨?"

"친구를 지켜 줘야죠. 부당한 누명을 뒤집어썼을 때는 더더욱 그렇고요."

푸아로가 묻자 그가 무미건조하게 대답했다.

"그럼 당신은 잭 르노가 범행을 저지르지 않았다고 생각하는 겁니까?"

내가 진지하게 물었다.

"물론이죠. 나는 그 친구를 압니다. 이번 사건으로 깜짝 놀란 적도 한두 번 있었고 그 친구의 대응 방식이 어리석다는 건 인정하지만, 그래도 잭 르노가 살인범이라니 믿을 수가 없습니다."

가슴이 따뜻해졌다. 그의 이야기를 들었더니 남 모르게 무거웠던 마음이 가벼워지는 기분이었다.

"그렇게 생각하는 사람이 많을 겁니다. 그가 범인이라는 증거도 거의 없지 않습니까. 분명 무죄로 풀려날 겁니다. 분명 그럴 겁니다."

하지만 스토너 씨의 대답은 나의 바람과 달랐다.

"저도 그렇게 생각할 수 있었으면 좋겠습니다."

그는 심각한 목소리로 이렇게 말하고 푸아로 쪽으로 고개를 돌렸다.

"선생님은 어떻게 생각하십니까?"

"제가 보기에는 상황이 그에게 매우 불리합니다."

푸아로가 차분하게 대답했다.

"선생님도 그 친구가 범인이라고 생각하십니까?"

"아니요. 하지만 무죄를 증명하기가 어려울 겁니다."

스토너 씨가 중얼거렸다.

"정말 희한한 태도를 보이고 있단 말예요. 이번 사건은 보이지 않게 숨어 있는 부분들이 많아요. 제삼자인 지로 형사는 그런 부분들을 알 리 없겠지만, 처음부터 끝까지 이상해요. 침묵은 금이라는 식이에요. 르노 부인께서 조용히 덮고 지나가실 생각이면 저도 따르겠습니다. 이건 부인의 일이고, 저는 부인의 선택을 존중하기 때문에 왈가왈부하지 않을 겁니다. 하지만 잭의 태도는 이유를 모르겠어요. 꼭 범인으로 대해 주기를 바라는 사람처럼 굴고 있으니 말이죠."

내가 큰 소리로 끼어들었다.

"하지만 이상하지 않습니까? 그 단검만 하더라도……."

나는 어디까지 이야기해도 될까 싶어 말을 멈추었다 조심스럽게 단어를 골라 가며 말을 이었다.

"단검이 그날 저녁, 잭 르노의 수중에 있었을 리 없지 않습니까. 이건 르노 부인께서도 알고 있는 사실이고요."

"맞습니다. 의식을 회복하면 부인께서 분명 이밖에도 많은 이야기를 해 주시겠죠. 아무튼 저는 이제 작별 인사를 해야겠습니다."

푸아로가 스토너 씨를 붙잡으며 말했다.

"잠깐. 르노 부인이 의식을 회복하면 그 즉시 저에게 연락해 주시겠습니까?"

"알겠습니다. 그 정도야 간단한 일이죠."

"푸아로, 단검 부분은 그렇게 주장하면 되지 않을까요? 스토너 씨 앞이라 자세하게 이야기하지 못했습니다만."

내가 2층으로 올라가며 다그쳐 물었다.

"잘했네. 진실은 가능한 한 우리만 알고 있는 것이 좋으니까. 그런데 단검에 대한 자네의 주장은 잭 르노에게 거의 도움이 안 될 거야. 오늘 아침, 런던으로 떠나기 전에 내가 한 시간 동안 자리를 비웠던 것 기억하겠지?"

"예?"

"잭 르노가 기념품 개조를 의뢰한 회사를 찾으러 나섰네. 수월하게 찾을 수 있었지. 그런데 에 비엥(글쎄), 헤이스팅스, 잭 르노가 종이 자르는 칼을 두 개가 아니라 세 개 주문했다더군."

"그러니까……."

"그러니까 어머니에게 하나 선물한 뒤 벨라 듀빈에게 하나를 주고, 세 번째 칼은 자신이 가지고 있었던 것이지. 그러니 단검 이야기를 꺼내더라도 그를 단두대에서 구하는 데 별 도움이 못 될 거야."

"그럴 리 없을 겁니다."

괴로운 마음에 내가 외쳤다.

푸아로는 자신 없다는 듯이 고개를 저었다.

"당신이 잭 르노 씨를 살려 줄 겁니다."

나는 확신을 가지고 말했지만, 푸아로는 냉랭한 눈빛을 보냈다.

"그걸 불가능하게 만든 사람이 자네 아닌가, 몬 아미(친구)?"

"다른 방법이 있겠죠."

"사프리스티(빌어먹을)! 자넨 지금 기적을 바라고 있어. 아니……
아무 말 말게. 대신 이 편지에 뭐라고 적혀 있는지 그거나 보자고."

그는 주머니에서 봉투를 꺼냈다.

편지를 읽는 동안 우거지상으로 변한 푸아로가 얇은 종이 한 장
을 내게 건네주었다.

"괴로워하는 여자가 또 한 명 있군."

글씨는 얼룩덜룩했고 흥분한 상태에서 쓴 것이 분명했다.

친애하는 푸아로 씨, 이 편지를 받으시거든 오셔서 절 좀 도와주세
요. 기댈 사람이 아무도 없는데, 무슨 일이 있더라도 잭은 살려야 해
요. 무릎 꿇고 애원합니다. 부디 도와주세요.

마르트 도브뢰이

나는 편지를 돌려주었다. 가슴이 뭉클했다.

"찾아갈 겁니까?"

"당장 가야지. 차를 부르겠네."

30분 뒤 우리는 마르게리트 별장에 도착했다. 마르트가 문 앞에서
우리를 맞아 푸아로의 손을 두 손으로 꼭 잡고 안으로 안내했다.

"와 주셨군요. 감사합니다. 뭘 어쩌면 좋을지 몰라서 절망하던 중

이었어요. 감옥에서는 면회조차 허락하지 않고. 너무 괴로워요. 미칠 것 같아요. 그 사람이 범행을 부인하지 않는다는데 사실인가요? 하지만 말도 안 돼요. 그 사람이 그런 짓을 했을 리가! 전 단 한 순간도 믿을 수가 없어요.”

“저도 믿지 못하겠습니다, 마드무아젤.”

푸아로가 다정하게 말했다.

“그런데 왜 말을 하지 않는 걸까요? 이해가 안 돼요.”

“누군가를 보호하려는 모양이에요.”

푸아로가 그녀를 예의 주시하며 운을 띄웠다.

마르트는 눈살을 찌푸렸다.

“누군가를 보호한다고요? 그 사람 어머니 말씀인가요? 처음부터 저는 그분이 의심스러웠어요. 그 막대한 재산을 물려받는 사람이 누구인가요? 그분이잖아요. 상복을 입고 착한 척하는 것쯤이야 아주 쉬운 일이죠. 게다가 그 사람이 체포되었을 때 이렇게 쓰러졌다면서요?”

마르트는 연극배우 같은 몸짓을 보였다.

“그리고 비서인 무슈 스토너가 틀림없이 부인을 도왔을 거예요. 그 두 사람이 얼마나 절친한지요. 부인의 나이가 더 많긴 하지만…… 돈이 많은데 어떤 남자가 그걸 신경 쓰겠어요?”

분명 적의가 번득이는 말투였다.

“스토너 씨는 영국에 있었습니다.”

내가 끼어들었다.

"그 사람 말로는 그랬다지만…… 모르는 일이잖아요?"

푸아로가 조용히 불렀다.

"마드무아젤 도브뢰이, 우리 둘이 손을 잡고 일을 하려면 확실하게 해 두어야 할 것들이 있습니다. 먼저 한 가지만 여쭈겠습니다."

"예, 말씀하세요."

"어머니의 본명을 알고 계십니까?"

마르트가 잠깐 동안 그를 쳐다보다 두 팔에 고개를 묻고 울음을 터트리자 푸아로가 그녀의 어깨를 토닥였다.

"자, 자, 진정해요. 아시는 모양이군요. 그럼 두 번째 질문을 드리겠습니다. 르노 씨의 정체를 알고 계셨습니까?"

"무슈 르노는 무슈 르노죠."

마르트는 고개를 들고 놀란 표정으로 푸아로를 쳐다보았다.

"아, 그건 모르시는군요. 자, 이제 내 말을 잘 들으세요."

푸아로는 영국으로 떠나던 날 내게 그랬던 것처럼 차근차근 사건을 훑어 나갔다. 마르트는 무엇에 홀린 사람처럼 귀를 기울였다. 이야기가 끝나자 그녀가 긴 한숨을 내쉬었다.

"선생님, 대단하세요. 훌륭하세요! 선생님은 이 세상에서 가장 위대한 탐정이세요."

마르트는 갑자기 자리에서 일어서더니 프랑스식으로 온몸을 내던지며 무릎을 꿇었다. 그녀가 울부짖었다.

"선생님, 그 사람을 살려 주세요. 전 그 사람을 너무 사랑해요. 살려 주세요, 살려 주세요, 제발 살려 주세요!"

우리는 다음 날 아침, 잭 르노를 심문하는 자리에 참석했다. 그 짧은 기간 동안 너무 변해 버린 젊은 피고인의 모습에 나는 충격을 받았다. 뺨은 푹 꺼진 데다 눈가에는 시커먼 그늘이 자리 잡았고, 며칠 동안 잠을 못 이룬 사람처럼 수척하고 초췌한 얼굴이었다. 그는 우리를 보고 아무 표정도 짓지 않았다.

판사가 심문을 시작했다.

"르노, 사건 당일 밤에 메를랭빌에 있었다는 사실을 부인합니까?"

잭은 한참 뜸을 들이다 애처롭게 말을 더듬으며 대답했다.

"저…… 저는 말씀드렸듯이 셰르부르에 있었습니다."

판사가 홱 하니 고개를 돌렸다.

"기차역의 증인들을 불러오도록."

잠시 후 문이 열리자 메를랭빌 역의 짐꾼이 들어왔다.

"6월 7일 밤에 근무했습니까?"

"예, 판사님."

"11시 40분 열차가 도착하는 것을 목격했습니까?"

"예, 판사님."

"피고를 보십시오. 하차한 승객들 중에 피고가 있었나요?"

"예, 판사님."

"잘못 본 게 아니라 확실합니까?"

"예, 판사님. 저는 무슈 잭 르노를 잘 압니다."

"날짜를 착각한 것도 아니고요?"

"예, 판사님. 다음날인 6월 8일 아침에 살인 사건 소식을 들었으니까요."

또 다른 철도 직원이 불려 들어와 첫 번째 증언을 뒷받침했다. 판사는 잭 르노를 쳐다보았다.

"이 사람들이 피고를 분명 보았다고 합니다. 할 말 있습니까?"

잭은 어깨를 으쓱했다.

"없습니다."

판사가 말을 이었다.

"이게 뭔지 압니까?"

그가 옆 테이블에서 무언가를 꺼내 피고에게 내밀었다. 그것이 항공기 부품으로 만든 단검이라는 사실을 알아차린 순간 나는 몸서리가 쳐졌다.

잭의 변호사인 그로시에르 씨가 외쳤다.

"실례합니다. 답변에 앞서 의뢰인과 이야기를 나누고 싶습니다."

하지만 잭 르노는 애타는 그로시에르 씨의 기분 따위는 안중에도 없었다. 그는 됐다는 듯이 손을 흔들고 차분하게 대답했다.

"물론 알고 있습니다. 제가 전쟁 기념으로 어머니에게 드린 선물입니다."

"피고가 알기로 이와 똑같은 복제품이 존재합니까?"

그로시에르 씨가 또 고함을 질렀지만 이번에도 잭은 그를 무시했다.

"제가 아는 한 없습니다. 제가 직접 디자인한 물건이니까요."

어찌나 거침없이 대답을 하는지 판사마저 입을 떡 벌릴 정도였다. 잭은 정말 파멸을 자초하는 것 같았다. 물론 나는 그가 벨라를 위해 문제의 그 단검과 똑같은 복제품의 존재를 감추어야 한다는 사실을 알고 있었다. 흉기가 하나밖에 없는 것으로 되어 있는 한, 제2의 단검을 가지고 있던 여자가 의심을 받을 가능성은 없었다. 그는 한때 사랑했던 여자를 용감하게 지키는 중이었다. 온갖 희생을 무릅쓰고서. 내가 가볍게 푸아로에게 맡긴 임무가 사실 얼마나 엄청난 일이었는지 이제 비로소 깨달아지기 시작했다. 진실을 밝히지 않는 한 잭 르노는 쉽게 풀려나지 못할 것이다.

오테 판사가 특유의 신랄한 억양으로 다시 심문을 시작했다.

"마담 르노께선 이 단검은 사건 당일 밤, 화장대 위에 놓여 있었다고 말씀하셨지요. 하지만 마담 르노는 당신의 어머니죠! 피고 입장에서는 분명 뜻밖의 주장이 되겠지만 내가 생각하기에는 마담 르

노가 잘못 알고 있었고, 피고가 이 검을 실수로 파리에 들고 갔을
겁니다. 물론 피고는 부인하겠지만……."

잭 르노가 수갑이 채워진 손을 단단히 움켜쥐었다. 그러더니 사
력을 다해 쉰 목소리로 판사의 말 중간에 끼어들었다. 눈썹에 송글
송글 맺힌 땀이 보였다.

"부인하지 않겠습니다. 그랬을 수도 있죠."

모두가 멍해지는 순간이었다. 그로시에르 씨가 벌떡 일어나 이의
를 제기했다.

"의뢰인은 지금까지 극도로 심한 정신적인 긴장에 시달렸습니다.
의뢰인이 답변에 책임을 질 수 없는 상황이라는 저의 개인적인 소
견을 기록에 남겨 주시기 바랍니다."

판사가 화를 내며 잭 르노를 눌러 앉혔다. 하지만 그의 머릿속에
서도 한순간 의구심이 생긴 눈치였다. 잭 르노는 도가 지나쳤다. 그
는 몸을 앞으로 숙이고 피고를 예리하게 관찰했다.

"피고의 답변을 감안하면 본인이 피고를 재판에 회부할 수밖에
없다는 사실을 알고 있습니까?"

창백했던 잭의 얼굴이 붉게 상기됐다. 그는 상대방을 계속 물끄
러미 쳐다보았다.

"무슈 오테, 맹세하지만 저는 아버지를 살해하지 않았습니다."

하지만 짧았던 의심의 순간은 끝이 났다. 판사는 짧게 귀에 거슬
리는 웃음을 터트렸다.

"늘 그렇지, 늘 그래. 피고들은 늘 죄가 없다고 하지. 당신은 지

금 자기 입으로 유죄를 선고하고 있어. 반론도 없고 알리바이도 없고……. 죄가 없다는, 갓난아이도 속아 넘어가지 않을 주장만 반복하고 있으니. 르노, 당신은 아버지를 살해했어. 잔인하면서도 비겁한 방식으로. 아버지가 죽으면 받을 줄 알았던 돈을 노리고. 어머니는 사후 공범이었지. 물론 어머니로서 당연한 행동이었으니 법원에서는 관대한 처분을 내리겠지. 하지만 당신은 아니야. 그렇고말고! 당신이 저지른 짓은 끔찍한 범죄야. 하느님이 보시기에도 인간이 보기에도 혐오스러운 범죄!"

이때 오테 판사의 입장에서 무척 짜증 나는 일이 벌어졌다. 문이 벌컥 열리는 바람에 이야기가 중단된 것이었다.

"판사님, 판사님! 여자분이, 어떤 여자분이 말하길……."

경관이 더듬거리며 말했다.

"대체 누가 무슨 말을 했다는 건가? 이렇게 비정상적인 경우를 보았나. 용납할 수 없어. 절대 용납할 수 없어!"

격분한 판사가 고함을 질렀다.

하지만 늘씬한 체구의 누군가가 경관을 옆으로 밀어젖혔다. 그러더니 머리끝에서부터 발끝까지 검은색 옷을 입고 길다란 베일로 얼굴을 가린 여자가 안으로 들어왔다.

심장이 미칠 듯이 쿵쾅거렸다. 결국 왔구나! 나의 모든 노력이 수포로 돌아가 버렸구나. 하지만 의연하게 여기까지 찾아온 용기에는 경탄할 수밖에 없었다.

그녀가 베일을 올리자 내 입에서 헉 하는 소리가 터져 나왔다. 판박이처럼 닮긴 했지만 이 아가씨는 신데렐라가 아니었던 것이다. 무대에서 쓰고 있던 금색 가발을 벗고 있는 모습을 보니 그녀가 잭르노의 방에서 찾은 사진 속 주인공임을 알아차릴 수 있었다.

"예심 판사님이세요?"

그녀가 물었다.

"그렇습니다만. 하지만 제가 허용하지 않겠다고……."

"제 이름은 벨라 듀빈이에요. 르노 씨를 살해한 범인으로 자수하고 싶습니다."

편지를 받다

사랑하는 친구에게. 이 편지가 도착할 때쯤이면 당신도 모든 걸 알고 있겠죠. 내가 무슨 말을 해도 벨라는 꿈쩍하지 않을 거예요. 벨라는 자수하러 갔어요. 난 말리느라 지쳤고요.

이제 당신도 내가 당신을 속였다는 사실을 알고 있겠죠. 당신은 나를 믿어 주었는데, 나는 거짓말로 보답했어요. 어쩌면 당신은 변명의 여지가 없다고 생각할지 모르겠지만, 당신의 인생에서 영원히 사라지기 전에 어떻게 된 일인지 알리고 싶어요. 당신에게 용서받은 줄 알게 되면 마음이 조금은 편해질 거예요. 나를 위해서 그런 짓을 한 건 아니에요. 변명으로 할 수 있는 말이 이것뿐이네요.

파리를 출발한 임항(臨港) 열차에서 당신을 만났던 날에서부터 이야기를 시작할게요. 나는 그때 벨라 때문에 불안해하고 있었어요. 벨라는 잭 르노라면 사족을 못 쓰고 자기 한 몸쯤 기꺼이 희생할 정도였는데, 그 사람이 달라진 모습을 보이기 시작하고 편지도 뜸해지자 안절부절못했죠. 벨라는 다른 여자가 생긴 거라고 했어요. 그리고 나중에 알고 보니 벨라의 짐작이 맞았던 거예요. 벨라는 메를랭빌로 가서 잭을 만나기로 마음 먹었어요. 그런데 내가 반대할 줄 알고 있었기 때문에 슬쩍 따돌렸죠. 나는 칼레에서 벨라가 열차에 타지 않은 것을 알아차렸고, 혼자서는 영국에 돌아가지 않기로 다짐했어요. 내가 막지 않으면 뭔가 끔찍한 일이 벌어질 것 같은 불길한 예감이 들었거든요.

나는 파리에서 오는 다음 열차를 기다렸어요. 벨라는 그 열차에 타고 있었고, 거기서 메를랭빌로 갈 생각이었죠. 난 온 힘을 다해서 말렸지만 소용없었어요. 벨라는 신경이 곤두서 있었고, 자기 생각대로 하겠다고 고집이 대단했죠. 그래서 나는 손을 뗐어요. 할 만큼 했으니까요. 어느덧 날이 어두워져 있더군요. 나는 호텔로 갔고, 벨라는 메를랭빌로 출발했어요. 책에서 말하는 것처럼 '곧 엄청난 일이 터질 것 같은' 기분은 여전했죠.

다음 날 아침이 되어도 벨라는 보이지 않았어요. 호텔에서 만나기로 했는데 약속을 어긴 거예요. 하루 종일 벨라의 모습은 보이지 않았어요. 나는 점점 불안해졌죠. 이윽고 석간신문에 그 소식이 실렸더군요.

정말 무서웠어요! 물론 확신할 수는 없었죠. 하지만 너무 겁이 났어요. 내가 보기에는 벨라가 잭의 아버지를 만나서 두 사람의 관계를 이야기했는데, 모욕을 당하거나 그렇지 않았을까 싶었어요. 우린 둘 다 성격이 정말 불같거든요.

그런데 복면을 쓴 외국인의 이야기가 들리니까 마음이 놓이기 시작했어요. 벨라가 약속을 지키시 않은 것은 여전히 걱정됐지만.

다음 날 아침이 되니까 너무 심란해서 직접 찾아가 알아봐야겠다는 생각이었어요. 그때 당신을 만난 거예요. 당신은 모두 알고 있겠지만……. 시체를 본 순간, 잭과 똑같은 얼굴과 잭의 근사한 외투를 본 순간 난 알아차렸어요. 게다가 잭이 벨라한테 선물한 것과 똑같이 생긴 칼도 있더군요. 그 오싹한 물건이! 십중팔구 벨라의 지문이 남아 있을 게 분명했어요. 내가 그때 얼마나 엄청난 공포를 느꼈는지 말로 다 표현할 수 없을 거예요. 오로지 한 가지 생각뿐이었어요. 저 칼을 훔쳐서 들통나기 전에 도망쳐야 한다는 거. 나는 기절한 척했고, 당신이 물을 가지러 간 사이에 칼을 꺼내 옷 속에 넣었죠.

당신한테는 파르 호텔에 묵고 있다고 했지만, 사실은 곧바로 칼레로 돌아가서 첫 번째 배를 타고 영국으로 건너갔어요. 도버 해협을 반쯤 건넜을 때 그 못된 물건을 바다에 던졌어요. 그러고 나니 다시 숨을 쉴 수 있겠더라고요.

벨라는 런던의 우리 하숙집에 있었어요. 얼굴이 말이 아니더군요. 나는 무슨 짓을 하고 왔는지 이야기하고 당분간은 안전하다고 말했어요. 벨라는 나를 물끄러미 쳐다보더니 웃고, 웃고, 또 웃기 시작하는 거예요. 그 소리가 어찌나 끔찍하던지! 바쁘게 움직이는 게 제일 좋겠다 싶었죠. 자기가 무슨 짓을 했는지 계속 생각하다 보면 벨라가 미쳐 버릴 테니까요. 다행히 우리는 바로 계약을 맺고 공연을 할 수 있었어요.

그러다 그날 밤, 당신과 당신 친구를 무대 아래에서 본 순간……
정신이 아득했어요. 우리를 의심하지 않는 한 그곳까지 추적할 리 없
었으니까요. 나는 최악의 경우를 알아야 했기 때문에 당신의 뒤를 밟
았어요. 될 대로 되라는 식이었죠. 그런데 무슨 말을 꺼내기도 전에
당신이 의심하는 사람은 벨라가 아니라 나라는 걸 알게 되었어요. 적
어도 당신은 내가 벨라인 줄 알고 있었어요. 내가 칼을 훔쳤으니까요.

그 당시 내 머릿속을 들여다볼 수 있다면…… 당신도 날 용서할지
모르겠어요. 너무 무섭고 혼란스럽고 절망스럽고……. 알 수 있는 것
이라고는 당신이 날 살려 주려고 한다는 것뿐이었어요. 벨라를 살려
줄 생각도 있었는지 모르겠지만. 아마 그렇지는 않았겠죠. 그건 다른
문제니까. 그리고 나는 도박을 걸 수도 없었어요. 벨라는 내 쌍둥이였
고…… 나는 동생을 위해 최선을 다해야 했으니까요. 그래서 나는 계
속 거짓말을 했어요. 그런 내가 부끄러웠죠. 부끄럽긴 지금도 마찬가
지예요. 이게 다예요. 당신은 됐다고 말하겠죠. 당신을 믿었어야 하는
건데. 만약 그랬더라면…….

잭 르노가 체포됐다는 소식이 신문에 실린 순간, 모든 게 끝났어
요. 벨라는 상황이 어떻게 되어 가는지 지켜보려고도 하지 않았죠.

너무 피곤하네요. 더 이상 글을 쓰지 못하겠어요.

그녀는 신데렐라라는 서명을 시작하다 가위표로 지우고 '덜시 듀
빈'이라고 적었다.

내용도 뒤죽박죽이고 희미해졌지만 나는 아직도 이 편지를 간직

하고 있다.

내가 이 편지를 읽을 때 푸아로도 곁에 있었다. 편지가 내 손에서 떨어졌고 나는 그를 쳐다보았다.

"처음부터 알고 있었습니까? 그쪽이 아닌 걸?"

"그렇네, 친구."

"그런데 왜 아무 말도 하지 않은 겁니까?"

"우선 자네가 그런 실수를 했을 줄이야 상상조차 하지 못했지. 자네도 사진을 보았지 않은가. 자매가 아주 많이 닮기는 했어도 구분하지 못할 정도는 아니었지."

"하지만 금발이었잖습니까."

"그야 무대에서 극적인 대조를 연출하기 위해 쓴 가발이었지. 쌍둥이인 경우에도 한쪽이 금발이면 다른 쪽은 검은 머리여야 하지 않은가."

"그날 밤, 코번트리의 호텔에서 이야기를 하지 않은 이유는 뭡니까?"

"자네가 좀 강압적인 방식을 동원하지 않았나, 몬 아미(친구). 나한테 말할 기회조차 주지 않았지."

푸아로가 냉정하게 대답했다.

"하지만 그 이후에는요?"

"아, 그 이후! 우선 자네가 날 믿지 못한다는 데 마음이 상했네. 그리고 시간이 지나도 자네의 감정이 변함없는지 보고 싶었지. 사랑인지, 반짝하다 그치는 감정인지 말이야. 자네의 착각을 오랫동안 방치해선 안 되는 일이었는데."

나는 고개를 끄덕였다. 너무 애정이 넘치는 말투라 화를 낼 수가 없었다. 나는 편지를 내려다보았다. 그러다 바닥 위에 떨어져 있던 편지를 갑자기 집어 들고 그에게 내밀었다.

"읽어 보세요. 읽어 보셨으면 합니다."

그는 아무 말 없이 편지를 끝까지 읽은 뒤 고개를 들고 나를 쳐다보았다.

"헤이스팅스, 뭐가 그렇게 걱정인가?"

푸아로가 나를 대하는 분위기가 여느 때와 달랐다. 비웃는 듯하던 태도를 많이 버렸다. 나는 하고 싶은 말을 별 어려움 없이 할 수 있었다.

"그러니까…… 그러니까 말이에요……. 날 좋아하는지 어쩐지 단 한 마디도 없다는 거죠."

푸아로는 편지를 다시 넘겼다.

"헤이스팅스, 잘못 알고 있는 것 같은데."

"어디 적혀 있습니까?"

나는 몸을 앞으로 쑥 내밀며 외쳤다.

푸아로는 미소를 지었다.

"매 구절마다 고백하고 있지 않은가, 몬 아미(친구)."

"하지만 어디 가서 그녀를 찾는단 말입니까? 편지에 주소도 없고 단서라고는 프랑스 우표뿐인 걸요."

"흥분은 금물! 이 믿음직한 푸아로에게 맡기게. 단 5분이면 이 아가씨를 찾을 수 있으니까!"

잭 르노의 이야기

"축하해요, 잭."

푸아로가 젊은이의 손을 따뜻하게 꽉 쥐며 말했다.

잭 르노는 풀려나자마자 마르트와 어머니를 만나러 메를랭빌로 출발하기 전에 우리를 찾아왔다. 스토너 씨가 그와 동행했다. 스토너 씨의 밝은 표정이 젊은이의 파리한 얼굴과 극적인 대조를 이루었다. 잭 르노는 신경 쇠약에 걸리기 직전이었다. 그는 푸아로를 향해 서글프게 미소 지으며 나지막이 말했다.

"그녀를 보호하려고 그 고생을 했는데 이제 소용없게 되었어요."

"그 아가씨가 자네 목숨을 희생시킬 수 있을 거라고 생각했나? 자네가 단두대로 직행하는 게 보이는데 나설 수밖에 없었겠지."

스토너 씨가 냉정하게 대꾸했다.

푸아로가 눈을 살짝 반짝이며 덧붙였다.

"에 마 푀(지당하신 말씀)! 정말 단두대로 직행하고 있었죠. 계속 그런 식이었다면 그로시에르 씨가 분통이 터져서 죽었을 겁니다."

"그분, 고집이 세서 그렇지 본성은 착한 사람인 것 같더군요. 그런데 저를 얼마나 괴롭혔는지 아십니까. 속마음을 털어놓을 수도 없는 상황이었는데. 그나저나 벨라는 어떻게 될까요?"

잭이 묻자 푸아로가 솔직하게 대답했다.

"저라면 쓸데없이 괴로워하지 않을 겁니다. 프랑스 법원은 젊고 아름다운 아가씨에게 아주 너그러우니까. 게다가 '치정 살인' 아닙니까! 똑똑한 변호사라면 정상을 참작할 만한 사건으로 만들 겁니다. 르노 씨께서는 과히 기분 좋지 않은 상황일 수도 있겠지만……."

"전 상관없습니다. 어떻게 보면 저도 아버지의 죽음에 책임이 있다는 생각이 드니까요. 제가 없었다면, 제가 이 아가씨와 얽히지 않았다면, 아버지는 지금까지 건강하게 살아 계셨을 것 아닙니까. 게다가 제가 아무 생각 없이 외투를 바꿔 입고 나간 것도 있고요. 저는 아버지의 죽음에 책임을 느낄 수밖에 없습니다. 죽을 때까지 그럴 겁니다."

"아니, 아닙니다."

내가 달래듯이 말했다.

"벨라가 아버지를 살해했다니 물론 생각만 해도 끔찍한 일이죠. 하지만 제가 부끄러운 태도를 보였습니다. 마르트를 만난 뒤 실수를 깨달았으면 편지를 써서 솔직히 이야기를 했어야 하는 건데. 하지만 소동이 벌어지면 어떻게 하나, 마르트가 그 소문을 듣고 실제

보다 심각한 사이였던 걸로 오해하면 어떻게 하나 겁이 났습니다. 일이 저절로 해결되길 기다렸으니 제가 겁쟁이였습니다. 저는 사실 피하기만 했습니다. 그게 그 가엾은 여자를 못 견디게 만드는 줄도 모르고. 애초 계획대로 그녀의 칼에 제가 맞았더라도 응당의 대가를 치르는 것 그 이상도 이하도 아니었을 겁니다. 그런데도 이렇게 자수를 하다니 정말 용기 있는 행동이지 않습니까? 전 끝까지 책임을 질 생각이었는데."

그는 잠깐 동안 침묵을 지키다 불쑥 다른 이야기를 꺼냈다.

"정말 이해가 안 되는 건 그 밤에 아버지가 왜 속옷 위에 제 외투를 걸치고 돌아다니셨나 하는 겁니다. 아버지는 그 외국 놈들을 막 따돌린 뒤였고, 엄마는 그 녀석들이 들이닥쳤을 때 2시로 착각하신 모양인데. 아니면 다 조작이었을까요? 그럴 리 없겠지만 엄마가 설마…… 저라고 생각하신 건 아니겠죠?"

푸아로가 얼른 그를 안심시켰다.

"그럴 리가. 그 점에 대해서는 걱정 마십시오. 나머지 부분은 나중에 때가 되면 제가 전부 설명을 드리죠. 좀 묘한 이야기가 될 겁니다. 그나저나 그 끔찍한 사건이 벌어진 저녁에 무슨 일이 있었는지 분명하게 설명을 들을 수 있겠습니까?"

"별로 드릴 말씀이 없습니다. 말씀드렸다시피 저는 지구 반대편으로 출발하기 전에 마르트를 보고 가려고 셰르부르에서 도착한 길이었죠. 열차가 연착했기 때문에 골프장을 가르지르는 지름길을 택했습니다. 거기서 마르게리트 별장 쪽으로 쉽게 넘어갈 수 있으니까요. 그런데 거의 다 도착했을 때……."

그는 잠시 말을 멈추고 침을 삼켰다.

"그런데?"

"끔찍한 비명 소리가 들리더군요. 크지는 않았고, 입을 가린 채 숨을 내뱉는 소리에 가까웠지만, 무서웠습니다. 저는 잠깐 동안 그 자리에 얼어붙은 듯 서 있었습니다. 그러다 덤불 너머로 돌아 나갔습니다. 달빛에 무덤이 보였고 누군가 등에 칼이 꽂힌 채 엎드리고 누워 있더군요. 그러고 나서…… 그러고 나서 고개를 들었더니 '그녀'가 보였습니다. 그녀는 귀신을 만난 사람처럼…… 처음에는 정말 귀신인 줄 알았겠죠. 겁에 질려 핏기가 가신 얼굴로 저를 쳐다보고 있었습니다. 그러더니 비명을 지르고는 몸을 돌려 달아났습니다."

그는 말을 멈추고, 감정을 추스르려 애를 썼다.

"그런 다음에는?"

푸아로가 부드럽게 물었다.

"잘 모르겠습니다. 잠시 멍하니 그 자리에 있었죠. 그러다 가능한 한 빨리 달아나야겠다는 생각이 들더군요. 제가 의심을 받을지 모른다는 생각은 하지 못했고, 증인으로 호출되면 어떻게 하나 그 걱정뿐이었습니다. 그래서 말씀드린 것처럼 생보배까지 걸어가서 차를 빌려 타고 셰르부르로 돌아갔습니다."

문을 두드리는 소리가 들렸고, 사환이 전보를 들고 와 스토너 씨에게 건넸다. 그는 전보를 열어 보더니 자리에서 일어섰다.

"르노 부인이 의식을 회복하셨답니다."

푸아로도 벌떡 일어섰다.

"당장 메를랭빌로 달려갑시다."

그 즉시 허둥지둥 출발 준비가 시작되었다. 스토너 씨는 잭의 주장대로 남아서 벨라 듀빈의 편의를 최대한 도모하기로 했다. 푸아로, 잭 르노, 나는 르노 씨의 차를 타고 떠났다.

메를랭빌까지는 40분이 조금 넘게 걸렸다. 마르게리트 별장의 대문에 가까워지자 잭 르노가 뭔가 묻는 듯한 표정으로 푸아로를 쳐다보았다.

"선생님께서 먼저 가셔서…… 엄마에게 제가 석방되었다는 소식을 전해 드리면 어떨까요?"

"당신이 마드무아젤 마르트에게 직접 그 소식을 전하는 동안에 말입니까?"

푸아로가 눈을 반짝이며 뒷마무리를 지었다.

"좋습니다. 어차피 저도 그렇게 하면 어떻겠느냐고 여쭐 참이었습니다."

잭 르노는 지체하지 않았다. 그는 차를 세우고 쏜살같이 튀어 나가더니 대문으로 향하는 길을 달려갔다. 우리는 차를 몰아 주느비에브 별장으로 향했다.

"푸아로, 첫날 이곳에 어떤 식으로 도착했는지 생각납니까? 어떤 식으로 르노 씨의 살인 소식을 접했는지도요?"

"아, 물론이지. 그리 오래된 일도 아니잖은가. 그런데 그사이 얼마나 많은 일이 벌어졌는지……. 특히 자네한테 말이야."

"그러게 말입니다."

나는 한숨을 쉬었다.

"내 이야기를 감상적으로 받아들이고 있군, 헤이스팅스. 내 말뜻은 그게 아니야. 벨라 양은 선처를 받을 테고, 어찌 되었건 잭 르노가 두 아가씨와 결혼할 수는 없는 일 아닌가? 난 직업적인 관점에서 한 이야기였네. 이번 건은 탐정들이 좋아하는, 체계적이고 통상적인 사건이 아니었지. 조르주 코노가 준비한 미장센(무대 장치)은 정말 완벽했지만 데누망(결말)은 정말이지……. 분노가 폭발한 어느 젊은 여자의 손에 우연히 살해된 남자, 그 안에 무슨 질서가 있고 무슨 체계가 있겠나?"

내가 푸아로의 그 별난 성격에 웃음을 터트리는 동안 프랑수아즈가 문을 열어 주었다.

푸아로가 지금 당장 르노 부인을 만나야 된다고 하자 프랑수아즈가 2층으로 안내했다. 나는 응접실에서 기다렸다. 푸아로는 잠시 후 다시 모습을 드러냈다. 평소와 다르게 심각한 얼굴이었다.

"부 부알라(여기 있었군), 헤이스팅스. 사크르 토네르(맙소사)! 앞으로 시끄럽겠어."

"그게 무슨 말씀입니까?"

푸아로가 생각에 잠긴 목소리로 말했다.

"믿어지지가 않는군. 여자들은 정말 예측 불가능이라니까."

"잭과 마르트 도브뢰이가 오고 있습니다."

내가 창 밖을 내다보며 외쳤다.

푸아로가 밖으로 달려 나가 두 사람을 계단에서 맞이했다.

"들어가지 마세요. 그러는 게 좋겠습니다. 어머님께서 아주 심기가 불편하세요."

"알고 있습니다. 그래도 지금 당장 만나야겠어요."

"안 된다니까. 들어가지 않는 게 좋겠습니다."

"하지만 저와 마르트는……."

"아무튼 마드무아젤과 함께는 안 됩니다. 굳이 들어가겠다면 말리지 않겠지만, 저와 같이 가는 게 좋을 겁니다."

등 뒤 계단에서 누군가의 목소리가 들리는 바람에 우리는 모두 화들짝 놀랐다.

"무슈 푸아로, 배려는 감사합니다. 하지만 제 뜻은 제가 분명히 밝히도록 하지요."

우리는 깜짝 놀란 얼굴로 멍하니 쳐다보았다. 르노 부인이 아직 머리에 붕대를 감은 채 레오니의 부축을 받으며 계단을 내려오고 있었던 것이다. 레오니는 눈물을 흘리며 침실로 돌아가자고 애원하고 있었다.

"마님, 이러다 돌아가시겠어요. 의사 선생님이 이러시면 안 된다고 하셨잖아요!"

하지만 르노 부인은 들은 척도 하지 않았다.

"엄마."

잭이 앞으로 달려가면서 외쳤다.

하지만 르노 부인은 저리 가라고 손을 내저었다.

"난 네 엄마가 아니다. 넌 내 자식이 아니야! 오늘 이 시간부터 우리 모자의 인연을 끊자."

"엄마!"

잭이 망연자실한 얼굴로 외쳤다.

괴로워하는 아들의 목소리를 듣고 한순간 그녀의 마음이 흔들리는 것 같았다. 푸아로가 중재하려는 눈치를 보였다. 그 순간 그녀는 다시 마음을 다잡았다.

"아버지의 피가 네 머리에 묻어 있다. 넌 아버지의 죽음에 도덕적으로 책임이 있어. 이 아이 때문에 아버지를 실망시키고 반항하더니, 또 다른 여자를 매정하게 대해 아버지를 죽음으로 내몰았으니까. 내 집에서 나가거라. 내일 나는 네가 아버지의 유산을 단 한 푼도 만지지 못하도록 만드는 절차를 밟을 생각이다. 네 아버지의 철천지원수의 딸과 이 세상에서 잘 살 수 있는 방법을 찾아보려무나."

이 말을 끝으로 그녀는 천천히 고통스럽게 2층으로 다시 올라갔다.

우리는 모두 어안이 벙벙했다. 그런 식으로 분노를 터트리다니 전혀 뜻밖이었던 것이다. 지금까지 겪은 일들 때문에 지쳐 있었던 잭 르노는 비틀거리며 거의 쓰러지기 일보 직전이었다. 푸아로와 내가 얼른 달려가 부축했다.

푸아로가 마르트에게 중얼거렸다.

"탈진했군요. 어디로 데리고 갈까요?"

"집밖에 없겠죠. 마르게리트 별장이요. 엄마하고 제가 돌볼게요. 불쌍한 사람!"

별장으로 데리고 가자 잭 르노는 반쯤 넋이 나간 얼굴로 의자에 털썩 주저앉았다. 푸아로가 그의 이마와 손을 만져 보았다.

"열이 있군요. 오랫동안 긴장한 결과가 이제 나타나기 시작한 겁니다. 게다가 이런 충격까지 받았으니. 데리고 가서 침대에 눕혀요. 헤이스팅스와 제가 의사를 부르겠습니다."

잠시 후 의사가 왔다. 그는 환자를 진찰한 뒤 단순한 신경 쇠약이라고 진단을 내렸다. 절대 안정을 취하면 내일쯤 체력을 거의 회복하겠지만 흥분하면 뇌염에 걸릴 수도 있다고 했다. 그는 밤새도록 옆에서 누가 간호를 하는 것이 좋겠다고 했다.

마침내 할 일이 모두 끝나자 우리는 잭을 마르트 모녀에게 맡기고 마을로 출발했다. 평소 저녁 식사 시간을 넘긴 뒤라 우리 둘 다 몹시 배가 고팠다. 우리는 제일 처음 마주친 식당에서 근사한 오믈렛과 앙 트로코트(갈비로 만든 스테이크 — 옮긴이)로 허기를 채웠다.

블랙커피로 마침내 식사를 끝냈을 때 푸아로가 입을 열었다.

"이제 밤을 지샐 숙소로 우리의 오랜 친구, 벵 호텔 어떨까?"

우리는 지체 없이 그곳으로 발걸음을 옮겼다.

"예, 바다가 내려다보이는 훌륭한 객실을 두 개 마련해 드리겠습니다."

그러자 푸아로가 놀라운 질문을 던졌다.

"영국에서 오신 로빈슨 양은 도착했습니까?"

"예, 손님. 지금 객실에 계십니다."

"아! 그래요?"

"로빈슨 양이 도대체 누굽니까?"

복도를 따라 걷는 그와 보조를 맞추며 내가 물었다.

푸아로가 환한 얼굴로 따뜻하게 미소를 지었다.

"헤이스팅스, 자네한테 소개하려는 신붓감일세."

"하지만 저는……."

푸아로가 문을 열고 안으로 나를 가볍게 밀어 넣으며 말했다.

"내가 메를랭빌에서 듀빈이라는 이름을 큰 소리로 떠들고 다닐 줄 알았나?"

정말 신데렐라가 일어나서 우리를 맞았다. 나는 양손으로 그녀의 손을 잡았다. 나머지는 눈으로 말했다.

푸아로가 헛기침을 했다.

"메 앙팡(여러분), 지금은 감상에 젖을 시간이 없어요. 해야 할 일이 있으니까. 마드무아젤, 제가 부탁드린 일은 어찌 되었습니까?"

신데렐라는 대답 대신 가방에서 종이에 싼 물건을 꺼내 아무 말 없이 푸아로에게 건넸다. 푸아로가 포장을 벗겼다. 나는 움찔하고 놀랐다. 그녀가 바다에 빠뜨렸다고 했던, 항공기로 만든 단검이 들어 있었던 것이다. 여자들은 위험한 물건과 서류를 왜 그렇게 못 버리는지 정말 이상한 일이다.

"트레 비엥, 몽 앙팡(훌륭하십니다. 아가씨). 다행이군요. 이제 가서 쉬십시오. 헤이스팅스와 저는 할 일이 있습니다. 이 친구는 내일 만날 수 있을 겁니다."

"어디 가시게요?"

그녀가 눈을 휘둥그레 뜨면서 물었다.

"내일이면 알게 되실 겁니다."

"어딜 가는지 모르겠지만 저도 따라갈 거예요."

"하지만 마드무아젤……."

"말씀드렸잖아요. 저도 따라가겠다고."

푸아로는 왈가왈부해 봐야 소용없다는 걸 깨닫고 포기했다.

"알겠습니다, 마드무아젤. 하지만 재미는 없을 겁니다. 아무 일도 없을 테니까."

그녀는 아무 말이 없었다.

20분 뒤에 우리는 출발했다. 이제는 상당히 어둑어둑했고, 후텁지근하고 답답한 저녁이었다. 푸아로가 마을 외곽, 주느비에브 별장 쪽으로 앞장 섰다. 하지만 마르게리트 별장에 도착하자 그는 발걸음을 멈추었다.

"잭 르노가 별 일 없는지 확인하고 싶군. 같이 들어가세, 헤이스팅스. 마드무아젤께서는 밖에서 기다리십시오. 마담 도브뢰이에게 상처가 될 만한 말을 들을지 모르니."

우리는 대문을 열고 안으로 걸어 들어갔다. 집 옆쪽으로 다가갔을 때 나는 푸아로에게 2층 창문을 가리켰다. 블라인드 위로 마르트 도브뢰이의 그림자가 또렷하게 비쳤다.

"아! 잭 르노가 저 방에 있는 모양이로군."

푸아로가 말했다.

도브뢰이 부인이 문을 열어 주었다. 부인은 잭이 좀 전과 별 차이가 없다고 하면서 직접 만나 보겠느냐고 말했다. 그녀가 2층 침실로 우리를 안내했다. 마르트 도브뢰이가 등잔이 놓인 테이블 옆에 앉아 수를 놓고 있었다. 우리가 들어서자 조용히 하라는 듯 그녀는 손가락을 입술에 갖다 댔다.

잭 르노는 얕은 잠을 자는지 고개를 좌우로 흔들었고, 얼굴이 아직도 매우 붉게 상기된 상태였다.

"의사가 또 오겠다고 했나요?"

푸아로가 조그맣게 물었다.

"저희가 부르기 전에는 오지 않을 거예요. 잭이 잠이 들었으니 다행이지 뭐예요. 엄마가 약초를 달여 주셨거든요."

우리가 방을 나서자 그녀는 수를 놓으려고 다시 앉았다. 도브뢰이 부인이 아래층까지 우리를 배웅했다. 나는 그녀의 과거를 알게 되었기 때문에 전보다 호기심 어린 눈길로 드브뢰이 부인을 살폈다. 그녀는 시선을 떨구고 예전처럼 뭔지 모를 희미한 미소를 지으며 서 있었다. 예쁜 독사를 보면 무서워지는 것처럼 갑자기 드브뢰이 부인이 무서워졌다.

"저희가 번거롭게 해 드린 게 아닌지 모르겠습니다."

부인이 문을 열어 주자 푸아로가 정중하게 말했다.

"아닙니다, 선생님."

"그나저나 오늘 스토너 씨는 메를랭빌에 안 계시지요?"

푸아로가 갑자기 생각났다는 듯이 물었다.

나로서는 질문의 의도를 알 수가 없었다. 이것이야말로 푸아로의 입장에서는 의미 없는 질문이었다.

도브뢰이 부인은 차분하게 대답했다.

"제가 알기로는 그렇습니다."

"스토너 씨가 마담 르노와 만나지 않았습니까?"

"제가 어떻게 알겠습니까?"

"맞습니다. 스토너 씨가 드나드는 모습을 혹시 보시지 않았나 싶어서 여쭈어 보았습니다. 그럼 부인, 안녕히 주무십시오."

"무슨 이유로……."

내가 입을 열었다.

"이유는 묻지 말게, 헤이스팅스. 그 이야기는 나중에 할 기회가 있을 테니."

우리는 신데렐라와 다시 만나 주느비에브 별장 쪽으로 재빨리 걸음을 옮겼다. 푸아로는 불이 켜진 창문과 고개를 숙인 채 수를 놓고 있는 마르트의 그림자를 어깨 너머로 흘끗 쳐다보았다.

"아무튼 보호를 잘 받고 있군."

그가 중얼거렸다.

주느비에브 별장에 도착하자 푸아로는 차도 왼쪽의 덤불 뒤에 자리를 잡았다. 우리 쪽에서는 사방이 훤히 보이지만 우리 모습은 완벽하게 가려지는 곳이었다. 모두들 잠이 들었는지 별장은 완벽한 어둠으로 덮여 있었다. 우리 바로 위쪽은 르노 부인의 침실이었고 창문이 열려 있었다. 푸아로의 시선이 고정되어 있는 곳도 바로 창문인 것 같았다.

“어쩔 작정입니까?”

내가 속삭였다.

“지켜봐야지.”

“하지만…….”

“한 시간이나 두 시간 동안은 아무 일도 없을 거야. 하지만…….”

그가 말하는 중간에 길고 가는 비명소리가 들렸다.

“사람 살려!”

현관에서 오른쪽 2층 방의 불이 켜졌다. 비명이 그 방에서 새어 나오고 있었다. 우리가 지켜보는 가운데 몸싸움을 벌이는 두 사람의 그림자가 블라인드 위로 비쳤다.

푸아로가 외쳤다.

“밀 토네즈(이런)! 방을 바꾼 모양이군!”

그는 앞으로 뛰쳐나가 현관문을 미친 듯이 두드렸다. 그러더니 화단의 나무 쪽으로 달려가 고양이처럼 날렵하게 타고 올라갔다. 내가 그 뒤를 쫓아가는 순간 푸아로는 껑충 뛰어 열린 창문 너머로 들어갔다. 어깨 너머로 쳐다보았더니 델시가 내 바로 밑 나뭇가지에 있었다.

“조심해요!”

내가 소리쳤다.

“그쪽이나 조심하세요! 이 정도는 애들 장난이니까.”

그녀가 받아쳤다.

푸아로는 빈 방을 가로질러 문을 두드리는 중이었다.

"밖에서 빗장을 걸어 잠갔군. 부수고 열려면 시간이 걸리겠는데."

그가 화가 난 목소리로 으르렁거렸다.

살려 달라는 비명이 누가 들어도 알 수 있을 만큼 희미해졌다. 푸아로의 눈빛에서 절망이 느껴졌다. 나는 그와 함께 있는 힘을 다해 문에 어깨를 부딪쳤다.

이때 차분하고 냉정한 신데렐라의 목소리가 창문 쪽에서 들렸다.

"그러다 늦겠어요. 이 일을 할 수 있는 사람은 나밖에 없는 것 같네요."

그녀가 허공으로 몸을 날렸다. 손을 내밀어 말릴 틈도 없었다. 나는 창가로 달려가 밖을 내다보았다. 끔찍하게도 그녀는 창문에 매달린 채 불이 켜진 쪽으로 움찔움찔 다가가고 있었다.

"맙소사! 저러다 떨어져 죽겠어요."

내가 외쳤다.

"잊어버린 모양이군. 헤이스팅스, 그 아가씨는 전문 곡예사야. 오늘 밤에 우리를 따라오겠다고 고집을 부린 것도 신의 계시인 모양이군. 제때 도착할 수 있기만을 기도할 따름이야. 아!"

공포에 질린 비명이 밤을 갈랐다. 신데렐라가 창문 너머로 모습을 감추고 잠시 후 그녀의 목소리가 또렷하게 들렸다.

"아니, 그러면 안 되지! 꼼짝 마. 내 손힘이 얼마나 센지 모르는 모양이네."

그와 동시에 프랑수아즈가 조심스럽게 우리가 갇힌 방문을 열었다. 푸아로는 거칠게 그녀를 밀어젖히고, 다른 하녀들이 모여 있는 저쪽 방으로 달려갔다.

"안에서 잠겨 있어요, 선생님."

묵직한 무언가가 쓰러지는 소리가 들렸다. 잠시 후 자물쇠를 여는 소리와 함께 천천히 문이 열렸다. 신데렐라가 아주 창백한 얼굴로 들어오라고 손짓했다.

"부인은 무사합니까?"

푸아로가 물었다.

"예. 제가 때마침 들어왔어요. 많이 지치셨어요."

르노 부인이 침대 위에 반쯤 눕다시피 앉아 있었다. 그녀는 가쁜 숨을 몰아쉬고 있었다.

"나를 목 졸라 죽이려고 했어요."

르노 부인이 힘겹게 말했다.

신데렐라가 바닥에서 무언가를 주워 푸아로에게 건넸다. 아주 가늘지만 질긴 명주실로 만든 사다리용 밧줄 타래였다.

"우리가 문을 두드리는 동안 창문으로 탈출하려고 했던 모양이군. 범인은 어디 있습니까?"

신데렐라가 옆으로 약간 비키며 손가락으로 아래를 가리켰다. 거무스름한 천으로 얼굴이 덮인 누군가가 바닥에 누워 있었다.

"죽었나요?"

그녀가 고개를 끄덕였다.

"그럴 줄 알았어. 대리석 난로 모서리에 머리를 부딪힌 모양이군."

"그런데 누굽니까?"

내가 물었다.

"르노 씨의 살인범이네, 헤이스팅스. 그리고 마담 르노의 살인미
수범이지."

도무지 무슨 소리인지 미처 파악을 하지 못한 나는 곤혹스러워하
며 무릎을 꿇고 천을 들추었다. 나를 맞이한 것은 마르트 도브뢰이
의 아름다운 얼굴이었다.

그 이후의 일들은 기억이 뒤죽박죽이다. 내가 계속 질문을 던져도 푸아로는 귀머거리처럼 굴었다. 그는 르노 부인의 침실이 바뀌었는데 왜 알려 주지 않았느냐며 어쩔 줄 몰라 하는 프랑수아즈를 나무라고 있었다.

나는 주의를 환기시켜 내 이야기를 듣게 할 작정으로 그의 어깨를 붙잡았다.

"하지만 당신은 분명히 알고 있었죠? 오늘 오후에 부인을 만났으니까요."

내가 타이르듯 말했다.

황송하게도 푸아로는 잠깐 나에게 귀를 기울여 주었다.

"휠체어를 타고 가운뎃방, 그러니까 내실에 나와 있었단 말이야."

"하지만 선생님, 마님은 사건 직후에 침실을 바꾸셨어요. 예전 기억들이 너무 괴로우실 테니까요!"

프랑수아즈가 큰 소리로 말했다.

"그런데 왜 저한테 알려 주지 않았습니까?"

푸아로가 테이블을 내리치고 분노를 터트리며 고함을 질렀다.

"왜 저한테 알려 주지 않았느냐고 지금 묻지 않습니까? 멍청한! 레오니와 드니즈도 마찬가지입니다. 당신들 모두 구제불능입니다! 바보 같은 당신들 때문에 부인이 목숨을 잃을 뻔했잖습니까. 하지만 이 용감한 아가씨 덕분에……."

그는 말을 멈추더니 고개를 숙인 채 르노 부인을 간호 중인 신데렐라에게 달려가 프랑스식으로 뜨겁게 끌어안았다. 나로서는 조금 짜증 나는 일이었다.

푸아로가 르노 부인을 위해 지금 당장 의사를 부르라는 날카로운 명령을 듣고 나는 멍한 상태에서 깨어났다. 푸아로는 경찰도 부르게 하고는 결정적으로 나의 분노에 불을 붙였다.

"이 집으로 돌아올 필요는 없네. 나는 너무 바빠서 자넬 신경 쓰지 못할 테고, 여기 이 아가씨는 가르드 말라드(간호)를 맡아야 하니까."

나는 최대한 참고 또 참으면서 그 집에서 물러나, 볼일을 처리하고 호텔로 돌아갔다. 그날 밤에 벌어진 사태는 이해가 되지 않았다. 소설 속에서나 있을 법한, 말도 안 되는 일이었다. 어느 누구도 내 질문에 대답하지 않았다. 어느 누구도 내 질문을 듣지 못하는 것 같았다. 나는 화가 나서 침대 위에 몸을 던졌고, 어리둥절하고 기진맥진한 채 잠에 빠져들었다.

눈을 떠 보니 열린 창문 사이로 햇빛이 쏟아지고 있었고, 푸아로가 깔끔한 차림새로 미소를 지으며 침대 옆에 앉아 있었다.

"드디어 일어났군! 하긴 헤이스팅스, 자네는 유명한 잠꾸러기가 아닌가! 11시가 다 된 거 알고 있나?"

나는 투덜거리며 이마에 손을 댔다.

"꿈을 꾼 모양입니다. 르노 부인의 침실에서 마르트 도브뢰이의 시신과 마주쳤는데, 당신이 도브뢰이 양을 가리키며 르노 씨의 살인범이라고 하는 꿈을 꾸었어요."

"꿈이 아니라 사실일세."

"하지만 벨라 듀빈이 르노 씨를 살해하지 않았습니까?"

"헤이스팅스, 그게 아니야. 그 아가씨는 자기가 범인이라고 했지. 하지만 그건 사랑하는 남자를 단두대에서 구하기 위해 한 이야기야."

"예?"

"잭 르노의 이야기를 자네도 기억하겠지. 두 사람은 동시에 사건 현장에 도착했고 서로를 범인이라고 생각했네. 그 아가씨는 겁에 질린 눈으로 그를 쳐다보다 비명을 지르며 도망쳤다고 했지. 하지만 그가 범인으로 지목되자 견디지 못하고 자수를 선택해 그를 죽음에서 구한 거야."

푸아로는 의자에 몸을 기대고, 양 손가락 끝을 특유의 스타일로 맞붙였다. 그가 평가를 내리기 시작했다.

"이 사건은 애초부터 꺼림칙했어. 르노 씨의 계획을 이용해 경찰의 추적을 따돌리고 아주 영리한 계산 아래 사전에 모의한, 냉혹한 사건이라는 예감이 처음부터 강하게 들더란 말이지. 내가 일전에 했던 말을 자네도 기억하는지 모르겠지만 위대한 범죄자는 항상 단순한 법이거든."

나는 고개를 끄덕였다.

"이 가설이 성립되려면 범인은 무슈 르노의 계획을 알고 있어야만 하지. 그러면 떠오르는 사람이 르노 부인이야. 하지만 부인이 범인이라는 가설을 뒷받침할 만한 사실이 발견되지 않았네. 그렇다면 그 계획을 알 만한 사람이 또 있을까? 있고말고. 마르트 도브뢰이는 르노 씨가 부랑자와 옥신각신하는 소리를 들었다고 자기 입으로도 이야기한 적이 있지. 만약 그 소리를 들었다면 르노 부부가 아무 생각 없이 벤치에 앉아 계획을 의논하는 소리를 듣지 못했으리라는 법도 없지 않은가. 자네가 그 자리에 있었을 때 마르트와 잭 르노가 나누는 대화의 내용도 얼마나 잘 들렸는지 기억해 보게."

"하지만 마르트가 무슨 이유로 르노 씨를 살해했겠습니까?"

"무슨 이유냐고? 돈이지! 르노 씨는 억만장자였고, 죽으면 그 막대한 재산의 절반이 아들에게 돌아갈 예정이었지. 적어도 그녀는 그렇게 생각했어. 마르트 도브뢰이의 관점에서 사건을 재구성해 볼까?

마르트 도브뢰이는 르노 씨가 부인과 나누는 이야기를 엿들었지. 지금까지 그는 도브뢰이 모녀의 근사한 돈줄이었는데 올가미에서 탈출할 계획을 세우는 게 아닌가. 처음에 그녀는 탈출하지 못하도록 막을 생각이었는지도 모르겠네. 그런데 잔 베롤디의 딸답게 좀

302

더 대담한 생각이 떠오른 거야. 당시 르노 씨는 잭과의 결혼을 단호하게 반대하는 중이었지. 만약 잭이 아버지의 뜻을 거역하면 거지가 될 테니 마드무아젤 마르트의 마음에 들지 않을 수밖에. 사실 나는 그녀가 잭 르노를 사랑하는 마음이 조금이라도 있었는지 의심스럽네. 감수성이 풍부한 척하지만 실제로는 어머니처럼 냉정하고 계산적인 성격이거든. 그리고 잭과의 관계에 자신이 있었는지 여부도 의심스럽네. 잭을 홀려 꼼짝 못 하게 만들어 놓기는 했지만, 그의 아버지가 그와 그녀를 떨어뜨려 놓기만 한다면 쉽게 애정이 식을 수도 있는 일이었으니까. 하지만 르노 씨가 죽고 잭이 재산의 절반을 물려받으면 결혼을 하자마자 당장에 부를 거머쥐는 게 아닌가. 지금까지 르노 씨에게 받은 푼돈과는 비교도 안 되는 금액이었지. 게다가 영리한 그녀의 머리는 이것이 얼마나 간단한 일인지 간파했네. 아주 쉬운 일이었지. 르노 씨가 모든 상황을 계획해 놓을 테니 적절한 시기에 끼어들어 연극을 현실로 만들기만 하면 되는 것 아닌가. 여기에서 내가 마르트 도브뢰이를 범인으로 확신하게 된 두 번째 주요 포인트가 등장하네. 잭 르노는 기념품을 세 개 만들었지. 그중 하나는 어머니에게 선물했고 또 하나는 벨라 듀빈에게 주었는데, 그렇다면 남은 하나를 마르트 도브뢰이에게 주었을 가능성이 크지 않을까?

그러니까 요약하자면 마르트 도브뢰이는 네 가지 이유에서 유력한 용의자가 되는 거야.

첫 번째, 마르트 도브뢰이에게는 르노 씨의 계획을 엿들을 수 있었다.

두 번째, 마르트 도브뢰이에게는 르노 씨를 살해할 직접적인 이유가 있었다.

세 번째, 결정타를 날린 사람은 조르주 코노일지 모르지만 도덕적으로나 실질적으로나 남편을 살해한 범인이라 할 수 있는, 악명 높은 베롤디 부인이 마르트 도브뢰이의 어머니다.

네 번째, 마르트 도브뢰이는 잭 르노를 예외로 했을 때 세 번째 단검을 가지고 있을 가능성이 있는 유일한 사람이다."

푸아로는 말을 멈추고 헛기침을 했다.

"물론 벨라 듀빈의 존재를 알게 되었을 때 나는 그녀가 르노를 살해했을 가능성도 있다는 사실을 깨달았지. 하지만 그런 식의 해결은 마음에 들지 않았네. 헤이스팅스, 자네한테도 이야기했다시피 나 같은 전문가는 만만치 않은 호적수를 바라거든. 물론 사건은 자신이 원하는 방향이 아니라 있는 그대로 받아들여야 하는 것이지만. 벨라 듀빈이 과연 기념품으로 받은 칼을 들고 배회했을까 싶었지만, 처음부터 잭 르노에게 복수할 생각을 하고 있었을지도 모르는 일 아닌가. 그녀가 나타나 범행을 자백했을 때 모든 게 끝난 것처럼 보였지. 그런데도 나는 꺼림칙했네, 친구. 꺼림칙했어.

나는 사건을 세부적으로 다시 한 번 검토했고, 전과 똑같은 결론에 이르렀네. 벨라 듀빈이 아니라면 범행을 저질렀을 유일한 용의자가 마르트 도브뢰이였어. 그런데 증거가 하나도 없었으니!

그때 자네가 마드무아젤 덜시에게 받은 편지를 보여 주었는데,

당장 문제를 해결할 수 있을 가능성이 보이더군. 덜시 듀빈은 훔친 단검을 바다에 던져 버렸다고 했지. 자기 동생 것인 줄 알고 말이야. 하지만 만에 하나 흉기가 덜시 듀빈의 동생 것이 아니라 잭이 마르트 도브뢰이에게 선물한 것이라면, 그렇다면 벨라 듀빈의 단검은 고스란히 남아 있을 게 아닌가? 헤이스팅스, 로맨스를 즐길 때가 아니었으니 자네한테는 아무 말도 하지 않았지만, 나는 마드무아젤 덜시를 찾아가 필요한 만큼 이야기를 하고 동생의 소지품을 뒤져 달라는 부탁을 했네. 그녀가 그 소중한 기념품을 들고 내 지시에 따라 로빈슨 양이라는 이름으로 나를 찾아왔을 때 얼마나 기뻤을지 상상을 해 보게!

그러는 한편으로 나는 마르트 양의 정체를 폭로하기 위한 절차에 착수했네. 마담 르노는 내가 지휘한 대로 아들을 꾸짖고, 아버지의 돈을 단 한 푼도 만지지 못하게 내일 당장 유언장을 만들겠다고 했지. 극단적이지만 어쩔 수 없는 방법이었고, 마담 르노는 위험을 감수할 준비가 되어 있었네. 침실을 바꿨다는 이야기를 하지 않은 게 실수였지만. 부인은 당연히 내가 알고 있을 거라고 생각했던 모양이야. 모든 게 내가 생각했던 대로 진행되었지. 마르트 도브뢰이는 르노의 재산을 노리고 마지막으로 대담한 시도를 감행했다 실패했어."

"내가 가장 이해할 수 없는 게 그녀가 무슨 수로 우리의 눈길을 피해서 집 안에 들어갈 수 있었을까 하는 점입니다. 정말 마술 같거든요. 마르게리트 별장에서 그녀와 헤어진 뒤 앞장서서 곧장 주느비에브 별장으로 건너갔는데, 우리보다 먼저 도착해 있었다니!"

"우리가 앞장선 게 아니잖네. 우리가 현관에서 어머니와 이야기를 나누고 있었을 때 그녀는 이미 뒷문으로 마르게리트 별장을 빠져나간 뒤였지. 미국식 표현을 빌자면 그때 에르퀼 푸아로를 '한 방 먹였다'는 것 아닌가!"

"하지만 길에서 보았다시피 블라인드 위로 그림자가 비치지 않았습니까?"

"에 비엥(글쎄), 그사이 마담 도브뢰이가 2층으로 달려가 딸의 역할을 대신한 것이지."

"마담 도브뢰이가요?"

"그래. 한 쪽은 나이가 있고 한 쪽은 젊고, 한 쪽은 머리가 검고 한 쪽은 금발이지만, 블라인드에 비친 그림자는 비슷했던 거야. 심지어 나까지 속았으니 구제 불능멍청이었지! 나는 시간이 충분하다고 생각했어. 한참 뒤에야 잠입할 줄 알았던 거야. 마드무아젤 마르트는 얼굴만 예쁜 게 아니라 머리까지 영리한 아가씨였어."

"그렇다면 그녀의 목적은 르노 부인을 살해하는 것이었습니까?"

"그렇지. 그래야 전 재산이 아들한테 넘어갈 테니까. 하지만 자살로 위장할 생각이었지. 마르트 도브뢰이의 시신 옆 바닥에 거즈와 작은 병에 든 클로로포름, 치사량의 모르핀이 든 피하 주사기가 떨어져 있더군. 알겠나? 먼저 클로로포름을 동원하고, 상대방이 의식을 잃으면 주사기로 찌를 생각이었던 게야. 아침이 되면 클로르포름 냄새는 거의 사라질 테고, 주사기는 마담 르노의 손에서 떨어진 것처럼 보이겠지. 그러면 위대한 오테 판사가 뭐라고 하겠나? '가엾은 부인! 내가 뭐라고 했습니까? 충격이 너무 컸을 거라고 했지요. 정신병이 생기더라도 놀랄 일이 아니라고! 이 르노 사건은 정말이지 참혹한 사건입니다!'

하지만 헤이스팅스, 일은 마르트 양의 계획대로 되지 않았지. 무엇보다도 마담 르노가 잠을 자지 않고 기다리고 있었던 거야. 몸싸움이 벌어졌지. 하지만 마담 르노는 쇠약한 상태였네. 마르트 도브뢰이에게는 마지막 기회가 남아 있었지. 자살로 위장하겠다는 계획은 끝장났지만 완력으로 그녀를 입막음하고, 우리가 저쪽 방 안에서 문을 두드리는 동안 명주실 사다리를 타고 우리보다 먼저 마르게리트 별장으로 돌아가면 유죄를 입증할 방법이 없지 않겠나. 하지만 그녀를 가로막고 나선 사람이 있었으니, 그것은 에르퀼 푸아로가 아니라 엄청난 악력을 자랑하는 라 쁘띠 아크로바트(자그마한 곡예사)였네."

나는 그의 이야기를 처음부터 끝까지 곱씹어 보았다.

"푸아로, 마르트 도브뢰이를 의심하기 시작한 때가 언제였습니까? 마당에서 옥신각신하는 소리를 엿들었다고 했을 때인가요?"

푸아로는 미소를 지었다.

"첫날, 차를 타고 메를랭빌로 들어서던 때를 자네도 기억하겠지? 문 앞에 서 있는 미인을 마주쳤을 때도. 그때 자네는 젊은 여신을 보았느냐고 물었고, 나는 걱정스러운 눈빛을 한 아가씨로 보인다고 대답했지. 나는 처음부터 마르트 도브뢰이를 그렇게 생각했네. '걱정스러운 눈빛을 한 아가씨'라고! 뭐가 그렇게 걱정이었을까? 그 당</p>

시는 잭 르노가 전날 밤, 메를랭빌에 있었다는 사실을 몰랐을 때였
으니 잭 르노 때문에 걱정을 하는 건 아니었지."

"그나저나 잭 르노는 어떻습니까?"

"많이 좋아졌네. 아직 마르게리트 별장에 있어. 하지만 도브뢰이
부인은 자취를 감추었네. 경찰이 찾고 있지."

"딸과 한패였을까요?"

"그야 모르지. 비밀이 워낙 많은 여자니까. 경찰이 찾을 수 있을지
도 나로서는 의심스러워."

"잭 르노는…… 이 이야기를 들었습니까?"

"아직 못 들었네."

"엄청난 충격이겠군요."

"그렇겠지. 그런데 헤이스팅스, 잭 르노가 진심이었을까? 지금까
지 우리는 벨라 듀빈을 요부로, 마르트 도브뢰이를 그가 정말 사랑
한 아가씨로 생각했지. 하지만 단어를 바꾸어야 오히려 맞지 않을
까 싶어. 마르트 도브뢰이는 아리따운 아가씨였지. 그녀는 잭을 유
혹하기로 마음먹었고 성공했지만, 그는 이상하게도 벨라 양과의 관
계를 끊지 못하고 망설이지 않았나. 더욱이 그녀를 얽히게 하느니
기꺼이 단두대를 선택했고. 그에게 진실을 알려 주면 경악을 금치
못하면서 몸서리칠 테고 거짓 사랑은 사라질 거야."

"지로 형사는 어떻게 됐습니까?"

"그 인간, 신경 쇠약에 걸렸지! 쫓기듯 파리로 돌아갔네."

우리는 동시에 미소를 지었다.

푸아로는 진정한 예언자였다. 드디어 의사가 진실을 알려 주어도 될 만큼 잭 르노의 상태가 호전되었다고 선포했을 때 그 소식을 전한 사람은 푸아로였다. 충격은 실로 어마어마했다. 하지만 잭은 내가 예상했던 것보다 훨씬 더 꿋꿋하게 충격을 이겨 냈다. 헌신적인 어머니가 그 힘든 시기를 견딜 수 있도록 곁에서 도왔다. 어머니와 아들은 이제 떼려야 뗄 수 없는 사이가 되었다.

뜻밖의 사실은 이것으로 끝이 아니었다. 푸아로는 르노 부인에게 비밀을 알고 있다고 말하면서 잭에게 아버지의 과거를 숨기는 것은 옳지 않은 일이라고 단언했다.

"부인, 진실을 숨겨 봐야 아무 소용 없습니다. 용기 있게 모든 걸 밝히세요."

르노 부인은 무거운 마음으로 그의 충고를 받아들였고, 얼마 안 있어 아들은 사랑했던 아버지가 실은 도주자라는 사실을 알게 되었다. 그가 머뭇머뭇 던진 질문에 푸아로가 냉큼 대답했다.

"걱정하지 마십시오, 무슈 잭. 세상 사람들은 전혀 모릅니다. 저에게는 경찰에게 비밀을 알릴 의무도 없습니다. 저는 내내 경찰이 아니라 무슈의 부친을 위해 일했지요. 결국 정의의 심판을 받았지만 그 분이 조르주 코노라는 사실을 알릴 필요는 없다고 생각합니다."

물론 경찰 측에서도 이 사건에 관해 이해하지 못하는 부분들이 몇 가지 있었지만, 푸아로가 워낙 그럴듯하게 설명했기 때문에 의혹은 점점 사라졌다.

런던으로 돌아오고 며칠이 지났을 때 나는 아주 근사한 사냥개

모형이 푸아로의 벽난로 선반을 장식하고 있는 것을 보았다. 내가 의아한 눈으로 쳐다보자 푸아로는 고개를 끄덕였다.

"마 위(그래, 맞아)! 500프랑을 받았다니까! 썩 괜찮은 친구 아닌가? 그 지로라는 친구 말일세!"

며칠 뒤, 잭 르노가 굳게 결심한 표정으로 우리를 찾아왔다.

"작별 인사를 드리려고 들렀습니다. 지금 당장 남미로 떠날 예정이거든요. 곳곳에 아버지의 대규모 사업체가 있으니 그곳에서 새로운 인생을 시작할 생각입니다."

"혼자 떠날 생각이십니까?"

"엄마와 함께 떠납니다. 그리고 스토너 씨가 비서로 합류합니다. 별난 곳을 좋아하는 분이라서요."

"같이 가는 사람은 또 없습니까?"

잭의 얼굴이 홍당무로 변했다.

"무슨 말씀이신지……?"

"당신을 끔찍이 사랑했던 아가씨, 잭 르노를 위해 기꺼이 목숨을 버리려고 했던 아가씨 이야기입니다."

그가 나지막이 중얼거렸다.

"제가 무슨 낯으로 부탁을 하겠습니까? 그런 일이 있었는데, 어떻게 찾아가서……. 그 무슨 말도 안 되는 이야기를 늘어놓겠습니까?"

"르 팜므(여자)들은 그런 이야기를 보완하는 데 천부적인 소질을 가지고 있습니다."

"그야 그렇죠. 하지만…… 제가 너무 바보 같은 짓을 저지르지 않

있습니까?”

“우리는 모두 가끔씩 그런 실수를 저지르곤 합니다.”

푸아로가 철학자처럼 대답했지만 잭의 표정이 굳어졌다.

“또 한 가지 마음에 걸리는 게 있습니다. 저는 아버지의 아들입니다. 그걸 안다면 어떤 여자가 저와 결혼을 하려고 하겠습니까?”

“아버지의 아들이라……. 여기 이 헤이스팅스는 제가 유전을 믿는다고 말할지도 모릅니다.”

“그러니…….”

“잠깐만요. 저는 한 여자를 알고 있습니다. 용기와 인내, 위대한 사랑과 숭고한 희생이 무엇인지 아는 여자를…….”

잭이 고개를 들었다. 그의 눈빛이 부드러워졌다.

“어머님 말씀이군요!”

“맞습니다. 당신은 아버지의 아들인 동시에 어머니의 아들이기도 합니다. 그러니 벨라 양을 찾아가세요. 가서 모든 걸 이야기하십시오. 아무것도 숨기지 말고요. 그런 다음 그 아가씨가 뭐라고 할지 지켜보는 겁니다.”

잭은 망설이는 눈치였다.

“어린아이가 아니라 남자로 찾아가십시오. 어제의 운명과 오늘의 운명 앞에 고개를 숙였지만, 새롭고 근사한 인생을 기다리는 남자로. 그 인생을 그녀와 함께 하고 싶다고 하세요. 깨닫지 못하셨을지 모르겠지만, 서로에 대한 두 사람의 사랑은 이미 모진 시련을 거친 결과, 부족함이 없는 것으로 밝혀지지 않았습니까? 두 사람 모두 서로를 위해 기꺼이 한 목숨 버릴 준비가 되어 있었으니까요."

이 사건의 기록을 담당한, 미천한 아서 헤이스팅스 대위는 어떻게 되었을까?

그가 바다 건너 목장에서 르노 일가와 한 식구가 되었다는 소문도 있지만, 나는 주느비에브 별장의 뜰에서 맞이한 어느 아침으로 돌아가 이 이야기를 마무리짓고 싶다.

"당신을 벨라라고 부를 수는 없어요. 당신 이름이 아니니까. 그리고 덜시는 너무 낯설어요. 그러니까 신데렐라가 될 수밖에 없어요. 당신도 알다시피 신데렐라는 왕자님과 결혼했죠. 난 왕자님은 아니지만……."

그녀가 말허리를 잘랐다.

"신데렐라는 왕자님에게 경고했을 거예요. 공주로 변하겠다고 약속할 수 없었을 테니까요. 신데렐라는 결국 부엌데기였고……."

"이번에는 왕자가 말허리를 자를 차례군요."

내가 얼른 끼어들었다.

"왕자가 뭐라고 했는지 아십니까?"

"아뇨?"

"'염병할!' 하면서 입을 맞추었답니다!"

그리고 나는 그 말을 실행에 옮겼다.

〈끝〉

옮긴이 | 이은선

연세대학교 중문과와 같은 학교 국제학대학원 동아시아학과를 졸업했다. 편집자와 저작권 담당자로 일했으며, 현재는 전문 번역가로 활동 중이다. 옮긴 책으로는 『탐정 아리스토텔레스』, 『헌책방마을 헤이온와이』, 『화성의 인류학자』, 『통역사』, 『포의 그림자』, 『누들메이커』, 『기적』, 『굿독』, 『몬스터』, 『그대로 두기』, 『워너비 재키』, 『마흔 살 여자가 서른 살 여자에게』, 『딸에게 보낸 편지』, 『노 임팩트 맨』, 『셜록 홈즈 실크 하우스의 비밀』, 『11/22/63』 등이 있다.

애거서 크리스티 전집

골프장 살인 사건

3판 1쇄 찍음 2022년 6월 20일
3판 1쇄 펴냄 2022년 6월 27일

지은이 | 애거서 크리스티
옮긴이 | 이은선
발행인 | 박근섭
편집인 | 김준혁
책임편집 | 정미리
펴낸곳 | 황금가지

출판등록 | 2009. 10. 8 (제2009-000273호)
주소 | 135-887 서울 강남구 신사동 506 강남출판문화센터 5층
전화 | 영업부 515-2000 **편집부** 3446-8774 **팩시밀리** 515-2007
홈페이지 | www.goldenbough.co.kr

도서 파본 등의 이유로 반송이 필요할 경우에는 구매처에서 교환하시고
출판사 교환이 필요할 경우에는 아래 주소로 반송 사유를 적어 도서와 함께 보내주세요.
06027 서울 강남구 도산대로 1길 62 강남출판문화센터 6층 민음인 마케팅부

© ㈜민음인, 2022. Printed in Seoul, Korea
ISBN 978-89-8273-739-8 04840
ISBN 978-89-8273-700-8 04840(set)

㈜민음인은 민음사 출판 그룹의 자회사입니다.
황금가지는 ㈜민음인의 픽션 전문 출간 브랜드입니다.